致青春 115

三分野

（中）

耳東兔子　著

高寶書版集團

目錄
CONTENTS

第七章　心跳函數

向園默了，這種一併被人拉下水的感受並不好受。

病房裡的女生們也都是人精，一瞧就知道怎麼回事，紛紛閉了嘴。

沒多久，尤智他們幾個上來了，手裡拎著七、八箱水果與十幾束花束，塞滿了整個病房，連窗臺上都不放過，全擺滿了。

另外兩床的女生目瞪口呆，瞠目結舌地看著向園：「這這……都是妳同事啊？」

向園雖然很不想承認，但是看著尤智施天佑那群小夥子期盼又熱烈地目光，只能硬著頭皮點了點頭。

尤智朗誦了一段，大意是祝向園早日出院的意思。

向園：「謝謝，我明天就出院。」

尤智不管，看了徐燕時一眼，後者不為所動，靠著窗看樓外的風景。

他繼續說：「妳是我們今年第一個光榮負傷入院的同仁，這些都是銷售部、總經理辦、市場部，以及我們技術部同事們的心意。」

「……」

向園看了徐燕時一眼，徐燕時顯然也很不想理他們。

向園問了句：「高冷跟李馳怎麼樣了？」

「高冷被書姐帶走了，至於李馳……」尤智頓了下，才說，「有點不好說，女廁所的針孔員警找到了，還真的不是李馳放的，是前陣子來我們公司維修的維修工人，連環作案。而且早就被警察抓了，那個針孔也沒用，他那邊的資料早就不能看了。但是這次事件也算是給女同事提個醒，不過李總說了，以後女廁所那邊會讓阿姨每週定期檢查的。」

現在還有一個問題，「那李馳的照片？」

施天佑忍不住插嘴：「現在他跟應茵茵各執一詞……而且，警察後來在他的手機裡，有搜到一些跟應茵茵的親密照，但是主角只有應茵茵，沒有其他人。所以這事就很玄了，你讓警察判，警察真的沒辦法判，手裡都沒有證據，只有應茵茵咬死了說他偷拍，公司裡其他女同事都沒說話……」

向園不解，「應茵茵為什麼突然跟李馳鬧翻？前陣子兩人不是還挺好的嗎？」

「這事……」

尤智有些猶豫，據李馳那方面說，是應茵茵跟他拿錢，他沒答應，兩人本來只是炮友的關係，更談不上男女朋友。所以他覺得煩，也懶得跟應茵茵周旋了，說如果再煩他，就把她的照片傳到網路上，把應茵茵惹怒了，說要讓他身敗名裂，才牽扯出最近的一連串事情來。

但這種事，說到底是人家兩情侶間的吵吵鬧鬧，清官難斷家務事，連警察都沒辦法插手。

最後走的時候，只叮囑了兩句，你一個大男人，對女人讓著點。

但李馳喜歡陳書這件事，已經是板上釘釘，全公司都知道了。

說到這，向園卻忽然沉默了。

徐燕時也是沉默，兩人誰也不接話。

施天佑還在說，「李馳也真是的，同事的女朋友也喜歡，太不檢點了。兔子還不吃窩邊草呢，他怎麼這麼不挑食的。」

「……」

「……」

尤智：「就是就是。」

病房裡安靜了瞬刻，窗外暮色將沉，隔壁兩床女生細碎的閒聊聲在病房裡迴盪，向園冷不防冒出一句：「讓李馳去後勤吧，他這幾年的工作表現確實不適合留在技術部了，這事交給我，你們回去吧。」

後勤那是什麼地方呀，薪水低，還沒獎金，幹的全是雜活。雖然都是同事，但是那個部門大部分是上了年紀的老頭快退休了才往那裡調，要是把李馳調過去……

不過尤智他們沒有發話的權利，只能聽上司安排。

等尤智他們陸陸續續走了。

「你也走吧。」向園開始趕客。

徐燕時沒走，在病房外坐了一夜，向園半夜出來上廁所的時候，看見那個人，腦子又回想起施天佑的話，下意識避開，徐燕時沒動，坐在長椅上看著她進了公共洗手間，等人出來，她下意識往那邊看了一眼，那雙眼睛仍是毫不遮掩、直勾勾地盯著她看。

明明那麼冷淡的一個人，卻在此刻將自己所有的情緒外放，好像生怕一眨眼她就跑了。

向園被他盯得，心不由自主地「砰砰砰」狂跳，她甚至能感受到那奔騰而不受控制的心跳，全身血液彷彿在燃燒，眼神相對的那一瞬間，她招架不住，落荒而逃，像是後面有瘋狗在追似的，快步走回自己的門口，「啪」她眼疾手快地鎖上門，拿後背緊貼著。

心跳仍是止不住的狂跳，彷彿要從胸腔裡破腔而出，她繃直了腳尖，呼吸加快。

她忍不住悄悄回頭，透過房門內的玻璃窗口，模模糊糊似乎瞧見他弓著的身影，雙手撐在大腿上，埋著頭。

向園又把門打開。

徐燕時聽見響動，下意識弓著背側過頭來看。

向園走過去，在他身邊坐下，「我不是讓你回家？」

徐燕時直起身，貼著牆，微微側開眼，看著走廊盡頭的護士站忙忙碌碌，他的聲音冷淡，卻透著一絲無力掙扎的無奈。

「我，」男人仰頭拿後腦勺頂著牆，微微側過頭，眉眼微挑，微垂著眼，睨著坐在自己身側的女人，眼神深沉，「好像喜歡上一個我不該喜歡的人。」

說完，又不動聲色側過頭。

如果對面護士站裡，有人往這邊看的話，或許她能看見一個男人，那眼神裡極力克制隱忍的感情。

也許是氣氛烘托得不夠熱烈。

向園煞風景地說：「施天佑嗎？」

「……」

凌晨三點，病房寂靜，護士站裡偶爾傳來一些窸窸窣窣的聲音。

徐燕時鬆鬆地靠著牆，盯著護士站出神地看了一下，聽見向園這句施天佑，倏然轉過頭，眼裡似乎有什麼慢慢熄滅，最後他回過神，笑著低下頭，眼睛盯著自己的鞋尖，深吸一口氣，一臉譏嘲：「我不信妳不明白。」

走廊的燈昏弱，只亮了一盞，一圈圈閃著光暈，晃人心神，讓人迷亂。

「但有些東西，錯過就是錯過了，」向園盯著那盞燈，心裡百轉千迴，血液脈絡裡像是有幾百隻螞蟻爬過，狠了狠心說，「還記得我說的如願以償嗎？過了那個時候，我就不會再回頭了。」

是啊，九點的蛋糕就不再是蛋糕了。

那麼，二十八歲的徐燕時也不再是她心心念念要得到的男人了。

她並沒有事事如願以償，所以她早已學會克制欲望。

「你會找到更好的。」向園由衷地祝福他。說完，她回到病房，留他一人在長椅上坐著。

凌晨四點。

她的手機驟亮，無聲地彈出一則訊息。

xys：『幫妳訂了七點的早餐，走了。』

她沒回，失眠到天亮。

七點，晨光微熹，清晨的天薄透。

向園一邊吃著熱氣騰騰的早餐，一邊傳訊息給許鳶。

許鳶：『妳昨晚找我幹什麼？』

向園：『我住院了。』

許鳶：『怎麼回事？要不要我通知妳家老爺子。』

向園：『別，小傷。』

許鳶：『真的沒事？』

向園：『沒事，不過昨晚……』

許鳶：『有屁快放，我趕著交新聞稿。』

向園：『徐燕時跟我表白了。』

許鳶：『……』

許鳶：『我就知道這傢伙對妳有意思。恭喜恭喜啊，守得雲開見月明了。』

向園：『我拒絕了。』

許鳶：『妳瘋了？男默女淚啊，徐神應該是第一次被人拒絕吧？想不到啊想不到，以前拒絕女生毫不手軟，如今栽在妳這個小妮子手上了，有出息啊，向小園，妳幫我們六中的廣大女同學們爭面子了。不過矯情一下就算了，別太過分了，徐神可真的是為了妳走下神壇，我要是告訴鍾靈她們，徐燕時跟妳表白還被妳拒絕了，鍾靈大概會氣死，想到這個場景我就覺得好興奮，天哪，我去問問班長什麼時候開同學會！讓他把全部人都叫上，一個都不許少！』

向園：『妳是魔鬼嗎？這事不許告訴別人。洩露一個字，我就把妳的工作室夷為平地。』

許鳶：『好吧……不會是因為封俊拒絕他吧？』

向園：『妳想多了。別說他只是封俊的朋友，就算是封俊的爸爸我也不會在意的。』

許鳶：『夠野啊。』

向園：『他在我心裡的位置跟其他人不一樣，但是如果註定沒結果的事情，不如不要開始。當一輩子朋友也挺好的。其實在北京同學聚會那幾天我還是有點蠢蠢欲動的，想要試一試。我問他看不看得出來我看他的眼神喜歡還是不喜歡。他說了一句話。』

許鳶問：『什麼話？』

向園：『他說「都這個年紀了，喜歡還有什麼用」。我當時覺得他應該是我不能碰的，他太乾淨，也太認真了。萬一真的把他害了。』

許鳶：『好吧，妳一個不婚主義還是別禍害人家了，而且你們的背景差太多。不跟妳說了，我去交稿了。』

這麼一鬧，向園沒什麼心思去北京參加婚禮了，她現在腦袋還昏昏沉沉的，來回這麼飛，恐怕也吃不消了，於是出院後傳訊息給易石請了假。易石倒是很痛快的同意了，還勸她養好身體。

向園跟易石能在分手後成為朋友，大概也是因為易石的心態跟她差不多，對彼此的欣賞大過男女之間的荷爾蒙。

傳完訊息後，向園頓覺一身輕，心情愉快地回公司。

不過這邊的氣氛就沒那麼輕鬆了，甚至還有點緊張，李馳的事情沒塵埃落定，大家都無心工作，裝模作樣地坐在自己的位子上，目光全往技術部那邊偷瞄。

技術部門口，站著兩個警察正在跟施天佑他們低聲盤問李馳平日裡的工作表現。

技術部一眾人支支吾吾，你看看我，我看看你，面面相覷，憋了半天，也沒說出個所以然來，最後警察有點不耐煩了，正了正警帽，義正辭嚴地教訓：「你們逗我玩？工作表現，我問的是工作上的表現，這種上廁所不洗手、上完不沖馬桶這種雞毛蒜皮的小事就不用告訴我了，跟你們老闆投訴。」

施天佑還挺委屈地，看著那英挺的警察哥哥：「我們……也只瞭解這些啊。」

警察氣到不行，插腰看著面前比他還高的施天佑，「嘿」了聲，這傻小子怎麼泯頑不靈呢，「你的同事，你不瞭解？」

向園站在電梯前，看著施天佑那為難的模樣，想也知道為什麼。

與她一同從電梯裡出來的兩個女同事瞧見這場景，竊竊私語起來——

「施天佑他們不敢說，也正常啦，李馳這性子，誰敢在員警面前告他狀。上次我記得誰去李總面前告了下李馳上班偷溜出去健身的事，李馳就衝過去要打他，你說那陣仗，誰敢。再說，這事還沒塵埃落定，萬一以後還留在公司，李馳還不報復他？」

「說實話技術部這群男的，除了他們老大，剩下的膽子都挺小的。」

「高冷呢？」

「被陳經理帶回去呢，一天都沒見人影呢。」

「不過李馳也是活該，以為自己還是富家少爺呢，脾氣那麼大，上次跟他們要個資料，催得急了點，他直接吼了句滾，我都嚇死了。」

這種案子警察也不想浪費時間，更不可能把所有人請回局裡一個個調查，一般都是私下詢問幾個同事，再找找證據，如果沒證據證明，這案子也就當作情侶間的家務事結了。所以公司裡的人更不可能貿然出頭，警察一臉無奈地揮手，「來，換個人出來。」

施天佑解禁，轉身準備去叫張駿。向園從電梯這邊過去，把人喊住，「等一下。」

施天佑「啊」了聲，回過頭，卻見向園腦袋上包著個紗布，慢慢走過去，在警察面前款款站定，斯文禮貌地伸出手：「您好，我是他們的副組長向園，李馳的情況，我來說吧。」

警察看著面前這個漂亮冷靜的女人，點點頭，「可以。」

向園把人帶到會議室，讓施天佑倒了兩杯水，自己則把門關上，有條不紊地拉開警察對面的椅子坐下，「想問什麼，您問吧。」

向園不是第一次被警察問話，她很小的時候，爸爸死的那天，家裡來過很多員警，家裡的人都被輪番問過話。她那時不過七、八歲，親眼看見自己父親的屍體躺在冰冷的血水裡，胸口插著一把閃著寒光的利刃，刀尖刺穿胸膛，染著赤紅的鮮血，還在汩汩往下流淌。

男人睜著血紅的眼睛，如蜘蛛網般的血絲布滿眼球，死釘釘地看著她……

那種從腳底瞬間竄起的寒意，穿過她冰冷的手腳直至大腦。

她當時嚇得整個人直打寒顫，空氣中彌漫的腐爛腥味，壓著她的喉嚨，連一聲尖叫都發不出。

她有很長一段時間，做夢都是父親那張血流滿面的臉，警察卻一直問她，妳最後一次見到爸爸是什麼時候？還記得嗎？

以致她後來看見員警都有點害怕。

今天這樣的問話，是第二次。

她又感覺到那種從腳底泛起的寒意，直至脊背，額頭上開始冒冷汗。

兩位員警看她這樣，互視一眼，問：「妳是不是有什麼不舒服？腦袋上的傷不要緊吧？」

「沒事，」向園強裝鎮定，搖頭，「關於李馳的情況……」

然而此時，會議室的大門忽然被人打開，昨晚那個在她病房外守了半夜的男人猝不及防地出現在門口，回家換了身衣服，簡單的棒球服跟運動褲，腳上一雙乾淨的白色板鞋，模樣比昨晚那個頹然無力的男人清爽俐落了些，也很英氣。

可能是剛補過眠，透著剛睡醒的惺忪性感。

向園怔怔看著。

徐燕時沒看她，目光清淡、正經地看向一旁的兩位警察，禮貌地點頭：「打擾了。」

於是兩人一併坐下來。

徐燕時拉開她一旁的椅子坐下來，懶洋洋地往後一靠，兩腿大敞著，看著面前的員警自我介紹：「我是李馳的組長，也是她的組長。」

男人一坐下來，他身上淡淡的沐浴乳味道撲面而來，向園確定了，是回去洗澡了。似乎還聞到了一點男性香水味？她記得他以前好像不太噴的，身上大多都是洗髮精和沐浴乳的味道，很淡。

徐燕時一坐下來，兩隻手臂往椅子上一搭，棒球服蹭到她的，那瞬間像是注入了一股熱氣，將她腳底的寒氣全都驅散了。

員警記得他，昨天還跟他一起查監視器影像，點了點頭，拿筆在紙上記錄兩人的名字，隨口問：「那你們誰先說？」

徐燕時都沒看向園，放下搭成塔狀的手指，抬頭直接說：「我來說吧，她剛來，不熟悉。」

門外施天佑跟張駿一人手裡端著一杯水，趴著耳朵在門口聽，不過這個會議室隔音效果不錯，徐燕時說話的聲音不重不輕，他講話從來不疾不徐，輕描淡寫就把事情捋順了用最客觀的語氣陳述一遍，施天佑隱隱約約聽著，大致是說這兩年李馳在工作上犯過的一些錯誤，也客觀地分析了一下李馳這個人生活作風的事情。

張駿跟兔子似的豎著耳朵，小聲地「咦」了聲，「怎麼都是老大在說。」

施天佑：「向組長已經被老大安排得明明白白了，老大不可能讓她說的，要是被李馳知道，報復向組長怎麼辦？要是老大，李馳還會忌憚點。」

張駿嘆了口氣：「我們是不是太懦弱了？」

施天佑斜他一眼，涼涼地看著他說：「那你去說？反正我打不過李馳。」

張駿縮了縮脖子：「我也打不過。」

兩人正說著，裡頭傳來凳子「咯吱咯吱」挪動的聲響，警察洪亮的聲音傳來：「謝謝你們配合了，有消息再聯絡你們。」

聽見向園問：「那李馳的事情？」

「目前還沒定論，我們會再找你們老闆瞭解情況的，不過也不用太擔心，」員警安慰了一句，「李馳跟那位女同事的事情我們會保密的，廁所針孔鏡頭的事情，已經水落石出了，是連環作案，我們之前就抓到了，一個水電維修工人，你們發現的那個針孔鏡頭已經作廢了。至於李馳偷拍的事情，有線索可以再提供給我們，而且那位姓應的女同志，前後口供有點不一致，這個案子還有疑點，後續還要你們配合調查。」

向園點點頭。

員警走後，會議室只留下他們兩人，自昨晚那尷尬的表白後，第一次單獨共處，徐燕時鬆鬆垮垮地靠在椅子上，自顧自地打開會議桌上的筆電，目光筆直盯著電腦螢幕的開機畫面，彷彿當她不存在。只留了個清爽乾淨的側臉給她。

向園尷尬地杵著，走也不是，留也不是，隱約能聞到空氣中淡淡的沐浴乳的味道。

徐燕時開了電腦，寄了封郵件，向園眼尖，看到是一封出差說明，她下意識問了句，「你要出差？」

徐燕時「嗯」了一聲，過了幾秒，向園以為他不會回答了，聽他闔上電腦又漫不經心地補充了一句，「去上海，一週。」

好吧……

又沒話了，向園不著邊際地想著，手指尖被她攥得發白，有點不甘心地說了句：「那我出去了。」

徐燕時忽然叫住她，把電腦往前一推，終於轉頭看著她，「妳真的讓李馳去後勤部？」

「嗯。」向園點頭。

他的眼神忽而變得深沉，有些譏誚地看著她，「因為他過去兩年犯的錯誤，還是因為他喜歡了不該喜歡的人？」

向園本來以為李馳的性格可能是家道中落造成的，而且根據過去兩個月的表現看，李馳確實已經不適合留在技術部了，遲到早退，甚至還因為他的疏忽，連韋德那麼大的單子都出了問題。

公司念在他最近手頭比較緊，家庭情況複雜，讓他好好反思。

「我只是覺得他暫時不適合留在這個部門，只要他心術正，願意努力，看他表現，回來也不是問題，徐燕時，我不是對他有偏見……」

「我明白，」被他輕飄飄打斷，有點無奈地笑了下，「我又沒說什麼，也沒有逼妳做什麼決定。」

向園一愣。

徐燕時站起來，靠著桌沿，看門口貼牆站著的向園：「這件事要回報總部，而且還要找李馳的歷年員工評價表，要寫一大疊人事調任申請書，最重要的一點，李馳跟我們公司副總是親戚關係。要調他，不是那麼容易。」

向園下意識以為是李永標，畢竟都姓李，結果仔細一聽，是副總，「黎總？」

徐燕時點頭。

黎沁是維林西安分公司的副總，三十出頭，不過她屬於李永標背後的女人，不太管事。這是向園見過唯一一個總經理比副總還忙成狗的公司。

「不然，妳以為呢？」

向園覺得不對啊，「當初高冷跟我說，李馳犯錯是你保下來的？」

「我只是賣了個人情，」徐燕時低頭自嘲一笑，「就算我不保，黎沁也會保他，我為什麼不賣個人情給黎沁。時間長了，妳就會懂，很多時候，很多事情，妳都無可奈何，那就不如順水推舟。」

向園完完全全怔住，這是她全然沒有想到的，甚至有點頭皮發麻，忽然覺得面前這個男人有點不認識了。她本以為，徐燕時一直保持著那種水至清則無魚的清高。

「你……」

徐燕時譏嘲地笑了下：「是不是覺得，我也挺壞的？」

「沒有……」向園一時說不上話來，喉嚨發堵，只覺得心疼，到底經歷了什麼會讓他選擇妥協呢，愣了半天，艱澀的開口，「黎沁是不是答應你什麼了？」

那次總部有個A類名額，分到西安這邊只有一個，陳珊提前拿到消息，讓他跟黎沁爭取，因為只有在轉A的前提下，才能去總部的研發室，他那時像條喪家犬一樣窩在這邊兩年都沒機會轉，不是這邊一個關係戶，就是這邊一個釘子戶。

他被消磨了耐心，心也浮躁了，那陣子李馳把一個大客戶的訂單丟了，還把人家的老總澈底得罪，黎沁就拿這事跟他交換，畢竟徐燕時是李馳的直屬上司，他出面保，比黎沁自己出面保面子上要稍微過得去。黎沁也怕老是賣自己的面子。

「最後怎麼沒轉？」聽到這，向園忽然問。

「因為那年上海分公司的關係戶名額不夠，把西安這邊取消了。」

向園聽的腦門一陣冷汗，天哪，這層層勾結的，難怪老爺子一年比一年瘦，公司都腐敗成這樣了。

「關係戶很多嗎？」

「妳可以拉下公司名單，不是姓李，就是姓陳，還有幾個姓應，和趙的。都是關係大網。」

向園也是到後來才發現，公司保全他媽姓陳。

他笑笑，不過那笑裡似乎多了些灑脫和隨意，抱著手臂坐在椅子上，看著她：「所以這件事，妳別跑去跟李總說要把人調走，李總這人跟黎沁一個鼻孔出氣，妳話剛說完，後腳李馳就知道了。我這週不在公司，回來妳要是被人滅口了……」

「就替妳多燒兩柱香吧，」他半開玩笑地，又有點遺憾地說，「也只能這樣了。」

向園卻牢牢盯著他，「如果我有辦法讓你去總部，你去嗎？」

徐燕時一時沒答上來，什麼叫她有辦法？怔楞地看了她半瞬，笑了下，半開玩笑地問：「妳又是哪個關係戶？」

見她不答，眼神微微下沉，低頭對著她的眼睛，「嗯？這麼討厭我？想讓我走？」

他微垂的眼，看起來比平時更吸引人，向園被他瞧得心又忍不住怦怦跳，側開頭，不願看他的眼睛，「你不是想去總部研發室嗎？總窩在這也不是辦法吧？」

「再說，」他抱著手臂直起身，拖開椅子，雙手抄進口袋朝她走過去，「去了也不見得好。」

「為什麼？」她不解地看著他一步步走進。

沐浴乳的味道，似乎又濃烈了些。

他在她面前停住，居高臨下：「說不定我哪天就辭職了，去總部沒那麼容易走人。」

「你要辭職？」向園抬頭看著他。

「也許。」他說。

他沒什麼情緒，眼神也很清淡，彷彿只是在說，明天出差兩天。會議室裡靜謐，靜得似乎能感受到彼此的呼吸，向園下意識地以為是因為自己，不假思索地脫口而出：「因為我嗎？」

徐燕時失笑，側開頭輕哧，似乎在笑她的自作多情，「妳想多了。」

向園低回頭，「哦」了聲，盯著腳尖，不知道怎麼接了。

聲音從頭頂響起，「暫時還不會走。」

在她低頭的瞬間，徐燕時視線轉回，垂著眼睨她，眼神終於露出些許不忍言說的情緒，深深地看著她。

他在跟自己較勁，腮幫子隱約動了下，忍了忍，剛要開口。百葉窗外兩道人影倏忽閃過，徐燕時下意識抬頭，施天佑跟張駿一晃而過，緊接著會議室玻璃門被人推開，門外站著一臉陰鷙的李馳。

向園還沒看清來人，已經被徐燕時單手拽到身後，高大的身影將她的視線擋住，完全看不到門口李馳的表情。

男性氣息結結實實攏著她，向園的心砰砰跳，窩在他身後想探出腦袋去看李馳想幹什麼，結果被他單手推回去，隨後，徐燕時有點不耐煩地掃了門口的李馳一眼。

向園是第一次見他露出這種表情，平日是不太動怒的，即使不耐煩也透著些微懶洋洋的，看起來沒什麼攻擊力，這時候的徐燕時卻狠厲得多，透著她未曾見過的男人的血性。

氣氛忽然有點緊張。

不過李馳用眼神凝視了徐燕時三秒後，被門口突然出現的陳書叫走了。

高冷在一旁氣得哇哇大叫，整個樓層充斥著他的怒吼聲，「妳跟他有什麼好說的，靠，陳書！他是不是私底下撩妳了？」

陳書把高冷胡亂推進辦公室：「你給我進去！」

向園還在吭哧吭哧擼袖子，如果真的打起來，她準備在一旁揪李馳的頭髮，正好試試賴飛白交給她的那點三腳貓功夫，結果陳書一句話就把李馳喊出去了。

正懵怔之際，徐燕時拍了下她的腦袋瓜，「走了。」

兩人出去，高冷冷著臉坐在一旁生悶氣，施天佑苦口婆心勸他，「讓陳經理跟他聊聊吧，當然了，作為男人，讓自己的女人去開解一個暗戀她的人，換作是誰都不會舒服的。但是，這不是說明你女朋友魅力大嘛……」

高冷顯然不是很高興，完全不理他，陰著臉罵了句：「滾。」

施天佑乾笑兩聲，果斷滾了。

向園跟徐燕時回到自己的座位，等她打開電腦才發現，剛剛在會議室他寄的那封郵件是給自己的——是下個月的新產品計畫書，包括展示內容。

兩人的座位背對著，一個在頭，一個在尾，向園回頭看了一眼，發現他正窩在椅子上，電腦開著個表格，好像是出差事項說明書。

向園傳訊息過去。

『你什麼時候走？』

想想，又補了一句。

『發表會的事情我找誰討論？』

向園傳完，微微側頭用餘光瞥了一眼。

手機震動，他瞥了一眼，還是窩在椅子上，雙手搭在鼻尖，沒動作。

向園不知道為什麼，心跳比平時還厲害，比他昨晚表白時以及他說些不正經的話時還厲害。

明明是他被拒絕了，現在卻偏偏有一種她被拒絕的感覺，怕他不回訊息，怕他不願意跟自己說話了。

怎麼這麼被動。

她正胡思亂想呢，手機響了。

xys：『明天的飛機。』

xys：『陳書吧，她手裡有資料。』

向園：『好。』

向園沒回頭，卻聽見他把手機丟到一旁。

尤智不知道從哪滑著椅子過去，低頭對著手機跟他說：「老大，《卡佛里三》上映了欸，要不要一起去看啊？」

向園聽見他漫不經心地說了句：「看過了，普通。」

彼時，她面前的手機又響了一下，尤智在身後詫異地追問他跟誰去看電影的。

向園手機裡又躺著一則他的訊息，大概是一邊跟尤智聊天一邊傳的。

xys：『李馳的事，等我回來再說，妳別擅自做主，黎沁的後臺是楊總。』

向園回：『楊總？行銷部的楊平山？』

這個人她聽老爺子說過，算是「開朝元老」了，脾氣執拗，黎沁的後臺是楊平山，楊平山這個人就另說了，老爺子跟賴飛白偶爾提起這個人，一個很難搞的老頭。每年跟股東唱創收創收，改革改革，天天以為員工謀福祉為由，腐敗一把手。

她想不到一個西安的分公司，人脈網線都這麼大。

身後尤智還在追問徐燕時跟誰去看電影，徐燕時沒理他，低頭傳訊息。

xys：『連楊平山都認識？』

向園：『來得時候看過公司的簡章和資料，主管都記下了，怕碰見了不喊人尷尬。』

她覺得自己這理由編得還挺充分的。

徐燕時笑了笑，把手機丟到一旁，沒再回。

第二天，徐燕時走後，向園幹勁十足，忙得四腳朝天，跟陳書把發表會的內容對了一遍，又去找老慶核對下個月比賽的事情，比賽跟發表會前後只差一個星期。不過應該不影響。

想到這，她打電話給許鳶，「對了，妳幫我找件晚禮服，我開發表會要用的。我好像上次提醒過妳，最近事多忘了有沒有跟妳說過了。」

許鳶正在趕稿，夾著電話，眼神專注地盯著電腦劈里啪啦一通敲，敷衍地說：『知道啦，大小姐，我保證寄過去給妳，今天是死亡截稿日，我先掛了啊。』

「那妳別忘了啊！」

向園沒喊完，電話已經迫不及待地嘟嘟嘟掛斷了。

她喃喃地罵了句，這小妮子。

上海有個車聯網科技國際會議，徐燕時跟陳珊代表東和集團參加，忙到連喝口水的時間都沒有。

剛坐下，陳珊眼睛一亮，端著酒杯朝對面的幾位走過去，徐燕時喝了不少，人有點疲，在位子上坐了一下，陳珊已經回頭盯他了，他無奈地扣上西裝釦子站起來。

等走到她身邊，陳珊說：「對面那個是凱盛科技的陳總和林總，他們跟我提過你。」

徐燕時端著酒杯，「什麼意思？」

陳珊一身水藍色晚禮裙，身材婀娜，收腰束身，近四十的臉，水光發亮地猶如三十左右，非常有風韻。

她食指輕捏著酒杯，端莊優雅地朝對面兩位老總舉杯示意，率先打了聲招呼，然後抬頭看了徐燕時一眼，微笑著看著四周的熟人，時不時舉杯打個招呼，低聲說：「出差前一天，楊平山在董事長辦公室可以說是撕破臉了。這兩人都是老狐狸，說話夾槍帶棒的，雖不到老死不相往來這麼嚴重，但是楊平山確實也放話了，說縱觀整個商界，還沒他年齡這麼大的董事長，都七十好幾了，還不肯放權，約莫意思是可以讓底下的人接手了。」

「老董事長年齡確實大了。」

陳珊：「他底下沒孩子，兒子兒媳都死了，只剩底下兩個孫女孫子，偏偏這兩個孩子對公司沒想法，一個打遊戲荒廢了好幾年光陰，還有個現在不知道還在弄什麼鬼飛行基地。老爺子這麼多年打下來的江山，肯定不甘心交到別人手裡。」

陳珊大概是總部裡唯一一個知道向園身分的，不過她沒點透，畢竟老爺子規定誰也不能說。

忽然問了句，「對了，你們那個新來的，表現得怎麼樣？」

「向園？」徐燕時說，「挺聰明的。」

「能帶起來嗎？」

「認真學，還是可以的。」徐燕時說。

陳珊嘆了口氣，「行吧，你多幫著點。」

「妳親戚？」

陳珊沒否認，說了句，「嗯，一個朋友的孩子，她媽媽是我的老師。搞GNSS方向的科學家，因為常年在實驗室，沒時間帶孩子，從小都是爺爺奶奶的帶的。她小時候很聰明的，我記得她五歲就參加過航太航空少兒組的知識競賽，把那些十幾歲的小學生搶答得一愣一愣的。」

航太航空知識競賽？少兒組？

原來是這麼個少兒法？

「那怎麼現在看起來資質有點普通？」徐燕時說得很直接。

陳珊笑了下，「我老師大概是因為自己為學術奉獻了一生，不想女兒再走她的老路了。反正她爺爺很有錢，也不在乎她賺不賺錢。」

向園此刻正抱著一本程式設計的書，還有GNSS定位測量基礎在看，她總覺得在技術部門，不學點專業技術不行。

於是很不自量力地從徐燕時的座位上抽了兩本書，一個人留下來加班學點專業技術，這樣等徐燕時從上海出差回來，他開會跟高冷對演算法的時候，她忽然講出答案，看到他驚訝的表情，想想都覺得刺激。

然而，這種專業技術並不是那麼好學的。

她看了一個晚上，連最基礎的演算法都沒搞定，心情崩潰之際，懶洋洋地往下一趴，下巴磕到了手機，正好，剛接了個外送電話，手機停留在通話那頁。

她一籌莫展地拿書本的角撓撓額頭。

結果，手機聽筒裡忽然傳來一聲：『喂。』

向園乍然一愣，低頭一看，通話畫面顯示——隔壁組長。

她心下一抖，連忙接起來，「呃」了半天又不知道說什麼……

但是說自己打錯了，感覺好像在找藉口，那邊很耐心。沒說話，等她說，向園焦灼地拿書本角撓了撓自己的頭，半天憋出一句：「我拿了你的兩本書看看，不介意吧？」

徐燕時的聲音帶著一點沙啞，『什麼書？』

向園一聽他好像喝多了，她翻看一下手上的書，「程式設計基礎。」

那邊笑了一下，『妳看得懂？』

「誰不是從看不懂開始。」向園不屑。

徐燕時『嗯』了一聲，能想像到如果此刻人在她面前，一定是一臉看好戲的表情。

向園認了，大神在這，趕緊討教，「你現在方便嗎？我問你兩個問題？其實我大學選修過一點點程式設計基礎，簡單的演算法能看懂，但剛剛想運行一個函數怎麼樣都不行。」

『在公司？』徐燕時反問。

向園點頭，「對。」

『妳用自己的電腦，開螢幕分享跟線上會議室。』

「好嘞。」向園爽快答應。

向園把筆電搬到會議室，開了線上會議室等徐燕時上線，那邊很快就彈出一個窗口，邀請她遠端連結。

對話欄開著，方便過程交流。

輸入框裡，飛快閃出一串字，徐燕時說：『函數可以用參數變數，先從簡單的開始……』

徐燕時認真解釋，向園學過，很快就過，「懂。」

聊天室又顯示：『其實函數程式設計就是把圖表更立體化……』

他開了個軟體，幾乎不用思考地就打下一串代碼，『代數值，系統自動替換。』

圖表上，他寫完，突然出現一個滾動的拋物線，『然後把座標去掉，妳試下。』

向園照著他給的函數，對比剛才及書上的例子，自己依樣畫葫蘆寫了個程式碼，發現居然真的動了。

『真的可以耶！』

她有點激動。

那邊：『試試這個。』

緊接著，他傳了一串函數代碼過來。

向園一看好幾個冪函數，泄了氣：「你也太打消積極性了，我才剛學會走。」

那邊雷打不動：『試試。』

向園深深吸一口氣，「等等啊。」

十分鐘後，劈里啪啦一通敲，她咬牙，按下輸入鍵。

成功了！

她興奮地在聊天室裡打：『我好厲害！』

剛打完，她看著電腦上那個滾動的畫面越來越快，越來越快。

她忽然收了笑，呆愣愣地看著那個函數的運行。

其實跟剛才滾動的波浪線沒什麼差別，只是兩邊的埠被靜止了，中間的線條隨著此起彼伏的波浪線條不斷緊緊地湊在一起，最後慢慢地，拚成了一個——

線條堆成的愛心。

向園心跳砰然，滑鼠被人一動，聊天欄裡，有人不疾不徐地打字——

『晚安。』

第八章　重拾

上海，國際聖皇酒店。

這次國際會議與會有近百人，主辦方安排兩人一間，東和集團只有陳珊和徐燕時參加。於是，他恰好跟同樣落單的凱盛科技的技術員一間。

技術員叫畢雲濤，標準的工程師，格子襯衫，黑眼圈，大眼鏡框，以及坑窪不平的痘痘臉。

相比之下徐燕時就有點過分了，白襯衫，精薄的無邊框眼鏡，高挺的鼻梁，笑起來尖細上揚的嘴角，儘管沒笑過幾次，舉手投足間的風度全然沒有半點工程師的樣子，不知道的還以為是主辦方邀請來的哪個電影明星。五官相比電影明星可能沒那麼精緻，組在一起偏偏就添了三分氣質。那不驕不餒、不卑不亢在宴會廳裡迎來送往的模樣太自如。

畢雲濤留意他很久，整個晚宴的大多數女人的目光都會在他身上停留片刻，連他們林總這個比電線杆還直的直男都用餘光瞧了他數次，甚至提過想把他跟陳珊一起挖來自己公司的想法。畢雲濤才知道這人叫徐燕時，維林科技的技術員。林總很欣賞他，沒想到酒局結束，自己居然跟他同一個房間。

不過他的話不多，回到房間換了衣服。男人換衣服非常乾脆，也不扭捏，脫了襯衫，光著肌理清晰的後背，彎腰從行李箱裡抽出一件黑色T恤，腦袋剛從領口鑽出來，衣服還沒往下拉呢，床上的電話就響了。

畢雲濤看他先是微微一愣，手僵著，緊接著露出了今晚第一個笑容，接了電話，手慢慢把衣服往腰下拉。說實話，畢雲濤看他今晚整場的表現，甚至他同桌的幾個女生都在偷偷討論，這個男人冷得像個gay。

徐燕時立在窗邊跟電話那頭聊了兩句。

然後，畢雲濤很震驚地看著他開了電腦，居然在教妹子寫程式設計。為什麼知道是妹子呢，因為那個大頭照一看就是個女孩子，畢雲濤不敢仔細看，只是偷偷瞟了兩眼，那美少女戰士的大頭照非常顯眼，吸引了畢雲濤的注意力。

不過大神有點俗，這什麼落後的撩妹技巧，他們現在都不用了好不好。

那邊的女生不知道說了什麼，遠端連線斷了，徐燕時沒關對話欄，盯著聊天室出神。

畢雲濤到他面前揮了揮手，「hello。」

徐燕時回神，抬頭看他一眼，下意識把電腦關了，人坐正，點了下頭：「你好。」

畢雲濤靠在旁邊的電腦桌上，徐燕時靠在椅子上坐著，兩人一高一低，開始技術男之間的攀談。

畢雲濤點了根菸，靠著桌自我介紹：「我是凱盛的，畢雲濤。」

徐燕時正要準備自我介紹，畢雲濤抽著菸打斷，「我知道你，徐燕時，剛剛林總提過。」

徐燕時靠在椅子上笑笑，沒接話。

畢雲濤指了指電腦，「女朋友啊？」

徐燕時穿著寬鬆的黑色T恤，今晚喝了不少，整個人有些放鬆，懶洋洋地靠著，隨手拿起自己放在桌上的菸，取了一根出來，銜進嘴裡，搖頭：「還不是。」

畢雲濤一聽這個還不是，有些意外地撈過桌上的打火機，幫他點火，「沒追到？」

徐燕時摸打火機的手停了，順著他的手勢，低頭起背，微微湊過去把菸頭吸燃，尼古丁穿透咽喉，人又往下鬆了鬆，仰在椅子上，哂笑：「被拒絕了。」

畢雲濤驚訝地挑眉，一臉不敢置信：「我想像不出來還有女人會拒絕你。」說完，把菸灰彈進一旁的垃圾桶裡，菸灰缸在桌角，懶得去拿。

徐燕時起身，把菸灰缸拿過來，擱在兩人中間，拿食指彈了彈菸灰，收下這變相誇他有魅力的讚揚，散漫地笑了下，「過獎。」

「不過你追人的手段不行，」畢雲濤吸了口菸，直白地說，「笛卡兒心型曲線這招我們大學時還行，現在大家都不用這個了。」

七、八年前剛學程式設計時，這個表白方式確實蠻流行的，老鬼就拿這個東西逗過陸茜。徐燕時剛才也是心血來潮，看她學東西那認真的模樣，忍不住想逗逗她，本以為她解不出來，沒想到還真的被她弄出來了，陳珊說的沒錯，向園確實很聰明。

畢雲濤一本正經地跟他傳授了自己的經驗。

「你下次遠程控制她的電腦，弄個彈跳窗口，問她要不要當你的女朋友，不點確定無法關，或者就一直彈，把確定取消的按鈕改成，當、不當女朋友當老婆。」

徐燕時叼著菸，窩在椅子上，看電腦上那個美少女戰士的大頭照灰了之後，伸手把電腦關了，笑了下：「算了，不想把她逼太緊。」

畢雲濤豎了豎大拇指：「紳士。」

其實也算不上，不過是想確定下她的心意。如果真的不喜歡，他也不會逼她，如果是有別的原因，他想他會不顧一切把她追到手。

不過這話跟剛認識不到兩個小時的人也說不上，徐燕時搖搖頭，把菸頭按滅在菸灰缸裡，岔開話題：「你在凱盛多久了？」

回憶湧上心頭，畢雲濤說：「五年吧，剛畢業在一個獵頭公司待了兩年，也是機緣巧合，認識凱盛的林總，你也知道凱盛這幾年在上海風頭正猛，我的學歷不太好，不是什麼明星大學畢業的，那時候想進凱盛還是挺難的，但是凱盛的林總不太在乎這些，看了我的車聯網定位設計，二話不說就把我招了進來。」

徐燕時抱著手臂聽。

剛剛在宴會廳，林總找他聊了一下，言談間能聽出這個林總很惜才。

畢雲濤：「那時候壓力還挺大的，公司裡都是風言風語，說我是林總親戚，林總力排眾議，還讓我進了最核心的技術部。他告訴我，你只要做好你自己，做好設計，其他的由他承擔，為了報答林總，我這幾年把頭髮都熬禿了，女朋友也沒找。」

「我看過你們去年的新產品發表會，你們把車聯網的智慧導航運用得很好，我才想起來，那年底下的總設計師簽名是你。」徐燕時說。

畢雲濤難得有點害臊，「沒想到你也關注過。」

「去年的科技十佳，很厲害。」徐燕時由衷說。

畢雲濤下意識說：「如果你來，肯定更厲害，林總很支援技術部，我聽你們陳珊經理說過，東和這幾年渴望轉型，一直不太重視技術部，像你這樣的大神，窩在這樣的企業，是挺屈才的。」

徐燕時笑笑，又點了根菸，瞬間煙霧瀰散，隔著青白的霧，半開玩笑地說：「你不怕我把你的地位擠了？」

畢雲濤笑呵呵：「求之不得，我也是第一次聽林總說起你，說你大學就拿了不少獎，而且大學畢業就拿到韋德的offer，你這種在我們這裡就是大神級人物了，我是半路出家，沒上過好的大學，也想跟你們這樣的高手過過招啊。」

徐燕時彈菸灰，笑容肆意：「有機會的。」

第二天，林凱瑞迫不及待地跟畢雲濤打探消息，「你們昨晚聊什麼了？」

畢雲濤如實稟報：「大致聊了一下，我看他的意思，應該也在東和待不久了，對我們的印象也不錯，還誇我們得獎。」

林凱瑞點點頭，徐燕時這個人他盯太久了，叮囑了一句，讓畢雲濤往後幾天多打探打探情況，比如家裡有什麼人，缺不缺錢啊，順便打探打探東和最近的動向。

畢雲濤為難：「這個不能問吧，人家也很有職業道德的，公司的事情不會跟你多說一句，他寧可跟我聊妹子都不聊工作上的事。」

「算了，東和這幾年什麼路數我也知道得差不多了，那幾個老骨頭董事，想轉型也不看看現在什麼市場，高科技的東西、頂尖的人才放著不用，簡直浪費資源，還想著轉型做醫藥行業，現在醫保一年比一年漲，還做什麼醫藥，也不知道在想什麼。真是老頑固。」

林凱瑞又補了句：「他留在東和是不是還有什麼疑慮？」

畢雲濤靈光一閃：「難道是昨晚那個妹子？」

畢雲濤一五一十地彙報完，林凱瑞沉思片刻，一拍大腿，篤定地說：「那就是了！去，把她一併給我挖來！」

畢雲濤：挖竹筍呢？還拖家帶口的？

那晚向園回了個「晚安」就急促地下線了。

又是一夜難眠，這個男人真是騷操作層出不窮，小心臟撲通撲通跳到第二天早上。

第二天，向園頂著兩個碩大的熊貓眼出現在辦公室，接到的第一個消息就是李馳的事件警察已經結案了，應茵茵承認自己沒有親眼看見李馳偷拍，那些親密照也是兩人在一起的時候拍的，因為李馳威脅她要把照片傳到網路上，她才急了，因為這事，總部對應茵茵下了處分，實習期延長一年。

反觀李馳什麼事都沒有，甚至還大搖大擺地出現在公司裡。脾氣似乎更大了，楊平山這次為他出頭，徹底增長了他本就囂張的氣焰，黎沁很無語，勸他別再惹事，李馳不當一回事。

約莫是那天向園跟警察檢舉的事情，李馳記恨上了向園，兩人在電梯裡碰見，李馳居然故意掏出手機，假裝要拍她，電梯裡其他女生都有點膽戰心驚，覺得李馳現在越來越發明目張膽地調戲女員工了。

向園不為所動，冷淡地瞥了他一眼，似乎在笑他的小伎倆。

向園跟他不計較，但高冷做不到，高冷要李馳刪照片，李馳不肯刪，甚至還直接放出狠話，既然都挑明了，也沒必要遮遮掩掩了，男未婚女未嫁，他嚇唬高冷要撬他的牆角，高冷差點直接背過氣去。

最後還是向園把高冷拉到會議室，又把陳書喊過來，讓陳書安慰這個徹底失去安全感的男人。

向園關上會議室的門，把李馳叫走。

兩人到廁所門口，向園也不跟他廢話，穿著套裝裙，外面披著羽絨大衣，高跟鞋蹬地，身段非常吸引人，她插著腰，冷著臉看著李馳：「你能不能安分一點，真的想去後勤部？你以為楊平山給你當靠山，沒人治得了你是不是？」

李馳卻笑呵呵地答非所問：「我忽然覺得，妳現在看起來比陳書辣多了。」

「謝謝，」向園仍是冷著臉，「但是，李馳，我是認真跟你說。」

說到這，向園忽然拉了拉手指關節，「咯咯」作響，兇狠地盯著他，一字一句從牙齒縫裡擠出話：「很認真，我從小脾氣就不太好——」

說到這，掛在胸前的手機忽然震起來。

向園低頭一看是徐燕時，剛剛頭頂彷彿聚了一團烏雲，在那瞬間全散了。

前一秒還兇神惡煞的女人，撈起手機，溫柔地「喂」了聲。

電話那邊男人聲音低沉，顯然又是剛應酬完，聲音有點疲憊。

『不開線上會議室？』

向園「嗯」了一聲，「你聽起來很累？」

『還好，』徐燕時說完，頓了一下，向園聽見話筒那邊打火機「啪嗒」響了一聲，他點了根菸說，『晚上還有個會，還有三個小時，能陪妳一下。』

向園心疼他，「你還是休息一下，我不著急，等你回來再學——」

話音沒落，卻被他打斷，向園聽他吐了口氣，自顧自說：『今天開視訊？』

向園看了李馳一眼，當著他的面還真的不知道怎麼回，只能匆匆說了句：「等一下再說吧。」

被徐燕時聽出來，低聲問：『怎麼？現在不太方便？』

倒也不是不方便。

結果李馳很不耐煩地催了她一句，「向組長，好了沒啊？」

徐燕時對李馳的聲音再熟悉不過，『李馳？』

聲音聽起來莫名不爽。

向園一個頭兩個大，惡狠狠瞪了李馳一眼，走到旁邊，背對著李馳確認他聽不見，才對電話那邊說：「案子結束了，我找他談話。」

徐燕時『嗯』了聲，沒什麼情緒地說：『沒什麼好談的，早點回去，別給自己惹麻煩。』

向園：「你不打這個電話，我現在已經跟他說完了。」

『怪我了？』徐燕時笑了一下。

「沒，」向園說，「你要是累先睡一下，今天公司事情多，我不一定有時間。對了，那邊好玩嗎？」

徐燕時看著窗外的明珠塔，半開玩笑地說：『下次帶妳來，這家酒店還不錯。』

向園的神經又開始劇烈地跳動了！這人！

「誰問你酒店！」

徐燕時收起不正經，靠在床頭，一隻手握著電話，低著頭懶洋洋地倒了杯水，怕她反感，補了一句：『開玩笑的，別當真。』

「我現在相信高冷他們說的話了。」

『什麼話？』

「說你是個老不正經。」

『把老字去掉。』

快三十的男人也很敏感吶。

向園正在想，卻聽那邊忽然靜了一下，喝了口水，嗓音潤過後，一本正經，恢復些許冷淡：『我只對妳這樣。』

向園掛了電話，重新回到李馳面前，剛剛那股氣勢已經被徐燕時一通電話消磨光了，最後只能硬邦邦地警告了兩句。

李馳譏諷地看著她：「幹什麼，A類員工威脅C類員工？」

「知道自己是C類還不安分點？」

李馳：「我這個人呢，吃軟不吃硬，妳要是好好求求我，我還能安分點，或者請我看個電影，吃個飯，最好是再開個房，妳說什麼我都能答應妳，但是妳要是這麼凶巴巴的，我就不喜歡了。我這個人叛逆，妳越不讓我幹什麼，我就越幹什麼。高冷越不讓我接近陳書，我就越要去追求她，怎麼了？有什麼問題嗎？生活嘛，開開心心的有什麼意思，像渾水一樣攪得一團亂，大家都髒，才有意思，懂嗎？哦對，還有我們的老大，妳以為他很乾淨嗎？陳珊以前追過他，妳知道嗎？」

「這說明什麼你知道嗎？」

向園笑了下，維持冷靜：「說明他足夠成熟、足夠有魅力，連陳珊那種成熟穩重的事業女強人都願意主動追求他，你應該感受到差距，而不是暗自嫉妒。你敢騷擾他，我會讓你死得很難看。」

李馳黑了臉。

向園看也不看他，直接蹬著高跟鞋走了。

廁所裡。

應茵茵正嗚咽著嗓子打電話給她的大伯。

這事連應茵茵大伯都沒辦法，只能在電話裡苦口婆心地勸她，『妳就安分點吧，我求求妳了，妳非得這麼丟人現眼，這下連楊總都知道了！』

應茵茵滿腹委屈，嬌嗔道：「我怎麼知道楊平山會為李馳說話啊！」

應茵茵的伯父跟奶奶姓，叫趙錢，所以很多人一開始想不到這兩人居然也有關係。趙錢厲聲訓斥，只差穿過電話線戳她腦袋了，『妳整誰不行，偏要整到楊總這邊的人，楊總聽說妳是我姪女，一大早就跑我辦公室請我喝碧螺春，他的碧螺春誰敢喝？誰喝誰倒楣！』

應茵茵光顧著哭，什麼話都說不出來。

趙錢嘆了口氣：『但好在楊總也沒說什麼，你們年輕人鬧鬧矛盾，他說了趕緊把事情說清楚，雖然下了處分，但只要妳表現得好，不影響妳轉正的事，只要明年有名額，還是有機會。』

應茵茵嗡嗡聲啜泣：「我聽說，明年這邊就要關了是不是？如果明年前還沒轉正，我是不是要被分到鄉下去了？」

趙錢：『有這個可能，所以我讓妳從現在開始不要再惹事了，跟同事相處和睦一些。別老做這些亂七八糟的事情，妳瞧妳，昨天連司徒老董都問我了！西安那兩個年輕人怎麼回事？』

應茵茵癟嘴，眼淚在眼眶裡打轉。

趙錢揉了揉跳動的太陽穴，『茵茵，妳不能再這麼耍小性子了，黎沁都跟我說了，說白了，大家是看妳又笨又蠢，不跟妳計較，真的遇上要算計妳的，妳早就死一千八百回了。就你們那個新來的，妳看看她都能算計妳請全部門的人喝飲料，那麼一個黃毛丫頭，都鬥不過，總部這邊的龍潭虎穴，妳更待不了。』

應茵茵一聽這話裡的意思，沒反應過來：「您是什麼意思？」

趙錢覺得黎沁一點也沒說錯，這人真是笨得可以，『算了，我懶得跟妳說。妳給我安安穩穩別惹事就行了，別再招惹李馳那小子了，我不知道他跟楊平山什麼關係，但是楊平山既然肯出面，肯定也是看在黎沁的面子上，黎沁這女人更不好惹。』

「所以我現在不是西安最大的關係戶了？」

應茵茵對這個比較執著，關係戶很多，但是她一定要是眾多關係網中最頂尖的那個。如今冒出一個李馳，她只能排到第二了。

趙錢懶得理她，直接掛了電話。

彼時，技術部的向園也接到老爺子的電話，看到手機螢幕上閃著的司徒明天吃泡麵的照片，她吹了聲口哨，真是難得啊，這老頭居然主動打電話給她。

她翻著手上的程式設計書，故意地問：「哪位？」

『妳英俊瀟灑風流倜儻的爺爺。』

向園笑了一下，「你想我啦？」

『我想妳奶奶。』

向園失笑，居然分不出這是在罵她，還是真的想奶奶了。

司徒明天也不跟她廢話，切入主題：『現在有個升職的機會，妳敢不敢幹？』

向園漫不經心地翹著二郎腿，翻著書，心裡咯噔一聲有點慌亂，嘴上還是說：「我有什麼不敢幹的，升到哪去？」

司徒明天說：『就你們技術部部長位子。』

向園翻書的手一頓，「原部長老楊去哪了？」

司徒明天：『楊平山把他調到總部了。』

「楊平山哪來那麼大權力？隨便調任一個中層主管，難道不需要董事長的同意？」

向園正要跟他說楊平山和李馳的事情，但被司徒明天打斷，老頭前所未有的嚴肅，聲音繃著，『妳就說妳幹不幹吧？反正跟妳解釋了妳也不懂。』

「……」向園氣炸，「你這是求人的態度？」

司徒明天悠悠地說：『我晚上給妳奶奶燒柱香。』

「這麼大的年紀了，你還告狀？」向園靠在椅子上，氣呼呼地吹了下瀏海，平復一下自己的心情，儘量用客觀地語氣說：「我給您推薦個人，技術部部長，除了他，沒人更適合。」

『誰？』司徒明天警惕。

「徐燕時，我們組長。」向園儘量讓自己的聲音聽起來平靜，用平時喊「高冷」的口氣說。

司徒明天那邊靜了半晌，向園的心莫名有點緊張起來，心跳鼓動著。

司徒明天覺得這名字耳熟，但又一時間想不起來，趕緊讓小白翻了檔案出來，一看想起來了，就是陳珊那個愛徒。

司徒明天最近對陳珊很不滿，『不行，他跟陳珊是一夥的。而且這小子簡歷不錯，這麼多年都沒轉A？』

向園翻白眼，語氣也急了：「這事真的怪不了他，每次都被你們楊總那些關係戶擠了，他沒背景每一次都要讓路，而且他這幾年為公司做了多少你們看不到，你們只知道後臺資料穩定運行，你不知道技術部這邊的人每天都加班到幾點，他們怕白天測試會影響正常公司的運行，所有的新產品測試和數據的更改，全部都在半夜，有時候加班到五、六點，連家都不回，你們看見的，就是那些整天在你們面前溜鬚拍馬的人！」

司徒明天深深嘆了口氣，『做生意，講究的是人情往來，這是個關係社會，做什麼都講究人情。但如果這人是金子，真的會被埋沒嗎？被埋沒，始終還是因為自己實力運氣都不夠，這怨不得那些運氣好的人，更怨不得我們，妳說的這個問題，我會考慮，但這次的部長人選，因為只有妳是A類符合標準，如果妳不同意就只能從總部調個人過去。』

那哪能，再來個關係戶，向園頭都大了。

「可以啊，不過我有條件。」

第一次升職員工還提條件的，司徒明天只覺得頭疼到不行，揉了揉，不想跟她廢話，『說說。』

「我這邊要調派一個人去後勤，你告訴楊平山，李馳這個人已經不適合留在技術部。我是技術部部長，我想我有這個權利。」

司徒明天沒想到這丫頭有樣學樣，學得還挺快，機靈到不行，腦袋隱隱泛疼。

『也不知道你們西安那邊在搞什麼鬼，行了，我知道了，楊平山那邊我去說，但黎沁那邊妳能搞定嗎？』

老楊的調任書，很快就下來了，李永標批示過後，所有人翹首以盼這次新上任的技術部部長會是誰。

緊接著，第二份調任書就下來了。

所有人都驚呆了？這這這這……剛來沒多久的新員工，到底是何方神仙啊？

同時，又從內心深處，深深地同情徐燕時，又被新員工壓了。

當天傍晚，整個公司部門召開派遣委任會議，西安分公司的所有中高層主管逐一列席，不得請假。除了已經出差在上海的徐燕時，其他人員全部到齊，這次連平日裡不怎麼出席會議的分公司副總黎沁都出席了。

向園點名讓李馳參加。

「本次會議就兩位同仁的調任展開說明……」

李永標平淡無奇地念完官方稿，看著底下一眾烏壓壓的人頭，他依照往常慣例，敷衍地舉手鼓掌以示祝賀——

「讓我們恭喜向園以及楊衛平，大家鼓掌！」

向園一身ＯＬ通勤裝坐在李永標身邊，黑色襯衫襯得她此刻水潤又亮，連黎沁都忍不住多看了這個坐在人堆裡格外亮眼的女孩一眼。

等掌聲漸漸消弱，女孩忽然伸手掰過李永標面前，剛剛被他口水噴濺的麥克風。所有人的視線望過去。

向園聲音清亮，也不尖銳，很溫柔卻有力地穿透每個人的耳朵。

「還有一份調任書，是關於我們技術部門李馳同仁的，經總部批准，從明日起，他被調往後勤部，不再隸屬於技術部。」

這個消息彷彿平地一聲雷，在會議室轟然炸開，所有人都不敢看李馳的臉色。

連李永標都不知道這份調任書。

他一愣，看著向園，剛要說話，被一旁的黎沁面帶微笑打斷：「妳確定是李馳嗎？」

黎沁是什麼人，所有人都知道，公司裡沒有人敢公開和她叫板，向園是第一個，甚至這女孩的氣勢完全不輸，看向黎沁的眼神裡，堅定充滿光芒，像是盛滿了星星。

她非常禮貌地笑看著黎沁：「確定，要不要讓他站起來三百六十度轉個圈給您確認一下？」

眾人嘩一聲。

向組長太攻了！

這話讓黎沁的臉色倏然一僵，她不由得將目光緩緩定在向園身上，畢竟是久經沙場、身經百戰的老狐狸，她確實有點小瞧向園了，以為這小丫頭不過就是年輕氣盛幫人出出風頭，一開始根本沒放在眼裡，卻沒想她竟然給她來這麼一齣。

氣氛尷尬地僵立著。

底下眾人譁然，面面相覷，似有疑慮，又覺這場面太過精彩不忍錯過，眼神在黎沁和向園之間來回穿梭。

向園從進入公司開始，埋的地雷一個接一個，還炸得一個比一個響。這下大家更篤定她也是關係戶了，只不過背後的人是誰，他們不敢瞎猜。

而這位分公司副總，黎沁。她才是真正的職場老狐狸，表面上看起來對誰都好，實際上背地裡誰都算計。

不然李永標這個明白老實人，不敢跟她杠，他一個公司老總，當得太他媽憋屈！

有人低著頭，悄悄打開手機，在私聊群組裡說：『我真的太喜歡向園了，她怎麼那麼帥啊！』

有人悄悄附和：『我也是，我忽然好喜歡她。而且又皮又有趣，你們不覺得她身上有一股有錢人的氣質嗎？』

有人說：『女人的世界果然就是這麼簡單，敵人的敵人就是朋友。向園這個朋友我交定了，黎沁這個老巫婆，真的早就想嗆她了！』

有人八卦：『你們說，黎沁那麼護著李馳，是不是李馳手裡有她的把柄啊？』

有人跟上：『他們肯定是睡過的，不會是跟應茵茵一樣的親密照吧？』

底下聊得熱火朝天，會議室氣氛很安靜，黎沁穿著一身西裝，大衣掛在肩上，翹著二郎腿靠在椅背上，模樣確實精緻華麗，只不過臉上針打多了笑起來有點僵硬，皮笑肉不笑地看著向園：「這事我跟李總都不知道，在這次會議上這麼草率宣布了，向部長是不是太倉促了？」

向園也靠在椅子上，她的笑容非常清亮，不似黎沁的圓滑，全然是初生牛犢不怕虎的姿態。

「總部下達文件第一時間轉送到我的信箱，您不知道，我可以理解，畢竟一年三百六十五天，您也不是天天都在公司的。」一句話又諷刺了人家上班不作為，底下的人忍不住點頭稱讚，然而又見向園笑咪咪地看向李總：「不過，您不應該不知道吧？這封郵件的副本裡，有您的名字呀？」

李永標一頭汗，這兩人都不好惹，他下意識認為自己是不是漏看信箱了，既然是總部下達的，不可能只寄給向園，黎沁從來不看信箱，這兩人的話，他當然更相信向園了。他咳了聲，「我確實收到了，不過這事我打算找李馳單獨談談。」

黎沁臉上的笑容瞬間消失。

所有人都替向園捏了一把汗，完了完了，老巫婆要發飆了。

向園卻微笑著，目光仍亮亮地看向黎沁，到這步，她見好就收，以退為進：「抱歉，黎總，或許在這件事的處理上我做的有點欠妥，沒有跟妳提前商量，但是，我也看在您的面子上，給過他三次機會，他並沒有珍惜，故意激怒同事、威脅主管、破壞部門之內的和諧。」

黎沁勾起一個笑容，「妳這新官上任三把火，燒得很旺啊。」說到這，黎沁意味深長地看了坐在一旁一直沒說話的陳書一眼，她挑眉：「陳經理對這事有什麼看法？妳同意李馳去後勤部嗎？」

挑事的口氣太明顯，但陳書始終不說話。

向園抱著手臂看著她，替她解了圍：「陳經理跟這事沒有關係，她同意去或者不去，對這件事的結果都沒有影響。」

氣氛僵持，李永標一個頭兩個大，出口打圓場：「行了，這事先這麼說，既然總部文件下來了，先按文件執行。」

會議散了，人員陸陸續續散去，黎沁沒走，李總也沒走，向園剛準備走，被李總一個箭步攔下來，想問問郵件的事情到底怎麼回事，結果黎沁一直不走，大衣搭在肩上坐在位子上慢慢地品茶，向園知道他想說什麼，俏皮地使了個眼色，意思是——你自己回去看郵件就知道了。

誰料，這時黎沁忽然放下面前的杯子，開口了：「我對文件的事情沒什麼異議，但是，小朋友，妳總這麼越級做事，很容易得罪人的知道嗎？部門員工外調，妳第一時間應該告訴李總或者我，而不是直接透過關係找到總部，如果每個人都這麼做事，李總跟我就不用上班了。明白嗎？」

李永標這個最慫總裁不這麼覺得，西安這邊為什麼關係戶多，因為這邊剛成立不久缺人，加上地區偏遠，有些什麼總的，都喜歡把自己人往這邊放個一、兩年，再等總部名額下來轉正，所以這一、兩年的人員流動特別大，而且不時來個什麼關係戶，你都不敢得罪。

這個公司只有李永標這麼個佛系老總才能睜一隻眼閉一隻眼。要是換成性格剛一點的，如黎沁這種，那大概要鬧得雞犬不寧了。

黎沁：「就算妳在總部有靠山，也得稍微收著點，說不定哪天靠山倒了……還有，職場站隊，不是妳這麼站的，妳得看準了，再往下站，妳來公司不過兩個月，糊裡糊塗就站了隊，說不定最後怎麼死的都不知道。」

這話是在警告向園，不要得罪楊平山，妳的靠山，絕對不如楊平山。

黎沁打死也想不到她跟老爺子的關係，所以才敢這麼明目張膽地警告她，向園忽然覺得有點意思。

「我越不越級這事您問問李總就知道了。至於站隊這事，我也給您提個醒，」向園不以為意，目光悠悠地轉向黎沁，慢慢吐出一句：「黎總，您可以去問問楊總，這件事他知不知道？」

黎沁臉色煞白。

向園卻笑咪咪地，完全就是一隻小狐狸，靠在椅子上說：「如果他不知道，您說，這文件是怎麼批下來的呢？如果他知道，那怎麼又沒告訴您呢？站隊這事，不是怕站錯隊，而是妳自以為站對了，人家卻根本沒拿妳當隊友看。」

再說下去，黎沁要抓狂了，向園腳底抹油溜了。

李永標回到辦公室，總算明白怎麼回事了。

向園對李馳的申請書確實有副本過一份郵件給他。只不過那天恰恰好是本月的二旬底，公司各個部門包括所有中層幹部的二旬總結和報表全在那天寄到他的信箱，很快就被擠下去了，而且向園還是連著自己的那份月報一起寄。他根本就沒往下看，以為是當天向園寄了兩份月報。

你說她越級，她確實跟你彙報了，雖然不是當面的，好歹也是郵件彙報還副本給總部了，總部都批了，每一樣都挺符合流程的，還真的說不著她。

李永標覺得這丫頭小聰明太多了，他點了根菸，看來自己是真的老了，防人之心不可無啊，以後得對這丫頭多留個心眼。

自那天之後，「向園背後的靠山到底是誰」這個話題，終於成功打破了「徐燕時到底什麼時候才能不被關係戶壓」的千年魔咒，榮登維林科技十大謎團之首。

整個技術部開始倒數計時。

距離老大出差回來還有三天。

距離老大再次面臨來自關係戶的沉重打擊還有三天。

李馳走後，整個技術部恢復平靜，只不過高冷的話也少了，這兩天整日悶悶不樂的，施天佑一盤問，才知道跟陳書吵架了。最沒心沒肺的大概就是尤智了，在遊戲裡交了個女朋友，手就跟長在手機上了似的，上廁所都要帶著。

向園沒心思管這些，現在滿腦子想著要怎麼跟徐燕時解釋比較合理，才能維護他的自尊心，才能將他那些失意的情緒降到最低。

這兩天，徐燕時似乎很忙，兩人沒開遠程，也沒學程式設計。

他偶爾會傳訊息過來，告訴她今天沒時間上，讓她自己先看書，不懂的勾選起來，等他回來再說。向園嘆著氣，都不敢回，怕自己忍不住說漏嘴，至今都沒想到該怎麼跟他說。

索性這兩天都裝死，訊息也不回。明令禁止技術部那幾個不許跟他說，除了施天佑，其他人也都自顧不暇。

等他回來再當面告訴他，應該不會生氣吧。

向園忽然想到在他家吃火鍋那晚，要不然這次她下廚請全部門的人吃一頓？好歹她新官上任，怎麼都要表示一下？

於是她在技術部小群組裡傳了一則訊息。

『本週六，誰有空？』

尤智：『陪女朋友打遊戲。』

施天佑：『報了瑜伽課。』

高冷：『失戀，絕食中。』

張駿：『所以現在尤智是我們這裡唯一有女朋友的？』

高冷：『糾正一下，還沒失戀，在冷戰中，跟你們還是有點差別。』

林卿卿：『我不一定。』

xys：『沒。』

向園：『你有事？』

xys：『嗯，約了老慶。』

向園毫不猶豫改時間：『那週五晚上，剛好你回來那天。』

林卿卿：『……』

尤智：『我怎麼覺得，只是想問問老大有沒有時間？』

高冷：『絕食了，謝謝。』

施天佑：『我再報個泰拳課吧，想打人。』

張駿：『人艱不拆。』

向園沒耐心：『來、不、來？』

徐燕時不知道，但技術部所有人清清楚楚聽見會議室裡傳來「砰」一聲巨響，手機被丟到桌上，向園抱著手臂靠在椅子上，一臉要揍人的模樣。

所有人大氣不敢出，立馬拿起手機，瘋狂傳訊息。

『週五多好，週六我正好要陪女朋友。』尤智說。

『男人做事要不拘小節，吃完這頓再絕食也還來得及。』高冷說。

『男人做事情要俐落，語言要簡練，我最討厭說話說一大段卻表達不出重點的人了，乾脆點，兄弟，廢那麼多話幹什麼呢？什麼週六要陪女朋友，什麼跟女朋友吵架要絕食，都是藉口，到我這，就兩個字，我來。』施天佑傳了最長的一段話。

張駿：『好的。』

於是就這麼敲定了。

向園晚上去了一趟超市，買了一堆亂七八糟的用品，這房子沒怎麼來過客人，拖鞋碗筷都沒幾雙，等她從超市回來，把東西配齊，又把這幾天堆的所有衣服都洗了，房間重新整理了一遍，手忙腳亂拾掇完，已經是凌晨兩點。

向園栽倒在床上昏睡，第二天起遲了，匆忙綁好頭髮，囫圇套上衣服，拎著雙鞋子就往門外衝，一股腦鑽進電梯裡。

路東正低頭看手機，電梯門叮咚一響，冷風灌入，先是聞到一陣熟悉的香水味，不經意間抬頭，女孩邊綁著頭髮邊衝進來，包歪歪斜斜地挎在背後，嘴角還沾著點牙膏沫，一看就是上班要遲到了。

路東很有經驗，斯文有禮地跟她主動打了聲招呼，問：「遲到了？」

向園裹緊羊絨大衣，脖子上的圍巾沒圍上，長長地掛著，裡頭是一件及踝駝色針織長裙，被大衣輕薄地蓋著，只堪堪露一層邊，今天難得沒穿高跟鞋，一雙平底雪地靴。加上她原本就圓瘦的臉，看起來像個漂亮年輕的大學生。

向園仰頭盯著電梯上不斷下落的數字，心急如焚地跺著腳，何止遲到，現在都幾點了！十點了！

她低頭看了手上的錶一眼，「準確地說，是蹺班了。」

她挺樂觀的，落入困境也不會抱怨，笑嘻嘻地化解尷尬。

路東覺得她每天都這麼高興，也不知道高興些什麼，但是這丫頭確實，看起來比很多女孩正能量太多。

於是他笑了笑，把手機揣回口袋裡，主動說：「我開車送妳吧。」

向園這才回頭看他，「你不用上班啊？」

路東：「我什麼時候去都行。」

一聽，是個老闆，向園會意，不過還是禮貌地問了句：「我公司在工業園區那邊，順路嗎？如果要繞的話，那還是算了，我自己搭公車過去也方便。」

路東：「順路，我剛好要去那邊辦事。」

清晨，曦光薄透，淺淺地壓在天空盡頭。徐燕時抵達公司的時候正好是十點，他從計程車上下來，直接回了辦公室，把黑色的行李大包往自己座位上一丟，準備去李永標辦公室銷假。不過還沒走出去，他察覺到這次回來似乎有什麼東西不一樣了。

整個技術部前所未有的安靜。

向園的位子空著，桌面乾淨，是還沒上班的狀態。

尤智正在打遊戲，抬頭瞥他一眼，低頭，敷衍地說：「老大，歡迎回來。」

高冷軟趴趴的，有氣無力：「加身分證字號。」

徐燕時走過去，拍拍他的臉，低頭笑著說：「別告訴我這麼多天了，你還沒恢復過來。」

高冷一聽可委屈了，忽然抱住徐燕時精瘦的腰，腦袋埋在他懷裡蹭：「我跟陳書分手了。」

徐燕時本來有點嫌棄，想把人推開，挑著眉，低頭掃他一眼，「不至於吧？因為李馳？」

「倒也不是，」高冷說，「陳書說我不成熟，你說我哪不成熟了？算了，她要分就分，我要是主動找她就不是男人。」

「她沒說錯，但是分手還是要慎重。」徐燕時說。

高冷一愣，仰頭看著他那張英氣逼人的臉：「喲，你這個單身狗，還教育起我來了？一週不見，你怎麼又帥了。剪頭髮了？」說完，又跟狗鼻子似的，在他身上使勁嗅了嗅，「靠，你噴香水？」

徐燕時不耐煩地把他的腦袋掰開，「沒噴，同房的噴，蹭上了。」

徐燕時確實沒噴，是畢雲濤的香水，被他不小心蹭上了。他大多時候不太噴香水，會覺得有點太過講究。他抽屜裡有放一瓶運動香水，用來遮菸味和酒味的，不過在向園沒來之前，那東西買了也就買了，沒噴過一次，技術部都是一群大老爺們，男人之間髒亂點也無所謂。

他把人從自己腰上推開，「行了，我去找一下永標。」隨後一個爆栗敲在一旁尤智的腦袋上，「別玩了，你把這週的週報傳給我。」

等他從李永標的辦公室出來，原本打算回辦公室，把這週的資料補一補，再看一下新產品的資料測試。

人都走進電梯了，忽然想起李永標在辦公室接的那個電話，電話那頭是向園。

「生理期？」

「妳不是剛來過嗎？」

上次徐燕時好像幫她用這個理由請過假了。

「又來了？」

「妳的生理期還真是熱情好客啊。」

「妳的週期有點紊亂啊。」

「這是病啊，要治啊！」李永標苦口婆心地說

徐燕時沒回技術部，下樓買了早餐奶茶給向園，她大概沒吃早餐。

奶茶有點久，徐燕時坐在沙發上等了一下，等他提著東西出去的時候，公司大樓下忽然開進一輛惹眼的藍寶堅尼，有點眼熟。

徐燕時沒走過去，靠著公司樓下的樹睇著眼看了一下。

果然，那車上，一個熟悉的背影，年輕又充滿活力，活蹦亂跳地從車上下來。

那天其實沒什麼太陽，還挺冷的，冷風颳得他頭頂的樹葉簌簌作響，天很清亮，略有些刺眼。

他手裡拎著奶茶，抱著手臂，就那麼鬆鬆散散地靠著樹幹，舌尖輕輕頂著後槽牙，看著她。

男人從駕駛座上下來，兩人站在車前不知道說了什麼，向園笑了下，結果一轉頭看見他了，笑容一收，裝模作樣地跟人揮手，臉上是搭了輛豪華順風車的表情。

他沒動，向園朝他過來，清瘦的身影在他面前停住：「你這麼早就回來了？」

徐燕時冷淡地收回視線，從樹幹上起身，往公司大樓走，低頭「嗯」了一聲。

向園驚了，沒想到他這麼早回來，本來以為他下午才到的。

「你在這幹什麼？」

徐燕時忽然，「啪」的一聲，把奶茶吸管猛地捅進杯子裡，嗆她：「看不見嗎，渴了。」

說完，又吸了兩口，示威似的表示他是真的渴了。

這莫名的火氣。

向園心道，完蛋！

一定是部長的事情被他知道了！

「徐燕時，我覺得有件事必須跟你坦白……」

有一種出軌的女朋友要跟男朋友坦白的感覺，下一句話就會是我跟那個藍寶堅尼在一起了。

誰知道，徐燕時忽然把漢堡塞進她懷裡。

向園一愣。

「妳說，我保證不打妳。」

「……」

這他媽誰敢說。

向園覺得這事有點大條，心虛地覷他一眼，小聲：「算了，晚上吃飯再說。」

「隨便，」徐燕時也不是很想聽，把手上的奶茶不由分說塞她懷裡，「這東西真難喝，幫我扔掉，謝謝。」

向園下意識就著他喝過的吸管啜了口，渾然不覺地咂咂舌看他，「挺好喝的啊？」直到對上他似笑非笑的眼神，腦袋乍然一愣，血液全往大腦上衝。

「是嗎？」這聲是嗎飽含深意，徐燕時笑著又拿回來。

向園臉一紅，快步走了。

於是這杯奶茶就在技術部某人的座位上待了一天。

午休，向園從陳書辦公室回來，看見尤智靠在徐燕時的座位上聊天。徐燕時靠在座椅上，翹著前凳腳，穿著工裝褲的長腿立在地上，慢悠悠地晃，正跟尤智聊起最近合作的事情。

尤智說：「我有個朋友在一間電腦公司，他們最近跟《王者》有合作，其實我想想，我們也可以找找類似的遊戲合作，不說《王者》，很多遊戲都有定位地圖吧？」

徐燕時電腦開著，似乎在跑程式，畫面漆黑程式碼滾動飛快，他大致過了一遍，對著數據一邊改一邊說：「難，現在韋德系統商用不多，可以說百分之百的遊戲公司寧願用GPS，低成本又高效。大的遊戲公司，你說的《王者》，我們拿不下來。」

韋德是國產的定位系統，屬於國家級保密單位。東和也是近幾年為數不多能一直跟韋德保持合作的集團公司。

這也是為什麼東和集團在導航產業的市場占比一年不如一年的情況下，卻始終占有一席之地。也是為什麼，總部的研發實驗室，徐燕時熬了這麼多年都沒辦法進入。

東和北京總部的研發實驗室，隸屬於東和集團名下，卻也是唯一一個人數不到五十人，單獨成立的科研室。因為常年跟韋德的合作，屬於國家二級保密單位。

東和所有部門人員流動都非常大，唯獨這個部門，辭職跟招聘都非常嚴格，需要報批政府部門。而且員工離職還有兩年的脫密期。

西安維林這邊接觸到的是一小部分韋德系統的導航器設計，也就是一些機器設備以及資料庫的分析。如果不是老梁為了徐燕時從中牽線，維林大概連這點蒼蠅腿都不一定能分到。

所以，老董事長對這個部門不太重視也是有理由的。畢竟高精尖的科技都在研發室，進不了研發室是你沒能耐，怨不得別人，高冷這種沒什麼抱負的就覺得也挺無所謂的，反正在哪都是混日子。但尤智跟徐燕時這種還抱有理想的人，就不太一樣了。

不過這麼多年下來，不知道徐燕時是怎麼想的，但尤智心中的小火苗快滅了。

尤智長吁短嘆問他的理想是否還在。

徐燕時笑笑，喝了口冷掉的奶茶，放回桌上，漫不經心地看著電腦說：「還行，看時機吧，時機來了，抓住就行了。現在想那麼多沒有用。」

這話挺有道理，尤智頓時覺得心神開闊，他發現老大真是心靈導師，每次鬱悶的時候，找他聊聊總能得到紓解，不過他的注意力被桌上的奶茶吸引了。

說這麼多有點渴，尤智臨走前隨手拿起來想喝一口。

徐燕時本來仰在椅子上看著電腦，驀然反應過來，眼疾手快傾過身去，直接捏著尤智的鼻子，把他的腦袋提起來，不讓他碰。

尤智鼻音深重，無辜地看著他：「我只喝一口。」

「不行。」徐燕時劈手奪回。

尤智：「我又不是沒喝過。」

「今天忽然有點潔癖。」徐燕時面無表情。

尤智：「……」

等尤智碎碎念離開，向園才進去，徐燕時也沒看她，自顧自坐下窩在椅子上，一臉冷淡地繼續跑程式。

直到下班時兩人都沒說過一句話，向園想跟他拿個數據，傳訊息過去。

『上個月的數據匯總給我一下。』

三秒後，信箱「叮咚」一聲。

文件風馳電掣般闖進她的信箱裡，那人沒回訊息。

今天週五，向園把這週的週報全部整理好傳給他。

向園：『週報給你。』

xys：『嗯。』

真的知道了？

不過這事也瞞不了太久，最遲下週一上班他就知道了，技術部的人不說，李永標和其他部門人的嘴她又封不住。所以她本來就打算今晚必須跟他說，只是她一時間沒想到理由。

整個辦公室莫名攏著一種緊張的氣氛，在眾位技術部成員的眼裡，老大已經整整一天沒跟向組長說話了，想必也是知道了那件事？

所以說，男人還是重利。女人算什麼。

氣氛靜悄悄的，沒人敢說話。

此時，門口忽然傳來一聲嚎亮的：「向部長！李總找妳！」

向園：「……」

徐燕時下意識抬頭掃了向園一眼，微微擰眉，那臉本就冷，也瞧不出到底是什麼想法。

所有人齊齊花式擋臉，不敢看他的表情變化。

「哎喲喂。」

「媽呀。」

「老天爺。」

「上帝。」

靜了幾秒後。

高冷悄悄扒著手指縫看，尤智從書縫裡露出一隻眼睛，施天佑兩隻眼睛一邊一瓶太太靜心口服液，張駿光明正大木著一張臉轉頭看。

就見徐燕時靠在椅子上，人沒動，頭低著，朝向園勾了勾手指。

向園跟牽線娃娃似的，朝著那人走過去。

然而他只是把喝了一整天的奶茶塞進她手裡，「出去的時候，幫我扔進廁所那個垃圾桶，謝謝。」

向園覺得他是真的生氣了，故意在整她。旁邊明明就有垃圾桶不丟，還要讓她帶到廁所去丟。

向園有點氣，「還有嗎？」

「沒了。」

「……」

五點下班，向園還沒從李總辦公室下來，她把自己家的密碼告訴徐燕時，讓他先帶高冷他們過去，自己還要再等等。

等向園回到家，高冷他們已經在房子裡上躥下跳鬧開了。

一打開門，向園換了自己的衣服，羊絨大衣拎在手上，一件駝色小毛線長裙，脖子上掛著圍巾，尤其青春活力，尤智幾個眼睛一亮，嘴巴超甜：「向組長看起來真的不像跟老大同歲的，不知道的還以為妳是大學生呢。」

向園低著頭換拖鞋，「請你吃飯嘴就這麼甜？」

尤智丟枕頭玩，「不是，今天這樣是真的好看。」

向園對這樣的讚美早就免疫，說了句：「我謝謝你，你們先玩一下，大概要好一陣子才能吃晚飯。」隨後把包丟到沙發上，走去廚房。

廚房的瓦斯爐前站著一個男人，身材乾淨俐落的背影，一隻手抄在口袋裡，一隻手正在開瓦斯，沒點著，他彎腰往下看了一下。

向園被那個瞬間擊中了。看他高大寬闊的背影戳在那，頭甚至高過抽油煙機一截。空間有點窄，他的氣息卻把她的心灌得滿滿的。

向園把廚房門拉上，輕輕捋了捋袖子過去。

徐燕時聽見響動，回頭看她這嶄新的廚房設備，毫不留情地戳穿她：「沒做過飯？」

向園雖不太會做飯，但是前幾天也照著食譜做了幾次，嚐了一下雖然沒那麼好吃，也不難吃，反正她叫了很多外送，隨便做幾個菜糊弄一下，於是嘴硬地說：「做過。」

「那我出去了。」話雖這麼說，但他靠著流理檯，絲毫沒動。

「好。」

徐燕時還是沒走，跟個監工似的，抱著手臂靠著流理檯，站在她旁邊。

全程聽他從容淡定地指揮。

「豆角要煮熟，妳這麼撈出來，他們幾個都要去醫院了。」

向園氣餒地又把鍋蓋蓋上，去切牛肉。

又聽他懶洋洋地口氣：「牛肉要橫切，豬才豎著切。」

向園以為他罵她，換了刀法切，忿忿罵回去：「你才豬。」

「我說豬肉豎著切。」

「……」

向園決定煮素菜，把豆角盛出來，切了段蓮藕放進去炒，沒炒多久零散幾塊藕變黑了。

她震驚臉，「糊了？」

徐燕時不知道什麼時候從旁邊拿了個碗倒了一小潑水進去，「放點水，就不會糊了。」

果然，剩餘的藕片沒再變黑，在鍋水裡翻騰。

向園不再抵抗他的指揮，「你好像很會做菜？」

「還行，」徐燕時把切好的蔥蒜都丟進去，蓋上鍋，這才靠著檯子，低頭看她，有些自嘲地說：「窮人的孩子早當家，比不得妳這個大小姐。」

向園以為他諷刺她是關係戶。

「你說話能不能不要這麼嗆？」向園氣急，部長又不是她搶來的，這其中的關係歪七扭八地她解釋得清楚嗎。她不再理他，推他的肩，委屈起來，「來，你出去，讓我一個人冷靜下。」

這話嗆嗎？還有更嗆的，他忍住沒說。

徐燕時澈底冷了臉，他宛如泰山定在原地，向園怎麼推都推不動，那身材太穩了，單薄有力，平日裡看起來瘦瘦高高的，不是那種健美型的，很勻稱。

徐燕時站了三秒，出去了。

外面遊戲打得熱火朝天，餐桌中央的火鍋也撲騰撲騰沸了，冒著熱氣，整個餐廳煙霧繚繞。

徐燕時去陽臺抽了根菸。

窗外燈火通明，夜色幕沉，社區寂靜如煙，樓下的白楊樹光禿，姿態昂揚。他忽然想到自己過去也是個茂盛青蔥的小白楊，現在明明什麼都沒有，倒也自信。

其實在上海那幾天，他就察覺到她有點冷淡，訊息不回，也不連線。早上看到那一幕心裡確實也有點不爽，但是對於他來說，倒沒有過分的緊張，路東對於他來說真的抵不上封俊的十分之一。只是她一整天因為這件事，對自己小心翼翼的那副樣子，讓他很受用。

或許男人本就有些劣根性，喜歡看自己喜歡的女人為自己緊張，操些無傷大雅的心，所以忍不住逗了她一整天。也就僅限這些事了，再複雜的還是要自己扛著。

所以他準備辭職的事，他也沒提，至少等老慶那邊比賽結束，把她帶上正軌了，自己再走。

凱盛那邊是個非常不錯的選擇，林總對他誠意很足，而且這個企業年輕化，關係簡單，確實適合他。

跟東和不一樣，東和在商場的地位已經根深蒂固，地面上露著的部分就已經枝繁葉茂叫人眼花繚亂，更別說藏在地底下的盤根錯節，更錯綜複雜。

手機在口袋裡一震，他吸了口菸，低頭回訊息。

『案子是什麼時候？』

林凱瑞：『下月中正式簽合約，我希望這個專案由你親自帶。』

『好，我儘量。』

徐燕時剛回完，身後有人沒好氣地喊了句：「吃飯！」

動作這麼快？

回到客廳，餐桌上的菜品五花八門，齊齊地用塑膠盒子套著，向園有些洩氣地說，「我點了外送，應該比我做的好吃。」

徐燕時勾勾嘴角。就知道。

其餘人已經餓得前胸貼後背，有得吃就行，再說包裝上還寫著——戴記！

這滿漢全席，雞鴨魚肉盆缽滿載的，要多少錢啊！果然是升部長了。

一頓飯吃得還挺和諧的，吃外送壓力也沒吃人親手煮的飯那麼大。

吃人親手煮的飯，明明口味不怎麼樣，還要絞盡腦汁去想讚美詞。吃外送就簡單了，「好吃」兩字貫穿一生。

尤智跟高冷大口大口吃完就忙著打遊戲了。

施天佑跟林卿卿還討論了一下最近戴記新出的菜品，不過他們沒吃過幾次，那邊有點貴，向園這桌下來至少要兩千。

幾分鐘後，這兩人也吃飽了。

向園把吃剩的菜倒在一起，怕他們無聊，問了句：「你們要不要唱歌，那邊有麥克風，可以切換卡拉OK模式。」

其餘人興致缺缺，只有失了戀的高冷從沙發上一躍而起，猴子似的竄到電視機面前，切換螢幕，隨後又指揮施天佑關了燈，只留下客廳牆上的一盞小壁燈，泛著黃暈，光線昏弱。

瞬間進入KTV模式。

整個客廳迴盪著高冷的鬼哭狼嚎。

〈傷心的人別聽慢歌〉、〈傷心太平洋〉、〈分手快樂〉……

尤智踹他一腳，「給我點首〈戀愛ing〉。」

高冷面無表情：「滾。」

向園把東西收拾好送進廚房，剛推開門，瞧見一個身影彎在水槽前，水聲嘩嘩淌。

這廚房很窄，一公尺寬，長型結構，搭了個流理檯後幾乎沒剩餘多少空間，那麼一個大高個戳在那，看起來莫名有點委屈。

徐燕時把所有的碗一一瀝乾，整整齊齊地擺在窗臺上等風乾，靠著流理檯，抽了根菸等了一下。

那男人的動作熟練得讓她有點心疼，所謂的窮人孩子早當家，是他在諷刺自己吧？在家被父母壓榨？看起來不太像。不過那身影太有安全感，讓向園全然忘記剛才在廚房發生的不愉快，甚至有點開始不切實際地想，如果家裡有這麼一個男人，好像也不錯？

「過來。」男人低頭彈菸灰忽然說。

原來早就知道她在，向園走過去。

「還生氣？」他把菸叼回嘴裡，睨著她。

「不是，我只是覺得，別人怎麼想我都可以，但你不能這麼想我。」

她說的是徐燕時諷刺她是關係戶的事。

「那妳告訴我，我該怎麼想妳？」徐燕時把菸熄了，眼底的笑意褪去。

忽然有點冷淡是怎麼回事？

廚房昏暗，沒開燈，就著窗口外的一點月色，攏著兩人的身影，月影傾斜，靠得近，地面上的影子像是兩條刎頸相交的黑天鵝。

見她沉吟，他又漫不經心將雙手揣進口袋裡，似是有點不耐煩地補充：「妳拒絕了我，又從他車上下來，妳告訴我，這是給誰機會？」

啊？

什麼鬼？

向園倏然抬頭，大腦哐噹一聲，有點莫名地看著他，「你說早上的事？」

「還要我再重複一遍妳會有快感是不是？」

「你一整天都因為這個？不是因為別的？」

徐燕時：「妳還有別的？」

「……老楊走了，我升了。」

徐燕時：「知道。」

向園一愣，「你什麼時候知道的？」

「早上去找李總銷假，他跟我說了，說妳一升部長就把李馳調走了，做事太衝動，不考慮後果。」

果然。

昏暗中，月光如水，客廳外高冷魔音繞耳，這狹窄靜謐的空間猶為珍貴，向園仰著頭，看他那雙深沉卻亮的眼。

「我想過的，甚至想過那麼做黎沁所有的可能反應，如果她拿楊平山壓我我該怎麼辦，如果她當場要我難堪我該怎麼辦，每一種可能性我都想過千千萬萬遍，我手裡有足夠的籌碼，我才會那麼做。」

徐燕時囫圇摀了下她的腦袋：「妳這是求表揚？」

向園一笑，「那你真的不生氣？我真的怕你生氣。我老實跟你說，我確實有關係，只是這關係比較複雜，一時間——」

徐燕時打斷：「我知道，我不是因為這個。妳早上也是要跟我說這個？」

「對啊，不然還能有什麼事，」想了想，向園還是解釋了一下，「早上路先生是因為我遲到了，剛好在電梯裡碰見，他就說順路送我而已。」

「哦，」徐燕時做作地別開頭，「不用解釋。」

「……那你明天別喊我扔垃圾了。」

客廳外高冷還在孜孜不倦地鬼狐狼嚎，絲毫不覺得自己的魔音震耳，他跟尤智交替著幫對方切歌，一首首悲喜交歡的情歌環繞在房子裡。

最後不知道是誰點了首〈男孩〉，剛才劍拔弩張的氣氛瞬間消弭散盡，兩人勾肩搭背地坐在沙發上齊聲高唱。

「忘不了，你的愛，但結局難更改……給你一個期待的未來……」

歌聲潺潺，向園下意識看了沙發一旁的徐燕時一眼，他鬆鬆地窩著，今天剛從上海回來，馬不停蹄回公司上班，一天忙碌下來，此刻極盡疲倦。

向園這才注意到，「你剪頭髮了？」

兩旁的碎髮都削了，襯得人格外有精神，輪廓格外乾淨俐落，彷彿回到年少時的清爽模樣，向園有些恍惚，覺得時空交錯，坐在身旁的這個男人似乎有什麼不一樣了。

他側著臉問她：「很奇怪？」

「沒，」向園快速喝了口水，說，「比以前好看。」

囫圇灌了口兩大口水，終於將她喉尖那微癢的滋味消下去了，問了句：「你早上起很早吧？要不要去我房間休息一下？」

五點起的，不算早。

「不了，人太多。」他抱著手臂笑到不行，「下次單獨。」

向園僵住。

不過，那一天似乎成了他們所有人的分水嶺。

她升了部長，尤智戀愛，高冷分手，一切看起來都在往不同的方向走，而徐燕時……

尤智說，那天之後的徐燕時，像是沉睡的雄獅，揉著惺忪的睡眼，在盛滿陽光的墓室裡緩緩覺醒——

我的女孩，我回來了。

拚盡我僅剩的熱血，送妳一個，只屬於妳的理想世界。

第九章　未來

跟徐燕時學了這麼些日子的基礎程式設計下來，向園才明白什麼叫大材小用、殺雞焉用牛刀。

白話點說。

西安分部目前這點工作內容，別說他，向園這麼幾個月的時間，聽他講講原理，分析分析數據，現在差不多都懂了，而涉及到導航儀器的設計，其實也就是專技內容，技術部會有專員負責，這塊以前是高冷跟李馳管，導航儀器的儀錶設計也很簡單，之前跟韋德合作的幾次，總部都有出範本，只需要根據對方的需要和性能測試，進行小部分調整就可以。

她學的比較粗淺，前部長老楊根本不懂什麼是程式碼，人家照樣穩穩坐著部長好幾年，向園算勤奮的，她還學會了基礎框架，至於剩下的專業技術部分，再往下學水就深了。

而程式設計大部分時間都用不太到，除非需要測試導航儀器內部的軟體系統，才需要寫程式。如果這塊東西不是徐燕時教，向園覺得自己就算花上一輩子的功夫也學不明白。

徐燕時講得很簡單，順便跟她普及了一下衛星定位測定的原理。

「定位點，其實就跟傘兵跳傘一樣，人機分離的時候，從高空往下看，整個大地就是個靶，靶心位置是傘兵需要降落的位置，尖兵落點跟靶心距離一般在十公尺左右，中等兵，大概十公尺外到五十公尺內不等。GPS的定位跟韋德系統的定位，差距就在這裡。」

「GPS十公尺？」

當時兩人在公司，他笑，人往後靠，開電腦：「韋德的定位，可以精確到公分。GPS的單位還是公尺，這就是我那天說的，有些東西一開始不如人家，不代表現在。」

向園忽然起了些雞皮疙瘩，「那為什麼大家還願意用GPS？」

「GPS的專利是公開的，韋德的專利是保密的，很多低成本小公司可以隨意複製GPS，入門快。」徐燕時在電腦上隨便一搜，搜尋頁面就跳出無數家GPS定位公司，指給她看，「韋德現在公開的商用系統不多，以後慢慢會多起來。」

恍惚間，向園又想起那天在老慶那裡寫程式的時候，電視機裡忽然播放了一則午間新聞，「韋德衛星導航，宣布將在年底發送第二十顆韋德三號衛星，將於二〇二〇年前，完成韋德導航系統的部署……」

老慶那時還挺感慨的，一臉惆悵地抽著菸，呆愣愣地看著電視機畫面裡播放著以前衛星發射星火衝天的瞬間，不自覺地喃喃對一旁的徐燕時說了句：「如果當年沒有發生那件事，你現在……」

「有時間想過去，不如想想將來。」

老慶恍然醒悟，意識到向園還在場，立馬閉了嘴。

儘管向園露出可憐兮兮的表情，那雙眼睛閃著求知欲的精光，老慶還是狠心地視若無睹。

向園有一種始終被隔在兩人的屏障外的感覺，心下有些失落。

誰料，徐燕時在她耳邊低聲說了句，「別多想，以後有空再告訴妳。」

她點頭，結果有空本就是個遙遙無期的詞。

徐燕時一直都沒空，忙得跟個陀螺似的。

想到這，向園回神，忍不住好奇：「你看起來對韋德很嚮往？那為什麼在這家公司待了這麼久？其實我想以你的能力，去哪裡都可以吧？」

「我說為了妳妳信嗎？」他靠著慢慢吸了口菸，半開玩笑地慢悠悠丟出一句。

向園驚駭，心中如巨石盤壓，這種毀人前途的事情可不想就這麼揹上黑鍋，臉色難堪：「你別開玩笑，再說我才剛來，你又不知道今年我會來這家公司。」總不可能知道她跟老爺子的關係吧？

絕對不可能。

徐燕時笑了一下，恢復清冷，眼神也變冷淡了：「來這裡是巧合，留在這裡這麼久，不是我不想走，是我走不了。我簽合約的時候，公司預付了我五年薪水。加上當時想去總部的研發室，每一年都看到了機會，然而每一年都出了問題，連高冷都說他從沒見過我這麼倒楣的人。」

「預付？你當時要那麼多錢幹什麼？」

「還高利貸。」徐燕時輕描淡寫，倒也不遮掩。

當年如果去韋德，他大概要不吃不喝存個十幾年才能還上這筆錢，而當時老鬼他們幾個都是剛畢業的大學生也窮得叮噹響，至於封俊，他沒問過，也不想問。恰巧陳珊想挖他，苦於找不到機會，又出了封俊那件事，顯然是調查過他，主動提出提前預付五年薪水給他。

當然集團沒有這個先例，也沒有這種人情味，他也是後來才知道，那錢是陳珊以私人名義出的。所以他儘管想走也走不了。

「你借高利貸？」向園震驚，「打賭嗎？」

徐燕時靠著座椅，彈了彈菸灰，電腦裡程式跑完，他把菸叼進嘴裡，快速敲了幾下鍵盤，盯著電腦，挑了下眉：「打賭？」

向園要解釋，可能是她想多了，徐燕時終於告訴她：「是我爸，年輕時做生意欠的，躲了好幾年，最後被人抓了，要剁手，我拿錢去贖的。」

他從小運氣就不太好，有些人是錦鯉，他是烏鯉。屬於那種寫選擇題兩個不確定答案二選一都是猜錯的那種，所以他對自己非常嚴格，讀書絕對不能一知半解，他知道自己的運氣沒有別人那麼好。

向園就是那種從小運氣爆棚，答案卡往腳上一丟，隨便踩一踩，打出來的分數可能都比隔壁桌絞盡腦汁答出來的分數高，當然前提是她隔壁桌的成績也不好。

錦鯉是無法理解世界上還有這種倒楣孩子，能攤上這麼個家庭。

「你媽媽呢？我記得高中的時候，你跟你媽打過電話說的還是英文？」

「他們沒結婚。她是華僑，我爸那時候在國外跑生意，兩人交往懷了我，把我生下來之後就自己跑回國外，現在也有家庭了。」

「所以徐成禮？」

「我爸為了讓我上戶口，跟他當時的祕書結婚了，生下了徐成禮，結果祕書捲了公司所有的錢跟人跑了。我爸破產，欠了一屁股外債。」

「……」

這也太慘了吧，向園動容，忍不住一拍桌子：「沒事，以後我罩你。」

轉眼年終，北京下了場大雪，隨處可見絨鬆的雪球。皚皚白雪棉亙千里，寒風如一條巨蟒逶迤在山野，穿過喧囂的城市、廣闊的平原，一路驟風狂雨、拔樹倒屋而來。

陳珊辭職的消息從北京傳來。作為徐燕時在東和集團唯一的靠山走了，西安這邊流言四起。平日裡對徐燕時看順眼、看不順眼的，全秉著一副看好戲的姿態。以前好歹還有個陳珊在撐著，如今陳珊走了，黎沁對他更是棄如敝履。徐燕時本人對這些蜚短流長的話語不太上心，一門心思撲在技術部的工作上。

在新一週的部門會議上，黎沁甚至是特地將李馳的事情拎出來，強調：「李馳這件事，也希望你們引起警惕，畢竟你們向部長嚴格，眼裡揉不得一點沙子，也希望向部長能做到一視同仁，底下有員工犯錯，該調就調，該開除就開除，可千萬別厚此薄彼，我說對吧。」

隨後又明裡暗裡諷刺了一句，像徐燕時這種靠山倒了的，就更應該夾起尾巴做人，千萬別讓向部長難做。

黎沁的態度，大家也看出來了，陳珊在，沒怎麼把他放在眼裡，陳珊走了，更不把他放在眼裡。不過徐燕時現在的狀態，真如尤智說的那樣，全然是剛睡醒的惺忪狀態，對什麼事情的反應都慢，也不太在乎，似乎還在慢悠悠地打探這個世界。

散了會，向園想去找黎沁，特地繞過所有人，結果被徐燕時堵在後門，所有人散光，會議室門口只剩他們，他抱臂倚著門框，低頭瞧著她，「去哪？」

應該是又來抓她去一對一教學了，最近這人怎麼盯人這麼緊迫，「今天休息一天行不行？」

「不行。」徐燕時直接拽著她的手，不由分說把人拖回技術部，「以妳的腦子，少學一天，要補兩天。」

會議室裡，兩人面前各擺著一臺電腦，窗外是飄揚的鵝毛大雪，像撕碎的柳絮在空中亂舞。

向園氣鼓鼓地坐著，面前開著程式跑，在賭氣。

徐燕時瞥她一眼，不知道從哪找出一塊巧克力，丟過去。

向園低頭一看，還在氣他不讓自己去找黎沁：「不吃。」

徐燕時挑眉，撈回來，往自己嘴裡一塞，「等一下別喊餓。」

十點，向園真的餓了，可憐兮兮地看著他。

徐燕時整個人鬆鬆地窩在椅子上，操控著滑鼠胡亂一晃，表情冷淡地看著電腦，另隻手在鍵盤上一敲，無情地說：「沒了。」

「……」

幽幽嘆了口氣。

她的注意力只能重回電腦，電腦上飛快滾動的程式碼似乎卡了一下，正費解地在找BUG，想問，瞧他那冷淡的模樣，又不想主動開口，乾巴巴地坐著。

「啪嗒」一聲，忽然一個黑色的巧克力塊蹦到她面前，他扔得有點用力，沒掌握好力道，巧克力彈了兩下，筆直朝她胸口撲來，然後穩穩地落在她軟綿綿的胸脯上，卡在襯衫領口上。

「……」

氣氛尷尬凝滯，徐燕時也沒注意，見她僵著臉，丟完東西，下意識瞥了一眼，才瞧見這尷尬的一幕。

他無聲無息地微微側開頭，聲音發緊：「最後一個。」

向園低下頭，不動聲色拿下來，低低地「嗯」了聲。

向園找了個藉口去廁所，雙手撐在洗手檯上，沉思片刻，擰開水龍頭鞠了捧水抹了把臉，這才抬頭看著鏡子，心中的火似乎消下去一些。

其實這段時間，兩人的相處很簡單，工作、程式設計、再聊聊同事。

徐燕時也不再說讓她臉紅心跳的話，大多時候都挺輕鬆愉悅的，向園覺得這樣的狀態很好很舒適。偶爾會被他一些舉動吸引，他真正吸引她的時候，並不是跟她在一起的時候，而是跟尤智、高冷他們在一起的時候，抽菸或者聊天，單單只是站著，混在男人堆裡的從容自如及男人味，認真工作時的孤獨寂寞，都非常吸引她。

最吸引她的，還是他那股聰明以及君子深藏若虛的謙卑感。

其實向園之前想過，如果他再跟自己表白，怕自己耽於美色撐不住了，好在他近幾日表現很紳士。

向園一走，會議室冷清異常，窗開了條小縫，風湧著窗簾在空中飛舞。

徐燕時難得敷衍了事地敲了幾行程式碼，整個人有些無力地往後一靠，低著頭靜了半晌，再次抬頭時，隨手把電腦關了，轉頭點了根菸，煙霧彌散，整個人放鬆下來，思緒也慢了。

他想起前幾日，在上海碰見封俊。

他在上海經歷了兩件事，第一件事，是碰到封俊。

上海會議第三天，封俊代表國外一家軟體巨頭公司出席。那時徐燕時坐在臺下，畢雲濤激動地拽著他的手臂語無倫次道：「我靠，這次會議居然連維爾都來了？」

維爾，國外ＩＴ前八強。

「這個人挺帥的，名字也挺應景的，封俊？」

徐燕時下意識抬頭，果然看見一張熟悉的臉。當下有些恍神，腦中思緒雜亂。

燈光璀璨的會議廳，散了會，兩人迎面相碰，徐燕時不自覺停下腳步，封俊沒心沒肺地跟他打招呼，不等他反應，三兩步大步流星邁過來，給了他一個結結實實的大擁抱，又覺得不夠似的，在他肩上猛搥了幾拳。

「我沒想到你也會來。」

徐燕時被他緊緊箍在懷裡，雙手抄在口袋裡，低頭「嗯」了一聲。兩人找了個地方吃飯，徐燕時全程話不多，吃得也不多。

封俊還是跟以前一樣，沒什麼變化，是個話癆，亂七八糟扯一堆，也沒問出一句重點。

餐廳在頂樓，玻璃建築，從裡頭望出去，能直接看見東方明珠塔，還有霓虹閃爍的燈火。

氣氛一瞬沉默，封俊也順著他的視線望出去，忽然沉了聲，問他：「你有沒有興趣到國外的公司？老是窩在那也不是辦法，相信我，你要是來，我可以幫你推薦——」

他說話永遠都是這樣，相信我，balabala，真的相信他了，做不到，他認輸比火箭發射都快，對不起啊，這次出了什麼什麼意外。都是富家子弟的臭毛病，父母寵出來的。

徐燕時以前覺得沒什麼，年少的時候，浮躁點、不可靠點，都行。如今都快三十了，說話還是那副腔調。他微微擰眉，「封俊，我對國外的ＩＴ公司沒興趣。」

兩人當年為這件事也大吵過好幾次，每次都不歡而散。

封俊說白了有點崇洋媚外，總覺得外國的月亮比較圓。對本國的研究和設計抱著嗤之以鼻的態度，他高談闊論的永遠都是祖克柏的創業史。說自己要成為本國的祖克柏。

這個老生常談的話題，果然還是跟往常一樣，把本就緊張的氣氛變得更緊張了。

「why？」封俊有點ＡＢＣ口音，「你母親也在美國啊。」

連說話喜歡夾帶英文的習慣都沒變，徐燕時將目光投向窗外那光怪陸離的城市，澈底冷下臉，側臉緊繃著，下顎線冷硬，片刻後，他回過頭，直視他：「她不是我母親，我再說一遍，我對國外的ＩＴ公司沒有興趣。」

「你知道維爾一年創收是國內的幾百倍？」

「你還記得梁教授說的嗎？」

封俊不說話。

徐燕時：「你知道國內有多少科學家，願意放棄國外的高薪，回國發展嗎？」

封俊是利己主義者，「所以，即使國外有高薪和綠卡，你也不去？那邊醫療條件、教育設施，哪樣不比國內強？」

徐燕時嗤笑地低下頭，「可能我沒什麼抱負吧。」

「ＯＫ，」封俊像是認了般連連點頭，「你總要結婚吧？以你現在的條件，怎麼結婚？你能給她什麼？我知道，你看不起我這樣的，我承認我沒你那麼成熟穩重，也沒你長得帥，但如果你跟我，現在兩個人以現有的條件讓女孩選，你認為還會有人選你？就算女孩選了你，你甘心讓她跟著你？十年後她會不會後悔、會不會怨你？性格好有什麼用？小孩看病不用錢？小孩上學不用錢？你想想，你們如果為了這些雞毛蒜皮的小事吵架，消磨盡了對彼此的愛和耐心，那個時候，這個女孩會不會想起我？她會不會到死都在後悔，當初沒有選擇我？你甘心嗎？」

那瞬間，說不動容是假的，更何況他想追的是向園，這個女孩從頭到腳，從頭髮到腳趾頭，身上每個地方每一寸，都透著金貴。

他想養她，嬌貴的養，不能因為跟了他，降低生活品質。

這也太不男人了。

封俊會議結束就回美國了，徐燕時對他的態度始終不冷不熱，封俊自討沒趣，便也沒再提出國的事情，最後只丟下一句，你如果到美國來記得找我。

第二件事，回程當晚，陳珊決定離職，告訴他一個祕密，他說向園是老董事長的親孫女，媽媽也確實是她老師，一個很有名的航太科學家。其實之前的資訊加起來，徐燕時大多能猜到一點。只是不敢往那邊猜，知道後倒也沒太大的驚訝。

「向園這女孩也挺可憐的，」陳珊說，「母親只關心自己的研究成果，父親只關心自己的畫賣得好不好，每次她得了獎，或者畫了畫，想跟我老師分享一下，老師也都沒什麼心思聽，三兩下囫圇應付過去就什麼也不管了。」

當時兩人從飯局回酒店的車上，徐燕時問：「她父親呢？」

「她父親更是，有一次自己的畫被人抄襲了，在畫室裡大發脾氣，小女孩特別懂事，為了安慰她父親，端著剛洗完的水果送進去，直接被她爹摔了。怎麼說呢，兩個人還是太年輕了，她父親那時候才二十五歲，比她母親小三歲。自己都沒成熟，更沒做好當父母的準備。自己的情緒都顧不上了，小孩的情緒哪顧得著。爺爺奶奶看不過去，就把兩孩子接過去養了。」

「我以前看過一個研究數據，說是在某個學科上有特長的人，或者類似於語文考零分，數學滿分，這種偏科天才，他們會比一般人的普通人更沒有耐心，也比較自私。」

陳珊讚同的點點頭，「你說對了。我老師後來退居二線，有一年查出得了子宮癌，她躺在病床上跟我們說的第一句話，就是她終於意識到自己的問題了，可向園跟她的關係並不太親。她到死那晚，手裡都攥著一張畫卡，是向園上小學的時候畫的，拿回家給她看，她沒看，丟在一旁。」

「畫什麼？」

「理想世界，」陳珊失笑，現在想來都還覺得吃驚，「一個小孩子眼中的理想世界，我們本來都以為是鳥語花香、一家三口牽手和睦的場景吧，你能想像嗎，一個七、八歲的小孩，畫的理想世界居然是一個地球，然後四周環繞著幾顆衛星，她媽媽手捧著衛星。」陳珊還用手比劃了一下，「然後在大概就那麼一個指甲蓋大的地方畫了自己。後來，我們才在那幅畫的背後看到一行歪歪扭扭的字，還有拚音——多麼希望自己是那顆衛星呀。」

徐燕時失笑，自己也沒注意，嗓音有些艱澀：「那麼傻嗎？」

「我也說呢，」陳珊渾然不覺他的異常，「你跟林總那邊談得怎麼樣了？林總給了什麼條件？」

徐燕時也沒藏著掖著，「六十萬年底薪，案件抽成加年底分紅。」

陳珊：「不錯了，我這個當了這麼多年的技術部老總，微藍那邊開出的條件跟你差不多啊？林凱瑞這人怎麼不按常理出牌呢，破壞市場？」

徐燕時卻笑，漫不經心看窗外的夜景：「我還嫌少，準備再抬抬價。」

「又成了意氣風發小白楊了？缺錢了？我還以為你這幾年稜角被磨平了呢，」陳珊就喜歡他這股自信，裝作不經意地往車窗外看了一眼，隨口問了句，「怎麼樣，恨我嗎？當年把你拖進這個深坑，雖然按你的性格留在韋德，也不見得是個好去處，而且那地方，有去無回，多少先烈死在科學的戰場上，屍骨遍地。」

後面那話，陳珊也不等他回答，說了句，「算了，問這個沒意義。」

本來還挺自信的，但那晚，陳珊對他的打擊有點重，不管他跟林凱瑞開多少，老董事長幾百億的身價，就目前來說他是趕不上的。也真不知道該拿什麼、怎麼去追她。

那幾天，徐燕時是第一次覺得棘手，碰上這麼個女孩，喜歡她，自己都要先褪層皮。

此刻他就像一匹暗藏灌叢林立的狼，正伏擊等待機會，不管是她，還是過去那些本該屬於他的，全都要拿回來。

三天後，老慶那邊傳來好消息，說韋德那邊的初賽過了，他正在北京等複賽。

三人群組，徐燕時在群組裡說：『老慶辛苦了。』

向園跟著回：『老慶辛苦了。』

xys：『我這幾天都沒見到妳，人呢？』

向園：『我最近在外面談業務呢。』

xys：『什麼業務？』

向園：『保密。』

xys：『連我也保密？』

老慶不高興了：『你又不是人家男朋友，又不是人家上司，憑什麼不對你保密啊？對吧，小園妹子？』

向園：『等我回來說。』

老慶才反應過來：『靠，原來是對我保密？』

向園順毛：『公司機密，乖。』

徐燕時又補了一則，不知道對誰說：『乖。』

不過那天向園一整天都沒回來，徐燕時等到下午有點不耐煩，靠在椅子上，揉揉肩頸，活動手腳，一副要收拾人的燥樣。

高冷、尤智幾個人，連倒水經過會議室門口的時候，都特地繞過那散發著濃郁不爽的氣氛雷區，小心翼翼、縮手縮腳地過，生怕自己一踩上就「砰！」炸了。

徐燕時一連傳了幾則訊息給向園都沒回。

徐燕時臉色澈底難看，談什麼生意，要這麼久？

五點，下班，所有人撤離戰場，施天佑不怕死地朝百葉窗裡的男人喊了句，「老大，下班了哦。」

裡頭的人低沉的「嗯」了聲，表示自己知道了。

下一秒，高冷他們聽見裡頭傳來一聲手機訊息響聲，緊跟著，徐燕時就開了門出來，拎著外套直接大步流星地出了辦公室大門。

等車上了路，他再次不放心地看了手機上的導航地址一眼，再上面一則訊息，是向園剛剛傳的。

『來接我。』

向園從週一下午開始就強顏歡笑地陪對面這兩位老總吃飯、喝茶……泡腳。對泡腳，跟兩個老頭泡了兩天養生腳。她也是剛從賴飛白那邊打聽到，有個無人機的專案最近在西安試行，這家公司跟東和合作多年，又到了一年一度續約的時候，本來這個案子應該是上海分公司負責的，但賴飛白打聽到他們今年的案子是放在西安，跟老爺子商量再三，決定把這個案子給向園，正好也穩了她新官上任三把火。

兩位老總不太好伺候，吃完午飯要喝茶，喝完茶又要泡腳，泡完腳又到了晚飯時間，今天吃日本料理，明天吃火鍋，一連四天，向園就跟隨行保姆似的，鞍前馬後地端茶送水，這些她都忍了。

最讓向園惱火的是，昨晚三人在泡腳，那兩人不知道點了什麼服務，居然要三千多，她腆著臉皮問了下服務生，才知道這兩人點了「特殊服務」。

到這過，向園都忍了，為了那無人機的兩千萬合約，她覺得點就點吧，反正報的是集團的帳，甚至她都想好了報帳單上怎麼寫。

結果，今晚這兩位老總，又花樣百出地說要去酒吧街一條龍。

根本是組團來旅遊的，但好歹對方說明早會把合約寄到她的信箱裡，向園看了下這幾天的帳單，光吃喝玩樂，零零散散，那些雞零狗碎的消費加在一起，向園四捨五入，整整七萬六千八。

她有些心疼老爺子了。

不過既然他們要去，她不可能攔著，她今晚不想再作陪了，這麼想著，向園幫自己斟了滿杯，看著那一桌烏泱泱的腦袋，二話不說仰頭灌進，忍著胃裡翻滾的辛辣，一邊訴苦一邊掏出手機準備打電話。

她翻出許鳶的號碼，一邊說：「王總李總，今晚我真的不能陪你們去了，帳單您給小劉，我明天找財務報帳。」

那邊接得很快，幾乎秒接，但向園沒想到許鳶接電話這麼快，平時都是沒個半分鐘不接的，所以還在自顧自地跟那頭胡謅：「剛剛家裡保姆打電話給我，說我孩子發燒，老公急得要跟我離婚，說實話，離婚也沒什麼，老公哪有工作重要啊，我只是捨不得孩子，孩子還小，不能讓他沒有媽媽，我現在要趕緊去醫院一趟。」

本來是想假裝打個電話給保姆，詢問一下孩子的情況。這種招數，許鳶以前經常用，兩人都心照不宣，只要電話那邊對方說這些沒頭沒尾的話的時候，也都能反應過來，還能順著接兩句。

結果那頭是個男聲，聲音熟悉又好聽，聲音壓得有些低，『我到了。』

向園下意識低頭一看，怔住，徐燕時又淡聲補充了一句：『我不想離婚可不是捨不得孩子。』

大腦轟一聲，煙花繚亂，滿腔星火在她心中炸開，血液開始往回躥。

「在下面等我。」向園掛了電話，說，「我去結帳，你們慢慢喝。」

對面的地中海王總忽然發話了，「行吧，既然向總小孩生病，我們也不耽誤妳了。」最後笑咪咪又猥瑣地說，「那麼明天我讓小劉把帳單給妳？」

「好。」

向園下樓，那男人已經在酒店的前檯等了，身形頎長，背影看起來太順眼，一旁收銀的兩個女生眼神時不時往那邊偷瞄，還羞赧地互相推搡了一下，似乎在糾結讓誰去要帳號。

那人渾然未覺。向園走過去，猛地把帳單二話不說拍在桌上。

「結帳！」

兩小女生瞬間嚇得魂飛魄散，好……好凶。

徐燕時聽見聲音，轉過頭，走到向園身邊，收據機卡紙，小女生一見那人居然走過來了，心神更加蕩漾，但是似乎認識眼前這個凶巴巴的漂亮女人？有點失落地俯身找紙去了。

徐燕時看了上頭顯示的金額一眼，六千八？

「吃黃金了？」他隨口一問，「哪個公司的？」

向園：「翱翔飛行。」

徐燕時一擰眉，「談什麼？」

向園：「就最近投放在西安的那個無人機定位專案。」

「談下來了？」

「他說明天寄合約。」

「人還在上面？」

向園「嗯」了聲，「怎麼了？」

「沒什麼，我去上個廁所。妳去車裡等我。」徐燕時說完把車鑰匙交給她。

翱翔飛行無人機這個案子是林凱瑞給他的第一個專案，下個月中簽合約，他過去就親自帶隊。如果他沒記錯，林凱瑞那邊已經在過合約了，如果林凱瑞沒騙他，那就是這兩個老總要了向園。

用合約騙吃騙喝，騙了她一週。

徐燕時打了個電話給林凱瑞，那邊聽到這個消息，也有點震驚，『我靠，老段不至於騙我啊，我們這週剛把合約細節對完。我跟你說實話，這個案子確實之前是東和上海分公司這邊負責的，我硬生生搶過來了，這也怪不了我，老段現在對東和很不滿，實驗室研發部那邊不知道搞什麼鬼，產品革新不換，而且這還是我們第一次跟韋德合作，我知道你有經驗，才讓你帶隊的，我怎麼可能跟你開玩笑。你把那兩人的資料給我。』

林凱瑞辦事效率高，沒多久就打了電話回來：『我問了，老段說他這週沒去西安，去的是分部另外兩個經理，以前負責東和對接的，大概是想解約前再占一波小女生的便宜。合約都在老段手裡，他們兩個哪來的合約，你女朋友八成被耍了。老段底下那兩個員工是挺愛占人小便宜的，老段有時候都管不住。要不要我出面幫你教訓一下？』

幾分鐘後，翱翔那包廂裡的人準備陸陸續續撤，大家窸窸窣窣開始整理衣服，忽然包廂門被人打開，一個模樣清瘦卻英俊的男人走進去，男人手上還拎著三瓶紅酒，長手夾著，骨節乾淨修長，很俐落。有女孩看得莫名其妙咽了下口水。

徐燕時把酒放到桌上，三瓶，一一擺齊，「今晚結婚，高興，這剩下的三瓶酒送你們了。」

有人眼尖，這三瓶酒加起來總價就超出八萬多了，這個帥哥瘋啦？結個婚這麼高興？這跟天臺上丟錢的瘋子有什麼差別？

地中海王：「真的假的？」

徐燕時笑，「不要？不要我去隔壁問問。」

地中海王不敢相信有這種好事，結果徐燕時直接把酒開了，還每人倒了一杯，都開了這下所有人懸著的心都放回肚子裡了。地中海趕緊把酒瓶塞塞回去，寶貝似的摟進懷裡，想著這個男人應該是個大傻子，喝多進錯包廂了吧，隨口說了兩句祝福「祝你們百年好合，新婚快樂」趕緊把人送走。

徐燕時手插在口袋下了樓，最後兩階他兩步併作一步，快步掂了下，落地。

服務生來來回回搥打著手心，一臉焦灼，一見他下來，立馬迎上去想問問那酒錢誰買啊，誰料徐燕時越過他，隨手在他肩上搭了下，微低頭說：「後頭下來那兩個胖子買，趕緊叫幾個人把門堵住，喝多了，不記事。」

服務生可不敢放他走，惶恐地想攔住他，徐燕時不知道從哪搞來一張紙條塞進他手裡：「他們不買，這是他們的電話和地址，或者到維林找我。」

維林平時聚餐都在這，這個服務生也是看徐燕時眼熟才同意。

說完，他一步也沒停留，直接走到門口，向園沒去車裡等，縮著身子站在酒店門口等，徐燕時確定身後的服務生關了門，這才筆直地朝向園走去，一邊走，一邊脫下外套。

向園背對著，後背忽然襲來一陣暖意，下一秒，整個人就被包住了，熱烘烘的男人氣息裹著。

她一僵，忽然有點貪戀這莫名的溫暖，下意識地往男人懷裡縮，是真的凍著了。徐燕時從背後幫她披上，提著領子，把人掉了個頭，面對著自己，向園大腦凍結，怔楞楞地仰頭看著他，徐燕時幫她提了提衣領，扣上釦子。

天寒地凍，冷風呼嘯，雪花在路燈下狂舞。

他的臉在清透的月光下更凌厲，眼神裡卻是無法忽視的溫柔。

向園渾身寒意被驅散，「你剛剛去做什麼了？」

徐燕時沒說話，身後關著的門裡，忽然下來一群人，徐燕時牽起向園的手，往他停車的方向走，「他們下來了，做戲要做全套是不是？」

走到一半，徐燕時五指去掰她的指縫，與她十指緊扣。

「……」

兩人走到車前，身後的酒店裡，忽然有人猛拍了一下桌子，不敢置信的尖叫著：「沒付錢？」

向園回頭看一眼，不放心地掙了下手，「你剛剛到底去做什麼了？你別把我這合約搞砸了，我前前後後忍氣吞聲一個多星期呢，他們去洗腳點什麼小姐我都忍了！」

徐燕時嘆了口氣，把人提到車門上，「我說妳被騙了，妳信嗎？」

向園冷靜地看著他，「理由呢？」

「理由我以後再跟妳說，但是我確定妳被騙了，人家就是想在妳這騙吃騙喝，不信，妳明天早上等合約，看妳信箱會不會收到。」

向園忽然有點崩潰，她辛辛苦苦一個禮拜也想泡湯了？有點不敢相信……

眼神裡寫滿了不相信。

「不信，妳等明天。」

向園澈底崩潰，眼中忽然起了些水氣。

徐燕時往旁邊一側，靠著車門，看著酒店門口那糾纏成一團的人，雙手抱著手臂，對向園說：「妳以後會遇上各式各樣的人，他們只是人生百態裡的一種。這麼點打擊就受不了了？」

向園這幾天幾乎把自己往死裡喝了，就為了這新官上任三把火，如果這邊能談下來，至少明年的創收能漲一點，她怎麼也想不明白，「王總明明說明天把合約寄過來啊？」

「簽約當天都還有人反悔，妳這種明天的事情沒有定數。」

向園不說話，眼眶紅紅的，連日來的疲倦讓她整個人卸了力，腦子混亂得不行，沉重得像是灌了鉛，前一秒說要簽的合約下一秒就沒了，如同墜入煉火地獄。

晚上那點酒，此刻全在胃裡翻湧，火燒般的感覺。

恍然間腦海中全是自己這幾日陪這些人尋歡作樂，一杯杯酣暢的烈酒接二連三地下肚，窩在包廂裡唱著她最不喜歡的男人歌，以及她坐在洗腳店，冒著惡寒，等他們結束，再把人送回酒店。

一樁樁，一件件，數來全是委屈。

也許是這數日來的疲倦，加上近日遇上的這一件件破事，對人性探究乏了力，澈底讓她卸了力，有時候人就是這樣，不能鬆懈，得一鼓作氣到底，一鬆懈，前面的努力全白費了，甚至會覺得自己像個傻子。

但向園不想讓徐燕時看到她哭的樣子，會讓他多想，儘管鼻腔酸得要死，心裡委屈得要死，她也不習慣在任何人面前流露出自己脆弱的一面，更何況在她喜歡的男人面前。

然而，女人在喜歡的男人面前，委屈容易被放大，向園此刻深有體會，有人喜歡，有人在乎，所有的情緒都被在那一瞬間放大了。這樣其實不太好，會迷失自我。

向園調整一下情緒，吸吸鼻子，假裝若無其事地上車，一路跟往常一樣，跟他聊些有的沒的。

「這個主持人聲音怎麼還是這樣。」

「那邊在拆遷？我之前怎麼不知道？」

「哦，我才剛來。不好意思，把這當成北京了。」

「對了，你過年回北京嗎？」

「你為什麼不說話？就沒有覺得要跟我說的嗎？還是你覺得我太蠢了，沒必要跟我說話？」

徐燕時開著車，瞥她一眼，「我在聽。」

「你高中的時候真的很冷，你知道嗎？」

徐燕時：「有嗎？」

他只是不多話，性格算不上冷，但是不熟悉他的人會覺得他有點高冷。

「但是最近接觸下來覺得還好，也沒那麼冷。」

「我小時候其實很聰明的，背書很快的，長大後腦子好像就鏽掉了。」

「其實我遊戲打得挺好的，多虧了我大一時交的那個男朋友。你一定不知道，他叫Down，玩《魔獸》超級厲害，粉絲都叫他D皇，其實我一開始玩得很差，後來他手把手教我玩的。」

徐燕時難得一次不反感，「嗯」了聲。

「他就是不肯跟我視訊，只打過一次電話，說起來聲音跟你有點像，但是好像又有點奇怪，我也說不出來。」

「那怎麼分手了？」

「他長得太醜了。」

徐燕時：「……」

向園娓娓道來：「我有一次在他的社群帳號裡看見一張自拍照，倒也不是嫌棄，本來我真的很喜歡他，想說長得醜點就醜點吧，反正遊戲打得好，但是他又不肯見面，又不肯視訊。我不耐煩這麼耗著，就說分手了。結果他直接退圈了。」

徐燕時忽然想起自己當初註冊那個小號隨便從網路上下載了一張照片，應該還有浮水印吧。

那時他確實不太想以 Down 的身分跟她見面，畢竟高三小樹林那件事之後，兩人鬧得不歡而散。那次其實是他駭進教務系統幫向園改期末成績，這事他之前幫封俊做過好幾次，等假期過了再改回去就行，學校根本不會查。封俊也是因為這樣才對程式設計有了興趣。後來無意間被向園知道後，就纏著他要他改。他沒辦法答應了。

結果駭進教務系統的時候，他也不知道那年為什麼會忽然導致整個校園網路癱瘓。更可怕的是，就那幾秒鐘，老師的群組、學校的論壇上，居然流傳出了幾張校長跟某老師的聊天記錄，內容極其淫穢不健康。

當晚，兩人就在小樹林被抓了。

向園沒辦法，承認了跟徐燕時在談戀愛，兩人在小樹林看電影。表示對學校發生的一概不知。第二天，校長和那位老師就被家長檢舉到教育局了。

校長直接被撤，老師也離職了。

這事兩人就爛在肚子裡了，連封俊也沒說。扛下了搶兄弟老婆這個黑鍋，徐燕時只能自己選擇轉學。直到大學再次跟封俊相遇，才把這事情說清楚了，而封俊也選擇相信徐燕時跟向園沒什麼。畢竟向園當年那麼追他他都沒答應。

只不過當時徐燕時唯一不肯承認和正視的就是自己的心，他後來確實喜歡上向園，甚至用 Down 這個身分偷偷跟她網戀，教她打遊戲。其實向園忘了，兩人視訊過一次。

攝影鏡頭對準的是他的胸膛，向園第一次用分手逼他，他沒辦法，只能答應。

但那時還沒做好準備，向園又說要見面，他什麼都沒有，甚至一天打三份工賺生活費，那些窘迫難堪的曾經，他都不想讓她知道。

所以她第二次說分手，他沉默了一天後，同意了。一段不到一個月的網戀告終。

車子停在向園家樓下。

一段碎碎念的旅程終於結束了，向園說了聲再見，下車。

向園進了門，把包往沙發上一丟，鞋踢飛，直奔廚房拎了七、八瓶啤酒出來，丟到沙發上，打開電視盤腿坐著。

眼睛空洞地盯著電視機，七、八瓶酒一口氣全用牙開了，正準備喝呢，手機響了。

xys：『到陽臺來。』

向園走過去，發現樓下的車還停著，一點要開走的痕跡都沒有。大樓前是一大片空地，地面積了一層薄雪，路邊的的葉子和灌木叢裡都是東一搓白西一搓白。

向園拎著瓶啤酒往下看。

xys：『打開手機導航。』

向園照辦，那跟雪一樣白的車子緩慢繞著社區開出去。為了讓向園看清楚他，徐燕時降下車窗，向園瞧見他單手打著方向盤朝這邊瞥了一眼。車子消失在社區門口的同時，向園的手機響起，在黑夜裡震顫，如她此刻跳動的心臟。

她抿了口酒，接起來，「喂？」

夜晚七點，華燈初上，夜晚城市燈火喧囂，徐燕時的車很快四平八穩地駛上主幹道，行雲流水地穿梭在車水馬龍裡，他接了藍牙，一邊打方向盤一邊對電話那頭的女孩說：『翱翔這件事，其實不能怪妳，他們早就不打算跟東和合作了。至於我怎麼知道的，過幾天就會告訴妳。也是個巧合，非常巧。下面，我說的地點，都記一下。』

向園以為又是什麼數據測試，立馬放下手中的啤酒，認真地說：「好。」

徐燕時聽她緊繃的聲音就知道緊張了，笑了下，『放鬆點，不是工作。』

向園反應過來，「你在開車嗎？還跟我講電話？」

那邊安撫，『開了藍牙，沒事。』

話音剛落，前方剛好轉進第一條東街口，徐燕時打了個方向盤，『機關及幼兒園，現在關門，但是明天應該會有很多小朋友。』

向園仰頭看空中的明月，四周空謐，樹梢間沙沙作響，耳邊是他低沉的呼吸和聲音。

她靜靜聽著。

『包子鋪，明天小朋友們應該會在這裡吃早餐。』

說話間，他轉進一條筆直的街道，徐燕時看了窗外還亮著燈的文具店一眼，『文具店，小朋友們正在挑選明天上課要用的筆。』

說話間，車子快速駛過密密匝匝的柵欄，裡頭亮著一盞昏黃的路燈，柵欄裡是一個小型籃球場，『籃球場，男生們的戰場……』

而後，他途徑國中、高中、游泳館、商場、網咖、電競館……遊戲廳。

『國中的時候，他什麼都不懂，覺得女生很麻煩。』

『高中的時候，他一時瞎了眼，拒絕了一個現在很喜歡的女孩。』

『他曾經很喜歡游泳。』

『他曾經在網咖裡待了兩個月，為了幫他兄弟陪一個女孩打遊戲。』

『他也曾迷失過，覺得世界很可悲。』

『他現在重拾夢想。』

最後車子緩緩停在黑漆漆的科教館前，頭頂幾個大字，很刺眼。

徐燕時降下車窗，這邊已經澈底偏離了市區，樹影婆娑，不是嘈雜的鬧區，車聲寂寥，偶爾閃過一兩聲鳴笛，耳邊只剩下柔和的風聲。

『他會重新登上頂峰，會給那個女孩想要的一切。向園，看導航。』

手機上，導航整整繞了一個圈，而這個圓圈裡的一條條格線，全是他剛才行駛過的痕跡，像一個地球平面圖，也像一顆衛星。

向園憋了一整晚的眼淚，忽然在這個瞬間落下來。

『向園，這是我的世界。』徐燕時一隻手掛在降下的車窗沿上，一隻手舉著電話，側頭盯著窗外那閃紅的科技館幾個字說——

半小時後，一輛銀色的五菱宏光在路旁急促地停下來，刺眼的車燈打在徐燕時的臉上，他靠著車門，不耐地睇了下眼。下一秒，老慶扛著一桶油吭哧吭哧過來了，徐燕時過去把油箱打開，被人謔了：「怎麼回事？今天出門沒帶腦子？不看油表就開到這荒郊野嶺來了？」

徐燕時難得沒回嘴，躺平任嘲。

「你要是帶個女的來這，我他媽還能理解，你自己一個人？鬼打牆啊？」老慶終於抓到機會謔他了，嘰嘰喳喳說個沒完，等他擰開油表箱的蓋子，一拍腦門傻眼了，「靠，沒拿漏斗，倒不進去啊，萬一漏出來……等一下你開車回去的路上炸了怎麼辦？」

「我不是讓你帶了？」

「我靠，你大半夜打電話，我從被窩爬出來，一著急就忘了。」

徐燕時打開車門，從後座上找了張不知道誰塞的彩色的廣告硬紙，然後隨手折了個漏斗的形狀，老慶在一旁看著，忍不住嘆息，這學霸的反應就是快，盯著那快成型的自製漏斗，言歸正傳：「你今晚到底在這幹什麼呢？」

徐燕時手指嫺熟，在底下撕了開口，不遮不掩地說：「表白，追人。」

「……」

「嗯。」

老慶下意識「哦」了聲，兩秒後，大腦閃過一道光，他乍起，尖叫：「表白？」

「向園啊？」老慶用腳趾頭想想都覺得是她。

他毫無意外，表情冷淡地繼續做他的漏斗，說出口的話卻是做作的意外：「這都被你知道了。」

徐燕時這人，其實算不上什麼謙謙君子，光老慶這幾年對他的瞭解，要起心眼來沒人敵得過，還是那種對方還在蠢蠢欲動躍躍欲試的拔刀狀態，他已經收刀入鞘鞠躬謝幕了。

「裝什麼啊，」老慶看他這模樣，「人家答應你了？」

「沒，」徐燕時把做好的漏斗插進油箱口，「不過答應我考慮一下。」

「看不出來向妹子這麼難追？考慮什麼呀，你這種極品男人，她還考慮？」

「可能考慮以後孩子叫什麼吧？」

「……」老慶氣昏，「你能不能有點緊張感？」

「不緊張我今晚能開完一桶油？」

老慶想起來，「油錢別忘了給我，哥們最近手頭緊。」男人之間比較直接，這種要錢方式比女生之間直白得多，更不會產生隔閡。

「轉帳了。」徐燕時早就轉帳了，老慶撈出手機，十分鐘之前轉的，徐燕時這方面比大多數男生都自覺。

「家裡出事了？」徐燕時問。

老慶：「不算，就是我媽最近老毛病又犯了，城裡鄉下來來回回跑，結果在車站把腿摔骨折了，現在又住院了，我就想在城裡買房子給她，省得以後這麼來回跑。前兩天看好了一間，頭期款是夠了，爭取明年把裝潢費賺到吧。」

聽到這，徐燕時忽而抬眉看他：「你真的不打算回北京找份工作？」

「正要跟你說這事，你猜我這次在北京的比賽上碰見誰了？」

徐燕時叼著菸，等下文。

「盧駿良，這兔崽子也參加比賽。媽的，差點跟他幹起來，」

徐燕時咬著菸笑了一下，慢悠悠低頭吸燃，「他又他媽的說什麼智障話了。」

徐燕時很少罵髒話，偶爾也會蹦出一兩句，那冷淡的聲音聽起來挺有味道，也就這清清冷冷的氣質，才會讓向園覺得他乾淨得一塵不染。

老慶哼唧，「我根本沒聽他在那廢話什麼，在他喝的水裡吐了口痰就走了。不過我也決定了，還是回北京，其實上次辭職，也有很大一部分原因是厭煩了城市裡那種快節奏的生活，就想著回來陪陪你。但想想，人還是要往前走，我不結婚，至少得把我父母安頓好了。再回去打拚幾年吧，這次賺夠了本再回來，我還要弄死盧駿良那傢伙。讓他在北京逍遙兩年，都他媽拿自己當根蒜了，也不想想當年怎麼求爺爺告奶奶地讓我們別削他。」

「我準備辭職了，去上海。」徐燕時漫不經心地把菸摁滅在一旁的垃圾桶上。

老慶徹底愣住。

夜色黑沉，科教館燈光溫柔，樹風在道路兩旁輕輕颳蹭著。

加完油，那白色線條流暢的車開著前頭兩扇車門，兩人一人一邊坐著，徐燕時一隻腳踩在車門外，老慶則兩隻腳全在外面抽著菸。

「你怎麼忽然決定的？」

徐燕時抱著手臂，靠著座椅，聲音坦然：「不算突然，其實之前陳珊那邊錢還完，就打算近兩年要回北京了，前陣子跟老鬼也說過，只不過恰好上海那邊有機會，就答應了。」

老鬼！

電石火光間，老慶一拍腦門想起來，咬著菸，也不顧菸灰撲簌簌往下落，掏出手機跟他說：「老鬼看病的錢，當時還差十萬，我正好手頭有，就借他了，我這次去北京看他。他把錢都還我了，連帶著你那份，他現在在治療期，不太方便用手機，就全部轉到我的帳號了，讓我回來轉給你，也不是小數目，這事我覺得還是當面給比較好。八萬，你看一下。」

「叮咚」，躺在扶手箱裡手機一響。

徐燕時低頭掃了一眼，「他哪來的錢？」

「老鬼把房子賣了，」老慶嘆氣，「揹著那房子也是一身債，這邊看病再搭上一身債，他壓力也挺大，他妹妹不肯賣車，他爸媽都給她跪下了，那小妮子也不肯賣！老鬼只能把房子賣了。你說，怎麼會有這種畜生妹妹！不過你也別擔心，陸茜來找過他了，老鬼應該是放下了，現在是專心治病呢。」

「那就行，把身體養好了，什麼都不晚，」徐燕時點點頭，「北京那邊比賽怎麼樣？」

「反正我是按照你做的ＰＰＴ講，競爭挺激烈，盧駿良那組確實做的不錯，但是應該能拿獎。」

三天後，真的拿獎了。名單下來，雖然不是頭獎，也是二等，有十五萬。老慶在社群上敲鑼打鼓地分享，向園看到了，不過那時她無意間得知老慶最近手頭緊，徐燕時托陳書找相熟的房產仲介，被她聽見了，本來以為是他自己想在西安買房，後來才知道是老慶。

她跟徐燕時一商量，決定把這錢給老慶，徐燕時是一開始就沒打算要，向園現在是不好意思要了，這比賽都是徐燕時和老慶再張羅，她幾乎沒怎麼參與，除了參與過幾次企劃，真要跟人平分，她心裡還是有點虛的，於是主動跟徐燕時說不要這錢了。

老慶很感動，最後還是分了五萬給向園，『老徐那份我收下了，以後找機會連本帶利還給他，但是妳這份肯定要給妳，哥雖然醜，但哥從來不跟女人借錢。』

見老慶這麼有骨氣，向園也不再矯情，收下錢，在群組裡誇了一句：『老慶好 man 哦！』

兩人在會議室，徐燕時看見，嗤笑了下，沒回。

向園順利把信用卡錢還了，還留下兩萬多，她決定買套西裝給徐燕時，過幾天就是新產品的新聞發表會了，他應該沒怎麼穿過高級的西裝。會很帥吧？

那天晚上，他把自己的心一一攤給她看，告訴他過去的那些成長經歷，甚至那些不曾跟人提起過的自尊，全都一一放在她面前，讓她抉擇。

寒風在黑夜中狂舞，雪花在空中又打起旋，密密匝匝落下，閃著溫潤的光澤。

電話那頭悄然，徐燕時也靜坐著。

向園方寸大亂，泣涕漣漣，血液在身體裡橫衝直撞，全往同一個地方去，那原本空落落的心臟，此刻彷彿被人塞滿了棉花，滿滿當當，充實又感動。然後告訴她，以後我就是妳的全部，以後我帶著妳啊，看妳想看的風景和世界。

她試圖清空那些煩亂的思緒，讓理智重回大腦。

但沒辦法不為今晚的表白感動，尤其是他用行車記錄在地圖導航上畫出的那顆衛星。

恍惚間，手上的啤酒易開罐已經被她捏得輕凹進去一隅，又「嘎嘣」彈出來，發出一聲脆響。

那邊洞若觀火，想也是緊張了，聞聲笑了。

『不用急著答覆我，妳慢慢考慮，要不要做我女朋友？』

那邊吸了口氣，眼淚淌成河。

徐燕時摘了藍牙，握著電話，單手把車停到路邊，看著空蕩蕩的油表，嘆了口氣有點無奈：『本來不想這麼快的，才剛拒絕過，又跟妳說這些，知道被拒絕的可能性很大。但確實也沒料到今晚的事，怕妳一個人在家胡思亂想。』他低頭，拉上外套拉鍊，不知道在勸誰：『說真的，我不信妳對我沒感覺，連尤智都看出來了，說妳喜歡我，開晨會黎沁隨便激兩句，妳就炸毛要跑到人家辦公室為了我跟她幹架？還有，施天佑說我在上海出差那幾天，妳躲在會議室偷偷聞我襯衫？』

「……」

施天佑這個變態。

「不是，是我那天吃飯把湯灑在你換下來的襯衫上，我拿回家洗了下，就聞一下上面還有沒有麻辣燙的味道。我沒那麼變態。」

『反正也是聞了，』徐燕時熄了火從車上下去，靠著車門點了根菸，吸了口，吞雲吐霧地接著說：『要不要考慮一下？』

「好。」

向園答應下來，徐燕時終於勾了下嘴角，指尖夾著菸，靠在車上，漫不經心地垂下那單薄的眼皮，又餵了一顆定心丸給她：『或許我可能有點知道妳的顧慮是什麼，妳是不是把我想得太好了？我算不上什麼二十四孝好男人，也不是什麼溫柔的人。不信妳去問問尤智他們，在妳沒來之前，我罵走過多少人？不然尤智他們為什麼那麼怕我發火？我絕對不是妳幻想中那種溫潤如玉的男人，但是我還是不想讓妳錯過我，妳會很遺憾。』

『跟我談戀愛很有意思的，要不要試試？』

向園把西裝送到徐燕時手上，男人一怔，瞧著板正、線條流暢精緻的剪裁，就知道這東西肯定不便宜。

「明天發表會穿這個吧。」

「……不穿，」徐燕時看她一眼，懶洋洋地把電腦一關，「何德何能啊，我又不是妳男朋友。留著給妳男朋友穿吧。」

西裝是Dior Homme的，整套下來要快八萬，前幾天某位當紅小鮮肉在國劇頒獎典禮上穿過，還上過新聞。向園一毛錢也沒花，讓許鳶托人跟品牌商借的，連同她那件晚禮服一起從北京寄過來。

許鳶拿貨當天傳訊息給她：『剛剛品牌的人跟我說，這套就是前幾天活動蕭然穿的那套，徐燕時身材不錯啊，居然跟我男神同一個尺寸。』

向園：『那叫碼數。』

許鳶：『在外面這些熟女面前，碼數等於尺寸。正好，妳可以檢驗一下徐燕時，圈裡不是有句話，穿得進Dior Homme的男人，才是真正的紳士。』說到這，許鳶還有點興奮，忍不住又說：『記得拍照，我感覺徐燕時穿會驚豔。』

向園：『擦下口水，不要意淫。』

許鳶：『友情提醒一句，讓徐燕時穿得時候別抽菸，這東西要是燒出一個洞來，我可賠不起。』

向園：『我賠。』

許鳶：『說你們沒點什麼，我真是信了妳的邪。不會下次回來，肚子都大了吧？』
向園：『……』
許鳶：『睡過了沒啊？這麼冷的男人，床上表現怎麼樣？會動嗎？不會還要妳動吧？』
『……』汗得沒眼看，向園懶得跟她廢話，『新年快樂，漂流瓶聯絡。』
許鳶笑死，不調戲她了：『過年回來吧？班長說要約同學會，確定了時間我跟妳說。』
向園應下，對著西裝和晚禮服端詳片刻，又趁著午休時間去隔壁商場買了個袖釦，恰好跟她的項鍊是情侶款，她的項鍊是幾年前買的，沒想到這邊專櫃居然還能買到同款的袖釦，向園心念一動，也不管多少大洋，在櫃姐眉開眼笑熱情洋溢的吹捧中刷了卡。

週六是西安維林電子科技分公司一年一度的新產品發表會。
陳書再三跟她交代本次發表會的利害關係，「這次的車聯網系統，也是我們最後一次跟豐瑞汽車合作了，如果這次的發表會效果不好，明年豐瑞可能就不會跟我們合作了。失去豐瑞，比失去黃啟明更可怕，意味著我們這個分公司會面臨直接關閉的風險，總部以後可能會直接轉型做醫藥。車聯網導航這塊就會被放棄。」
向園比了個OK手勢，不然她冒著那麼大的風險，把那兩個緋聞纏身的祖宗請來幹什麼。
「下午妳去幫我接兩個人，我下午要彩排跟對詞，走不開，」向園一邊看發表會的流程，一邊頭也不抬地問，「徐燕時的發言稿有沒有跟妳對過？」

陳書一愣，「他的事情我一概不管，我以為妳跟他說過了。」

向園腦袋一緊，看了陳書一眼，兩人眼神惶惶地同時出口：「不會還沒寫吧？」

「算了，他每次都是臨場發揮也沒見他出過什麼亂子，」陳書有點習慣地揮揮手，話題又回到最初，「妳下午讓我去接誰？」

「BUA 戰隊的 Few 認識嗎？」

陳書眼睛一亮，「就最近很紅的那個KPL選手？我他媽超喜歡他的，不過他最近的緋聞是不是有點多啊？妳怎麼聯絡上的？我靠妳給了多少錢？李永標居然同意？」

「這事我以後再跟妳解釋，」向園把流程翻到最後一頁，一邊做記錄一邊回：「對了，還請了他女朋友瀟瀟。Few 等一下會在社群上公布今晚參加我們發表會的內容，他那邊也會做相關的直播。」

「離婚的那個電競解說瀟瀟？我靠，妳這是要把這個發表會炸個天啊？」陳書露出了有點意思的眼神，在她身上來回一瞟，「妳這個小女生不聲不響的，背地裡到底藏著多少事？」

Few 算是近幾年各方面人氣比較高的電競選手，不過前陣子跟瀟瀟的緋聞讓他略有些下滑，網路上罵聲連天，不過到底還是私事，只要遊戲打得好，顏值還在，大多數粉絲還是含著眼淚為他喊加油。

跟瀟瀟這件事，圈內人也都知道到底是怎麼回事，都有點心疼他們，被瀟瀟老公買水軍帶了節奏，不知內情的一看還沒離婚，立馬罵瀟瀟蕩婦，然而明明是瀟瀟老公出軌在先，又想讓瀟瀟淨身出戶，瀟瀟不肯，遂分居兩年，瀟瀟準備向法院提起離婚訴訟，被她老公發現，先發制人，直接在社群上爆料瀟瀟出軌，輿論一邊倒。而知道內情的看了難受，抓耳撓腮卻使不上一點辦法，Karma 忍不住在社群上為 Few 說過一句話，直接被粉絲勒令閉嘴。

Few 也不再讓朋友為他跟瀟瀟說話了，自己默默直播，打比賽。

這次向園邀請他的時候，Few 其實下意識是拒絕的，怕自己現在的名聲連累她，讓她去找 Karma。但顯然向園不願意找 Karma，各方面條件確實也是 Karma 更符合，但 Karma 來了總覺得欠了人家一份人情。向園不喜歡跟前男友保持這種藕斷絲連的關係，所以思索再三，她還是選擇了可能冒有一定輿論風險的 Few 和瀟瀟。

最後還是瀟瀟主動來找向園答應的，友情出席。

陳書是萬萬想不到向園是 Ashers 這件事，她滿腦子都是肯定花了不少錢請這兩位，恐怕李永標還不知道，等一下知道了二話不說就脫下他的意爾康皮鞋打爆向園。

陳書把人安置到晚上舉行發表會的酒店，傳訊息給向園。

彼時，向園正在跟徐燕時認真地對晚上的發言稿。

「我說，有請我們技術部又帥又高的徐組長，然後你就先站起來跟大家揮個手……」

「……」徐燕時面無表情，「妳不加又帥又高，我相信大家也不瞎。」

向園無視他，下一條：「這裡有個梗，你記一下，等一下記得要接，不然我一個人很尷尬的。」

徐燕時順著她的發言稿看下去，還是耐心地問了句：「什麼梗？」

向園在紙上塗塗改改，說：「我會問你有沒有女朋友，然後你就——」

徐燕時拿著發言稿，挑了下眉，「妳確定要這樣問？」

向園驀然抬頭，心下一跳，看他含笑的眼神，頭皮發麻，已經能想像到這人會說什麼了，她決定不自找尷尬：「算了。換一個，或者我問你怎麼會選擇在維林這樣的公司工作，你就誇大其詞地誇就行了。」

徐燕時再次挑眉：「誇妳可以嗎？」

「……」

向園忍無可忍，朝門外的尤智招招手，「來一下。」

尤智啪嗒啪嗒跑過來，向園把發言稿塞到尤智懷裡，「來給你，今晚你發言。」

尤智莫名奇妙地看了徐燕時一眼，徐燕時靠著座椅，沒說話，微微抬了抬下巴，示意他出去，尤智把發言稿往桌上一放，也不管向園喊了他幾聲，都當作沒聽見，一溜煙消失在門口。

徐燕時不逗她了，慢條斯理地把發言稿壓到自己的電腦底下，「行了，我知道了，晚上認真配合妳。」

向園低頭，也小聲地匆匆說：「發表會結束，我跟你說件事。」

「好，我也有事告訴妳。」

六點，北京。

老爺子今天提早結束下午的會議，在車上第十八遍跟賴飛白確定新聞發表會的時間，「是八點吧？讓劉姨今晚別做飯了，叫點外送，我們一起吃。你那個投影機準備了沒？電視機連不上這種直播軟體吧？叫什麼名字？」

「是九點，八點是新聞發表會的時間，九點網路上才開直播，」賴飛白一一解答：「已經叫了外送了，投影機下午就裝好了，在影音室，直播軟體叫小胖鴨。我下午已經幫你註冊好帳號了，我問了小劉，可以透過送禮物把直播間的人氣頂到首頁，這樣看到的人就更多了。」

前兩天向園還打電話過來邀請老爺子出席，老爺子非常驕傲地在電話裡拒絕了：「妳那小破發表會能掀起什麼風浪，不去。」

向園悻悻然掛了電話。

這時賴飛白已經調出了他剛註冊的帳號給老爺子看，名字就叫東和集團董事長司徒明天。老爺子嫌棄：「這樣太招搖了吧，改一個，改一個你們年輕人常用的，看起來很有錢，不像是自己人炒作的那種。」

半小時後，賴飛白絞盡腦汁改了一個老爺子相對滿意的名字，擦了擦一頭的虛汗，又聽老爺子說：「先儲值個一百萬吧。」

七點半，各位金主爸爸們陸陸續續入席，新聞發表會進入緊張的最後半小時倒數計時，Few 跟瀟瀟也在對九點他們直播間的環節。

向園此刻正欲哭無淚地坐在化妝間。

她打了個電話給許鳶，「妳告訴我，妳真的沒拿錯碼數？」

許鳶一臉茫然，『這個牌子妳以前不是一直都是零碼嗎？什麼鬼，妳穿不下了？』

晚禮服也是 Dior，黑色魚尾長裙拖地，露出精緻細膩的養魚鎖骨，收腰極細，如流水般的綢緞從她細貼的腰身往下，齊齊鋪陳在地面上，勾勒出她原本細翹緊致的身材弧線。

向園一直偏瘦，平時通勤裝穿多了，不怎麼顯身材。這時一對比，整個人被這身晚禮服裹得服服貼貼的，遠看就像一個凹凸有致的細頸花瓶。

她的胸不算大，現在被這件晚禮服活生生勒出了球，加上她本身就白，鎖骨又明顯，化妝間進來一個男的，吹一聲口哨。連瀟瀟都忍不住讚嘆，「美翻了。」

向園一直對許鳶無條件信任，沒想過自己這段時間會發胖的可能。

向園把晚禮服往上提了提，又找了陳書用別針把後背的幾個地方直接定住，這才堪堪遮住那道溝，陳書跨著腿，一邊幫她上別針，一邊說：「我剛剛在門口碰見徐燕時了，靠，穿西裝了！」

「穿了？」向園提著領口。

「是啊，外場的女同事都瘋了，瘋狂尖叫，要幫他生孩子。」

向園笑了下，「妳說話能不能不要誇張，大家同事這麼多年，徐燕時穿西裝她們不可能沒看過。」

陳書皮笑肉不笑：「Dior Homme，妳當大家都不識貨？我一猜就知道是妳給的，別說品牌贊助啊，我們還沒跟這種品牌有過合作，小妹妹，妳很有門路啊。秒應茵茵幾條街啊。今晚真的看妳了，要是能多帶幾個贊助商來，我們明年說不定還真的不用關門了。」

八點，向園拖著裙擺拎著麥克風，慢慢地走向舞臺，會議廳人不多，除了幾個贊助商爸爸，還有幾個表演嘉賓及公司的工作人員，零零碎碎加起來不過百來人，這個場面，跟她以前在學校主持過的各種大型晚會的規格相比還不到一半。

但向園卻異常緊張，每走一步，腳步越沉。

她在舞臺中央站定，大廳所有燈全滅了，一秒陷入黑暗，宴會廳刹時安靜下來。

三秒後，第一束追光燈過來。

舞臺上那個人影忽而露出臉，她笑了笑，優雅地捂著胸口稍稍舉了個躬，直接開始——

「尊敬的各位金主爸——不好意思有點緊張，我重來，尊敬的各位長官……」

底下小聲地笑了下，場面不大，氣氛不用拉得太緊張，向園的主持風格詼諧，內容尺度也大，什麼都敢問。

徐燕時坐在第一排，會場昏暗，他一身西裝筆挺，向園不經意將目光從他身上掠過，那輕描淡寫的一瞥，都牢牢地吸引她的視線。旁邊是Few，Few的身材跟他差不多，可能比他還瘦一些，但沒有他那麼高，常年熬夜打遊戲，臉部有點微微浮腫，身材過於削瘦，穿西裝有點單薄，沒撐起來，但這張臉在電競圈也屬於顏值線上了。

然而徐燕時，整個人身材勻稱，臉相對來說削瘦一點，眉眼偏薄，卻透著一分英氣。西裝服服貼貼地裹著他勻實的身材，每一寸都嚴絲合縫。

他敞著釦子，難得沒大剌剌地敞著腿，姿態很乾淨。

Dior Homme俗稱西裝中的「高冷男神」。他真的完完全全把Dior Homme的冷淡性感，詮釋到極致。

向園那時有點走神地在想，以後要買很多很多西裝給他。

第一輪新產品展示結束，徐燕時上臺發言，向園終於光明正大地將眼神轉到他身上，邀請他上臺。

徐燕時邊扣西裝釦，邊朝她過來，袖口的白色鑽石袖釦在昏暗的光線裡微微閃了一下刺眼的光芒。

因為前面長官講話的時間拖長了，本來這個環節應該在八點五十結束，十分鐘歌舞之後，Few的直播間開啟，開始今晚最重要的一個內容。

今年維林跟豐瑞聯合發表的車聯網導航裡，新增了一個功能，汽車中控臺可以聯網打《王者榮耀》，中控的螢幕比手機大，是伸縮式的觸控螢幕，豐瑞在螢幕觸控的模式下更加入了高精晶片，甚至比手機操控起來還舒服。

但這樣的大多數觀眾都會覺得不太好，還不如拿手機方便，於是向園決定讓 Few 現場操作，順便讓瀟瀟現場解說隨意一場路人局。

然而前面長官講話時間過長，現在時間已過九點。瀟瀟沒辦法，只能提前開了直播間。

她把鏡頭對準剛上臺的徐燕時。

留言瞬間滿了。

『我靠，Few 這半個月不直播是整容去了？』

『這男的帥炸了！我靠。』

『這套西裝不是前幾天蕭然穿過紅毯的嗎？一點都不輸啊！』

『忽然有種想為 Few 花錢的衝動！我馬上去儲值。』

結果，下一秒，直播間就忽然有人瘋狂送起禮物。

——潛水艇×100

——航空母艦×100

瀟瀟跟 Few 直接看傻眼，兩人面面相覷。

他們自己直播的時候，哪有過這種瘋狂的粉絲，一看 ID——不川內衣。

也不是老粉，不熟悉。

這個不川內衣的 ID，整整送了一百萬，直接把他的直播間頂到首頁，還在瘋狂留言。

不川內衣：『Few！！！！你好帥！！！好喜歡你！！！』

不川內衣：『Few！！！你給我紅！！！一定要給我作死的！！！』

緊接著又是一大串酸掉牙的話。

不川內衣：『世界的盡頭，光芒萬丈，山海翻騰。我永遠陪在你身邊。』

不川內衣：『當星光墜落，山河崩塌，我，是你永遠的粉絲！』

賴飛白頂著一腦門子汗，對著百論壇一句一句複製網路上那些情話，老爺子在一旁淡定指揮，「頂到首頁沒？直播人氣有沒有上漲？」

「上了，現在已經三百萬了。剛剛才一百萬。」賴飛白說。

老爺子甚是欣慰：「可以可以，偽裝得很成功，沒人知道我們是東和的人。」

瀟瀟：「應該是東和的人買的水軍，這個帳號今天剛註冊的。」

徐燕時下午不配合，晚上倒是挺配合的，跟向園一問一答中規中矩，講得很簡單，聲音很清晰，快速介紹了一下，就說：「我就不占用大家的時間了……」

整個直播間的留言開始瘋狂，已經沒人關心為什麼 Few 到現在還沒開始直播，甚至有粉絲直接爬牆了，『瀟瀟姐，今晚攝影鏡頭請給我牢牢、死死地對準這個哥哥，我們今晚只想看他！』

瀟瀟溫柔地笑笑：「那真的不直播啦？」

留言上一片：『我們只看這個哥哥，太斯文禁欲了！那袖釦也太紳士了吧，咦怎麼跟主持人小姐姐脖子上的項鍊好像是一對。』

『不管不管，十分鐘之內我要這個哥哥的所有資訊。請你們馬上給我海底撈！』

Few從座椅上站起來，「我去問一下向園，這個錢該怎麼辦？」

向園剛跟徐燕時從臺上走下來，就被Few叫走了。

兩人隨便進了個小房間，Few直接開門見山地跟她說了剛才的事：「這錢怎麼辦？我知道你們想砸錢上人氣首頁，那邊流量大，但是這個錢，不是全在我口袋，有一半會進平臺的口袋——」

向園一愣，眼睛眨呀眨，假睫毛有點濃，像黑扇子，忽閃忽閃的：「我們沒找人砸啊？」

Few：「不是你們？」

「應該是你的粉絲吧？」

Few：「我的粉絲目前還沒給我砸過這麼多的，而且這個帳號是今天剛註冊的，又在留言些奇奇怪怪的話……我以為是妳買的水軍。」

向園喝了口水，一頭汗，整個人透著粉，模樣格外動人。

「你傻了吧，我們砸一百萬給你上首頁？我為什麼不花這個錢去買廣告和新聞啊。」

Few一想也是，難道真的是他的粉絲？

「先別想了，我讓工作人員幫你把帳號調整好了，我們先把測試做完。」

「嗯。」

兩人轉身，一轉門把，沒開。

向園又用力一擰，還是沒打開，兩人皆是一怔，互視一眼，鎖上了？

兩人又合力轉了一下，是真的擰不開了！

氣氛瞬間緊張，空氣中彷彿有什麼東西凝固了！

向園急了，下意識渾身上下摸了個遍，這才意識到自己是穿著晚禮服，沒帶手機。她急得冒冷汗，火急火燎地看著 Few，見他還愣著，立馬問：「你的手機呢？」

Few 一臉無辜啊：「瀟瀟拿著，在做直播。我沒拿。」

「……」

九點十分，所有歌舞都結束了，瀟瀟舉著手機，狐疑地回頭掃了一眼，發現向園和 Few 都沒回來。

她問了一旁坐著的徐燕時：「你能打一下向園的手機嗎？」

徐燕時無奈地晃了晃手裡的手機，「在我手裡。」

瀟瀟也急了，眼睛眉毛皺成一團，「他們去哪了？」

歌舞結束有一瞬間的冷場，舞臺黑了幾秒，陳書喘著氣跑過來，「向園呢？」

所有人都不知道。

連 Few 去哪了都不知道。

陳書沒辦法，抓了個一旁的助理，直接一腳踹上臺，「你先去控一下場，我讓人去找了，讓流程繼續往下走，Few那個環節放到最後，先把後面的幾個新品展示給做了。」

助理沒辦法，只能硬著頭皮上臺。

徐燕時找了一圈也沒找到人，時間一分一秒地在緊張的氣氛中流逝，有些資方爸爸已經坐不住開始提前離場了，陳書急得像熱鍋上的螞蟻拿著個對講機滿場轉，「媽的給我找！男廁所女廁所都他媽給我找一遍！」

徐燕時西裝脫了，拎在手上，靠在欄杆上看著對面燈火通明地會場，看著那漸漸撤離疏散的賓客，慢條斯理地抽完了一根菸，直至那星火燃盡，他一聲不響地摁滅在一旁的垃圾桶上，然後拎著西裝往會堂走。

陳書一愣，在後方迎風叫他：「你幹什麼？」

「幫她救場。」

九點半，最後新產品的宣講結束，高冷看了他一眼，求救地問他接下去該怎麼辦？徐燕時一言不發走過去，解開西裝釦，彎腰坐進一旁今晚擦得增光發亮的演示車裡，瀟瀟知道他想幹什麼，也順勢從座位上站起來，走到他身邊，打開另一旁的副駕駛座，彎腰進去，「要幫忙嗎？」

徐燕時啟動車子，表情輕鬆：「樂意至極。」

瀟瀟把攝影鏡頭對準他的臉，結果男人的臉一放大，近距離美顏加成，確實經得起這波嚴格粉絲的檢驗。

留言一片，『我死了。』

「剛剛是誰說不要看Few，要看這位帥哥的，我幫你們謀福利了啊，今晚他為你們演示豐瑞這款車的新功能，聽說能用中控臺打遊戲，」瀟瀟半開玩笑地說，「不知道你的技術怎麼樣？」

徐燕時把車子開進展示區，熄了火，挺謙虛地說：「還行。」

徐燕時一整晚都沒怎麼說過話，瀟瀟是知道的，向園也跟她說過這男人話不多，不過句句都很毒。

觀眾也察覺到了，『這個帥哥真是惜字如金！冷淡如風啊！』

徐燕時把遊戲打開，直接登入自己的帳號，不過他不怎麼打，段位不高，連鉑金都沒上，瀟瀟忽然有些擔心地看了他一眼，「你……行嗎？」

此時留言的畫風已經變了，大家紛紛自我安慰，『看臉，看臉就好了。』

半個小時後，徐燕時隨意用中控臺連線跟路人組了一局排位，觀眾從一開始的興致缺缺，以及剛進場時有點擔心徐燕時技術爛要丟臉的粉絲小姐妹瘋狂在留言上指點打法，到後來的精神振奮，個個眼冒精光地盯著畫面裡的干將莫邪瀟灑的身影，來去自如，踩點走位都別具一格，一技能的逃跑神技可謂是用到出神入化了。

『干將這麼強勢嗎？我靠，這黃金段位是怎麼回事？』

『所以我剛才是一個青銅在指點王者打遊戲？』

瀟瀟：「你這個黃金打了多久？」

徐燕時的注意力全在遊戲裡，下意識答了句：「一個晚上。」

「……」

徐燕時打遊戲很安靜，手指在中控螢幕上操縱，手速飛快。

留言：『哥哥這手速，告訴我，你單身多少年了！』

大螢幕上切著的是直播的畫面，在場所有人都看得一清二楚，高冷手心冒汗，還是有點擔心，「你說這可以嗎？」

尤智也不知道，一臉茫然地晃晃腦袋。

只有施天佑說了實話，「向部長請Few來，也就是想借助Few的粉絲效應吧，我聽說Few的男粉很有錢的，但是老大打再厲害也沒用啊，他沒粉絲，沒人會為了他買一輛車吧？」

話音剛落。

音箱裡傳來一陣熟悉卻激烈的女聲——

penta kill！

五連絕世！

幾人齊齊望過去，徐燕時淡定地坐在車裡。

直播觀眾沸騰了，滿螢幕令人眼花繚亂的「66666666」。

瀟瀟隨口問了一句：「你以前真的沒玩過遊戲？」

徐燕時漫不經心的，視線仍是專注：「玩過。」

「玩什麼？」

「一年多的《魔獸》。」

「《魔獸》老玩家啊！有排名嗎？按你這手速，我感覺是個大神啊，有帳號嗎？」

一局結束，徐燕時把觸控螢幕推回去，言簡意賅地說：「Down。」

本來以為他只是說了個什麼遊戲結束之類的，結果仔細一聽才知道，他說的是，他是Down？

連瀟瀟都呆了，Down 幾乎是他們那輩的遠古神了！

留言靜止，片刻後發出爆炸般的回應，當然也有不明真相的八卦群眾不知道這群老粉絲們究竟在熱淚盈眶什麼，滿臉茫然。

大家也忘了去驗證或者要他拿出證明來，這個男人說他是 Down，所有人一聽到這個名字就已經興奮到神經可以用來彈琴了！

『嗚嗚嗚嗚，你真的是D皇？你當年怎麼說退圈就退圈，你這幾年幹什麼了啊！我靠！』

現在變成了 Down 的粉絲專場。

徐燕時靠著座椅，整個人有種說不出的光和肆意，好像真的跟久違的老朋友沒見那樣，又有點懶，嘴裡的話卻是淡：「沒幹什麼，就是不想打遊戲。好了，別閒聊了，今晚重點不在我，看車。」

「砰砰！」

「砰砰砰！」

「砰砰砰！」

灰暗的走廊盡頭時不時傳來幾聲劇烈的砸門聲！夾雜著被困人的尖叫聲，嗓音混雜，歇斯底里般抓狂。

走廊裡，牆壁上亮著一盞銘黃色壁燈，映著斑駁的牆壁及地上鬆軟的毛毯，泛著幽暗的光，更顯這條寂靜的長廊，晦澀迷離。

穿堂風颳過，除了那偶爾穿過的尖叫聲，整個畫面紋絲不動，空曠的入口處擺著一張藍色告示牌——維修中，勿入。

向園氣力耗盡，不再砸門了，Few 這個日夜顛倒的宅男體力早已透支，像條剛從水裡撈上來的落水狗似的，手腳癱軟在地上，勸了句：「妳休息一下吧，別等等出去沒力氣了，應該是工作人員誤鎖了。」

向園把燈打開，目光雷達般地搜了一圈能用的工具，腦子飛快一轉，在 Few 面前蹲下來，撈過他身後的木板左右端看，心不在焉地分析說：「剛剛你拉我過來的時候，是不是有工作人員指了下路，告訴我們那邊在維修，我們才往這邊來的？」

Few仔細回憶，「好像是。」

向園心下篤定，「就算是有工作人員不知道，不小心把我們鎖在裡面了，你認為，距離你的環節都過去半小時了，還沒人來找我們，你不覺得奇怪嗎？而且，你聽聲音，我根本聽不到會場的聲音，也就是說我們離會場很遠。」

「可是，我記得我們沒走多遠啊，我是嫌那邊太吵，才往這邊走的，而且剛剛有個戴帽子的服務生一直幫我指路……」講到這，Few忽然想起那服務生的樣子，鴨舌帽……心頭突突地，戰戰兢兢地冒出一個大膽的猜測，「我們被人暗算了？可是他怎麼知道我要去找妳，我是看到那個禮物才去找妳的啊！」

說到這，Few眼睛一亮，「那兇手就是那個送禮物的！」

案子破了。Few被自己的智商折服。

向園趴在地上，又不知道從哪撿了個扳手，準備去撬門，頭也不回對他說：「不對，花一百萬布這個局也太傻了。而且對方怎麼料定你看到禮物之後會立馬來找我，如果你等會議所有流程結束再來找我，那麼他們還能把我們準確地關在這裡？除非……」

Few：「除非什麼？」

「除非你跟他們是一夥的。」

「呸！」

向園自己也笑著否定，狠狠撬著門把，說：「花錢收買你的成本太高，也不保險，對方應該是衝我來的，如果你不來找我，發表會的下半場原計畫應該只有我一個人失蹤。」

Few 聽得汗毛直豎，手腳癱軟此刻能化成水了，顫顫巍巍地說：「你們公司……這麼複雜的嗎？」

他又嘆了口氣：「突然感覺妳也不容易。」

向園笑，狠勁一抽，咬牙擰了個螺絲釘下來，還不忘開解他：「誰都不容易，你跟瀟瀟那些事其實不算什麼，自己活得問心無愧比什麼都重要。來幫個忙。」

好在這不是防盜門，只是一扇很普通的木門，應該是堆棄很久沒用過的雜物間，門鎖普通，但向園拆不下來，只能想辦法從另外一邊暴力拆卸。

向園從一堆雜物堆裡翻出一個廢棄很久的工具盒，居然還有電鑽。

電鑽聲音夠大，就算門卸不下來，那尖銳刺耳的聲音也好歹也引來一些人了。

「刺啦——」向園插上電源。

電鑽冷不防抖了一下。

兩人面面相覷，齊齊蹲在地上，目光畏懼地盯著那閃著寒光的鑽頭，同時看著對方發問：「你，會嗎？」

Few 咂咂舌，瑟瑟索索地裹緊了大衣：「我跟妳說，我只認識一種鑽，它叫鑽石。」

「……」

向園也沒碰過這些，算了，Few 要是出什麼事，那幾千萬的手保險她也賠不起，只能硬著頭皮扛起來，她心下恍然，忍不住咽了咽口水……

此時，社群熱搜已經爆了。

#Down 回歸##Down 王者##Down 賣車##Down 真人##Down 西裝#。

但好在，徐燕時的個人資訊沒有被暴露，名字、年齡、職業包括一些涉及隱私可能會被人找到的資訊，瀟瀟都幫他保護得很好，加上模模糊糊的畫質，大家只覺得帥之外也沒有其他多餘的資訊可以捕捉，鏡頭裡的徐燕時對留言裡的粉絲來說，也只是個打遊戲打得爆好的遠古神，是豐瑞汽車還是維林科技的員工，沒人在乎，買車就對了。

然而，此時社群上有些萬年不發動態的遊戲宅男紛紛出動。

『誰還記得當年的《魔獸》三霸。Down 算是其中之一吧？』

『男神爆馬，性感博主線上送錢，分享抽一萬獎金。』

『看得懂這則動態的都是當年玩過《魔獸》的，《王者》？sorry, i don't know.』

女朋友們一臉茫然，今晚是……發生了什麼事？

現場，徐燕時跟瀟瀟配合還挺默契的，瀟瀟已經不顧遊戲，全程成了粉絲的傳話筒。

瀟瀟：「粉絲們問你還會不會回來打遊戲。」

徐燕時頭也不抬，認真地問了句：「賺錢嗎？」

留言：『笑死，D皇是真的缺錢。』

瀟瀟如實說：「你應該會賺錢的，年入千萬沒問題。」

徐燕時沒說話，手上這局快打完了，注意力重新回到遊戲上。

最後要關直播的時候他才主動說了兩句。

「Down在我這裡，已經成為過去了，我很早就不打遊戲了，當年退圈，一方面是感情受挫，一方面也是想去做我真正想做的事情。既然退了，就不會再回來了，所以你們想著幫我重回，」徐燕時低頭笑，「你們說的直播，沒什麼意義，我說話不好聽，也不會哄你們，所以沒必要，今晚本來是Few的主場，接下去讓瀟瀟跟你們聊，我先撤了。」

徐燕時把手機還給瀟瀟，扣上西裝釦子，推開車門下去。

留言一片：『嗚嗚嗚捨不得，不知道什麼時候才能再見男神了，男神能不能不要走，男神你就算是個賣車的我們也不嫌棄啊，為什麼說得這麼感人，我為什麼那麼想哭這個男人為什麼渾身上下每個點都那麼戳我……』

高冷尤智他們齊齊呆怔著，打死都沒想到，那個遠古男神居然潛伏在自己身邊這麼久？

陳書剛找到向園，急匆匆朝會場這邊過來，結果就瞧見這爆炸性的一幕，也來不及思考，直接掏出手機搜尋一下這人是誰，大腦停止運作一秒後，憑著她多年寵辱不驚地經驗，淡定地把手機揣回口袋裡，走過去壓低聲音對徐燕時說：「找到向園了。」

陳書是聽見電鑽的聲音從酒店後門繞過去，再往後就是冰庫了，這邊沒什麼人來，誰也沒想到這兩人會走到這來，向園更是奇怪，明明自己跟 Few 走了沒幾步，怎麼就到冰庫這邊了。

陳書找人一打聽，才知道那邊是平時員工走的員工通道。

而且入口處被人擺了一塊維修的牌子，工作人員根本沒往這邊找。

然而，向園跟 Few 互視一眼，心領神會。向園淡定，Few 年紀小，混的圈子又是一個簡單粗暴的全靠語言暴力解決的圈子，哪見過這種背後陰風陣陣的仗勢，雞皮疙瘩掉一地，縮著脖子在向園耳邊小聲說：「我記得我們來的時候，這個地方還沒……牌子呢。」

所以是有人把他們引到這邊，鎖了門之後放上去的。

如果沒有 Few，被關的應該只是向園一個人，Few 只是恰好撞到槍口上了。

向園把 Few 送回樓下房間，自己換了身衣服回到會場。

此時發表會結束，所有工作人員和賓客在撤離，酒店走廊人頭擁擠，那烏泱泱如流水般的人群盡頭，徐燕時正在朝她走來，他模樣清俊，鶴立雞群，那身西裝抻著他眉宇間的冷淡。剛剛換衣服的時候，公司裡幾個女同事在門口一邊收拾東西，一邊八卦：「妳打《魔獸》嗎？」

「不打，但我看我男朋友發文了，看那打遊戲的手法好像真的是 Down。他半年發不到一則動態，剛剛到現在，居然發了三則，跟我感慨他那逝去的青春，」女生哼唧一聲，「是懷念他過去遊戲裡的女朋友吧。」

「哎呀，妳就別給妳男朋友添堵了，人家只是想起了過去打遊戲的日子吧。」

「也是，沒想到徐燕時這麼深藏不漏。」

緩緩挪動的人流，流到分岔口，一波下了樓梯，一波慢慢擠進電梯，中間路出一些空地。兩人走到彼此面前。

徐燕時無奈地看著她，撥了下她頭髮上的灰，「怎麼弄成這個樣子？」

「你……真的是 Down？」

徐燕時雙手抄在口袋裡，低頭睨著她，有點無奈地點點頭。

向園心裡五味雜陳，說不出是什麼反應，她好不容易鼓足勇氣勸自己答應下來。

她當年跟 Down 分手，Down 不願意跟她奔現，也不願意視訊，連電話都不怎麼打，Down 說自己是山東人，在海南上學，向園有一次想給他驚喜，跑去海南找他，結果 Down 二話不說轉帳了錢讓她回去。她能深刻感覺到 Down 對她的不在乎，才忍痛說了分手，結果 Down 甚至連挽留都沒挽留，直接同意了，向園一氣之下就把他拉黑了。

Down 是唯一一個讓她分手後有挫敗感的，那種感覺說不出難受。她每天渾渾噩噩，對什麼都提不起興趣，Down 不給她電話，她盯著手機發呆，時不時點開黑名單，最後又忍不住把人拉出來，可這個男人灑脫得很，從沒有主動找過她。

甚至向園唯一一次忍不住傳訊息給他也石沉大海。

那個帳號沒有再亮過。

他離開得很乾脆，說離開就離開，就像甩掉一個包袱那樣輕鬆，對向園來說，這就是情傷。她對Down的喜歡不亞於徐燕時，因為Down作風跟她歷任男友的截然不同，又是分手後最乾淨灑脫的，也是唯一一個讓她受過傷的，Down對她來說，在心裡始終占有一定的特殊地位，所以徐燕時表白那一次，她才理直氣壯地說出那句：「有些東西，錯過就是錯過了，我不是非你不可的。」

因為她發現自己曾經喜歡Down，一點都不比現在喜歡徐燕時少。所以她認為就算沒有了他，她以後一定也會遇上一個讓她非常喜歡的人。

結果，你現在告訴我，Down就是徐燕時？

向園有一種被人拿捏得死死的感覺，繞來繞去都繞不開他的勢力範圍，當年跟Down分手時那種感覺又回來了，她氣笑了。

「好的，山東人，麻煩你讓一讓。」

「……」

徐燕時低頭自嘲的笑笑，明知道公布這個身分，知道他是Down，向園可能會更生氣。但不想看她受挫，他知道失望積累多了那種感覺有多難受。所以也冒著被肉搜的風險，爆出Down這個身分。至少在一定程度上，為這次的發表會製造一點話題度，至於影響力，他不知道，也沒把握。

兩人一路沉默，徐燕時把人送回家，向園面無表情要推門下車，徐燕時握著方向盤，把人喊住，「妳今晚本來要跟我說什麼事？」

向園是說不出拒絕兩個字，扶著門把，月光傾瀉在車頂。

「西裝穿完了還給我，我租的，袖釦是給你的，你要是喜歡就留著。」

徐燕時手撐在方向盤上，西裝袖口的鑽石釦在月光裡閃過一道亮眼的光芒，襯得他的手指乾淨又修長，他鬆了鬆襯衫領口，微側頭，低沉問：「就這個？」

「嗯。」

搭在方向盤上的忽然收緊，連骨指節都泛了白。

徐燕時的眼神冷下來，壓下胸腔那股翻起的情緒，仍是側著頭，視線緊緊盯著地上的殘葉，問：「我是不是Down，這個身分對妳來說這麼重要嗎？」

向園擰著眉，沒說話，沉默半晌後，一言不發地直接推開車門下去了。

「砰！」車門被人重重關上，風雪一陣刺骨，片刻後暖意回籠。

徐燕時沒開走點了根菸，他降下車窗往後靠，眼神深邃緊緊盯著向園進房子的背影，直到那抹纖瘦的身影消失在門口，他一邊吞雲吐霧，一邊慢慢地解開襯衫領口，把黑色的領結抽下來，丟在中控臺上。

隨後靠著座椅，夾著菸的那隻手鬆鬆地掛在車窗外，表情散漫地掃了手機一眼。

結果，電話在下一秒就跟說好了似的，忽然響了，刺耳的鈴聲劃破寂靜的雪夜——

『燕時，有人檢舉你跟向園拿公司的設計成果以別人的名義參加比賽，請你現在務必來一趟公司，』那頭說話的人頓了下，又問，『向部長是否跟你在一起？』

「找我就行，這事她不知道。」

徐燕時把菸熄了，塞進車裡的菸灰缸，舉著電話，單手控著方向盤一個急剎掉頭，右腳油門一踩，二話不說直接把車行雲流水地倒出去了。

向園聽見身後傳來車輪摩擦的聲音，忍不住回頭瞥了一眼，只瞧見一個絕塵而去的車尾，尾燈在黑夜裡急促地亮了幾次，可見他剎車之猛。

向園第二天沒去公司，昨晚穿那麼少被關在沒有暖氣的房間幾個小時，早上起來有點發燒，於是請假了。

第三天回到公司，技術部冷冷清清，徐燕時不在，整個氣氛有點不太對勁，高冷跟尤智幾次看著她欲言又止，向園忍無可忍，捂著鼻子，把兩人叫進會議室，「你們過來。」

向園把門鎖上，環著手臂靠著門，一臉審訊架勢。

「說吧，到底有什麼事瞞著我？」

高冷跟尤智你看看我，我看看你，然後又給她表演眼觀鼻鼻觀心，不說。

「你們可以再做作一點，不說你們就出去。」

尤智立馬說：「老大被革職查辦了。」

向園一愣，沒反應過來，腦袋嗡一聲，發楞，「為什麼？因為那天的發表會？」

「妳是不是跟老大一起參加一個比賽？不知道被誰檢舉到黎總那裡，黎總檢舉到總部了，總部這兩天派了兩個人下來調查，說是要確認一下你們參加比賽的內容有沒有涉及到公司的核心機密，如果有的話──」

向園聽得頭皮一緊，「有的話，會怎麼樣？」

「有的話，可能會起訴，但是這件事老大一個人攬下來了，說跟妳沒關係，所以他這兩天都在五樓接受調查──」

不等尤智說完，向園已經從技術部出去了。

從發表會那晚開始，向園的太陽穴就突突突直跳，甚至有種不好的預感，包括她跟Few被鎖在小黑屋裡，包括被檢舉的這件事，一環扣一環，她想得太簡單了，本來以為是有人要整她。

現在明明是有人想整死她！

「叮咚」，電梯門打開，徐燕時剛好調查完下來，身後跟著兩個穿著西裝的男人，向園認識，是總部行政調查組。

徐燕時看她一眼，沒跟她說話，直接往自己辦公室去。

向園立著，暗暗攥緊手上的拳頭，指節掐白，她沒回頭，筆直走進電梯裡。

電梯門闔上的那一瞬間，她看見徐燕時回頭看了她一眼，那一眼，眼神溫柔帶笑，似乎在安慰她，我沒事，別擔心。

門慢慢地、毫不知情地闔上，將他們隔離。

她忽然熱淚湧出，鼻尖微酸。

「叮咚」電梯門打開。

「噔噔噔」的高跟鞋聲像是戰爭吹響的擂鼓，在整個大樓迴盪，向園眼神筆直，直接推開黎沁的辦公室大門。

辦公室裡還有一個人，戴著鴨舌帽，站在黎沁的辦公桌前，不知道在說什麼，聽見開門聲，不經意回頭掃了一眼，李馳瞥了她一眼，下意識轉回頭。

向園壓下心中的怒火，冷淡地看了李馳一眼，將目光定在黎沁身上，把手上的東西奮力摔在地上。

「你們做事情能不能有點水準，這種東西用完了別留在辦公室，不然被人抓到了，會以為是你們故意破壞公司的發表會，這事我還沒檢舉到總部呢，正好，調查員來了，你們誰也躲不過。」

兩人定睛一看，一塊紅彤彤的酒店服務生工作牌。

向園說完轉身就走。

下樓的時候碰見陳書，兩人在電梯裡，陳書朝她吐吐舌頭，「妳別說，那晚的效果真好，就連起先走的那幾家老闆都找回來了，說想深入再談下合作的事情，這個圈子就是這麼現實，有人氣、有粉絲買帳，大家都願意扒著你。徐燕時要是早拿出來，姐也不用熬這麼多年了，還怕那什麼黃啟明。」

向園不說話。

陳書知道她心情不好，就說了句，「徐燕時的事情……」

「我會想辦法的。」

「那就好。」

向園回到技術部，那兩個調查員還沒走，圍著徐燕時的座位，一個查資料，一個翻電腦，徐燕時則抱臂靠著牆。其他人都坐在自己的座位上大氣都不敢出。

向園進來，徐燕時抬頭看她一眼，剛要說話。

徐燕時比了個噓的手勢。

向園轉身出去，準備打個電話給老爺子，剛翻出號碼，電話舉到耳邊，手上猛然一空，電話被人抽走，徐燕時不知道什麼時候跟了出來，拿著她的電話把人拖到樓梯口。

向園：「你還我。」

徐燕時：「沒用的，別打電話給妳爺爺了。」

「……」

向園一愣，「你怎麼？」

「陳珊都跟我說了。」

向園執著地看著他：「把電話給我，我要問問他，到底為什麼要這樣，我們參加比賽，明明用的就是自己的軟體，而且沒拿公司的任何資料，他憑什麼讓人搜你的電腦，這樣以後讓別人怎麼看你？他們會真的以為你挪用公司的資料的。」

徐燕時往欄杆上一靠，直接把她的手機揣回自己口袋裡，低頭看她道：「妳先聽我說，這件事，不管是站在什麼立場，黎沁的做法總部都沒辦法反駁，如果妳再橫在中間，妳爺爺會很難做，妳希望他因為妳，又去跟其他董事賣面子？而且我們什麼都沒做，搜完就真相大白了，至於別人說什麼，重要嗎？」

「這件事明明是我提起的。」

徐燕時卻倚著欄杆笑，「我受點委屈沒事，我不想妳受委屈。」

結果，這時，口袋裡向園的手機嗡嗡震起來。

徐燕時掏出來遞給她，螢幕上亮著路東兩字，他淡一瞥，笑容收了，別開眼。

向園沒接，滑掉揣回自己口袋裡。

徐燕時笑了下，「妳跟他有什麼我不能聽的？」

向園解釋：「不是，我昨天感冒，在路上碰見他，就買了點藥送過來給我，也沒什麼事。」

徐燕時靠著欄杆，手機抄進口袋，低笑著搖搖頭。

「不用跟我解釋。」

「……」

「那天晚上，有件事沒來得及跟妳說，」他忽而正視她，「我準備辭職了。」

發表會的事件，向園其實並沒有從李馳抽屜裡搜到什麼工作人員的牌子，這個牌子是林卿卿在發表會上收攏的工作牌，她只不過拿這個牌子去詐了下黎沁跟李馳。

顯然，兩人老奸巨猾，掩飾得非常好，淡定自如地在她面前來回晃。

徐燕時讓她靜觀其變。

比賽的案子，總部的人確認了比賽設計所有的軟體和內容都沒有侵占公司的合法權益，頂多是算徐燕時接了個私活。在總部結果還沒下來的第三天，徐燕時就遞交了辭職報告。

很快這個消息傳遍了整個技術部。

技術部所有人都傻了，他們從沒想過老大會走，這頂梁柱走了，他們怎麼辦？

高冷不敢相信，「這是真的？」

向園「嗯」了聲。

徐燕時也沒反駁。

施天佑愣了半瞬，忽然從抽屜裡翻出一整箱太太靜心口服液，瘪著嘴，一股腦全塞進徐燕時的懷裡：「老大，都給你，我以後不藏了，我跟你分著喝，說真的，這群人是笨了點，也難帶了點，我有時候也很煩，但是你多喝幾瓶就好了，不要走好嗎？」

高冷見徐燕時那鐵了心要走的模樣，心下如房瓦坍塌全然下陷，一時間沒反應過來，撲進向園懷裡，眼淚倏然哇哇大叫，被徐燕時一把拎出來，直接丟回自己的座位上。

向園本來還想安慰地拍拍高冷的肩，結果懷裡一空，手僵在空中，只能乾乾地收了回去。

只有尤智呆呆地坐在座位上，整個人跟傻了似的。

這裡所有人裡，他年紀最小，對徐燕時的依賴性最強。

向園一開始聽到這個消息，也是怔然的，甚至當天晚上回家還哭了，可又覺得他這個決定是對的，他確實不該窩在這，心裡是為他高興的，卻又捨不得他走，她對著手機裡徐燕時的帳號，呆呆地看了一個晚上。

回想這過去幾個月，他們經歷過的點點滴滴，他每一個樣子，牢牢刻在她腦海裡。

週三晚上，辭職前的最後一場散夥飯。

尤智沒來，徐燕時靠在椅子上，椅子前凳腳翹起，微微輕晃，食指跟拇指拎著手機靈活來回轉，沉著臉等他。

半小時後，尤智還是沒來。徐燕時臉色如常，冷淡地把手機放到桌上，椅子落地，夾了塊牛肉給向園，「不等了，吃吧。」

老大發話，所有人默默動筷，不過吃得不怎麼暢快就是了。

向園看大家情緒都不怎麼高漲，「喝點酒吧？」

徐燕時看她一眼，不動聲色往她碗裡又放了幾塊牛肉。

「啪！」高冷猛地撂下筷子：「喝酒！今晚不醉不歸！」

沒多久，服務生上了一箱酒。

火鍋沸騰，撲騰撲騰冒著嫋嫋白煙，繞著整個包廂，透著青白的煙霧，向園看向身旁的男人，他懶散地靠著椅子，一隻手搭著她的椅背，眼神微有點迷離，順著她的視線也瞧過去，兩人今晚第一次對視。

他散漫地笑了下，手掌安撫似的在她後腦勺上輕輕捋了捋。

包廂內氣氛高漲，高冷跟打了興奮劑似的，用牙齒「撲棱」、「撲棱」連續開了十瓶酒。

徐燕時讓人拿了瓶椰子汁給向園。

向園下意識看了他一眼。

互動間，高冷已經幫所有人滿上了酒，他舉杯，在桌上拍了下兩下，「來來來，先乾一杯。」

所有人配合一飲而盡，酒過三巡後，包廂氣氛再度升溫，高冷的臉喝得紅彤彤的，看向徐燕時：「老大，真的，你走了我才高興，這種破公司有什麼好待的！我真的巴不得你們都走，待在這幹什麼？要不是我沒地方去，我真的不想待在這破公司。」

徐燕時靠著，笑笑不說話，直接把酒喝了。

徐燕時今晚也很客氣，誰敬他酒都喝，一點也沒架子。

施天佑說：「其實高冷說得對，這個公司的體制太有問題了！員工福利、高層派系……如果有地方去，我也會辭職。」

有人開了頭，大家也忍不住陸陸續續開始吐槽：

「真的，年休假每年都批不下來，很麻煩，特別麻煩。」

「結個加班費還要出那個出這個證明。」

「感覺就是個老古董公司，主管們玩的都是老一派的官僚作風。」

「……」

話到這，向園跟徐燕時默契地互視一眼，

鍋裡的火鍋已經沸過頭了，底下的殘渣煮出一股靡靡的焦爛味。

空氣裡，全是騰著的霧氣，嫋嫋繞繞。

隔著騰起的霧氣，徐燕時忽然勾著向園的脖子，把人勾過去，低聲在她耳邊說，「多聽聽他們的想法，對妳有幫助，但是也沒他們說的那麼嚴重。不用給自己那麼大的壓力。」

向園「嗯」了聲，「你呢？你有什麼意見？」

徐燕時笑：「等一下跟妳說。」

說完，他把人放回去，拿起酒杯掂了下桌子，人坐直，語氣染了酒氣，帶著點漫不經心：「差不多了，喝完這點就撤。」

高冷癟嘴，情緒上來了，想哭。

徐燕時也直接：「我只是辭職，不是辭世，還不用你哭喪。」

高冷硬生生憋住，「我這個時候居然好懷念你以前罵我的時候，自從向部長來了你好久沒罵我們了。」

「我辭職，把你的玻璃心都治好了？」

高冷：「誰玻璃心了？」

徐燕時沒理他，把剩下的酒喝完，一邊低頭叫車，一群大男人哼哼唧唧到門口還不肯散，他忍無可忍，一腳一個，把所有人塞進車裡打包運走。

再回頭，向園站在門口看著他。

他朝她勾勾手，又招了輛計程車，把人塞進車裡，自己跟著坐進去。

男人渾身酒氣，看起來倒還清醒。

司機問去哪，他低聲報了地址，然後轉頭看她，眼神微醺，「先送妳回家。」

向園點頭。

一整個晚上他們沒什麼交流，向園儘量把所有時間都留給他跟高冷、施天佑他們說話，她想，不知道自己以後還沒有機會見到他。

霓虹閃爍，窗外夜景繁榮，一路飛越，過去的畫面，一幕幕在她腦海中閃現。

上海？

他上次說帶她去玩，她以為他當時是說渾話，其實當時已經決定要走了吧？

向園心裡泛酸，一股股地往上冒，那液體似乎要從眼睛裡鑽出來。覺得委屈。

車子開到樓下。

向園的手機恰好響起一封郵件提醒。

她低頭打開，是剛才在包廂裡說的公司調整意見，他從上車起，就一直在低頭弄手機，就是在幫她整理這封公司的調整方向？

不等她看完，徐燕時收起手機說：「暫時只想到這些，以後想到再寄郵件給妳，妳到了。」

向園忍著眼淚，說了聲再見。

車外的風雪似乎又起了。

風呼呼的颳著，白雪皚皚，一如她的心底。

向園在樓下碰見路東，手裡拎著一些梨子。

路東一身羊絨，手上攥著車鑰匙，見她過來，斯文一笑，把手上的東西遞過去，「這個是梨和川貝，燉起來喝治咳嗽，我早上看妳的咳嗽還沒好。試試這個，一個老中醫推薦的。」

向園接過，說了聲謝謝。

路東打開電梯門，「我送妳上去，大冬天的怎麼這麼晚回來？公司同事聚會？」

向園「嗯」了聲。眼睛還是紅的，滿腦子都是下車時徐燕時那平淡的表情。

電梯抵達十六樓。

路東打開門，非常紳士地送向園到家門口。

自己則又返回去去坐下樓的電梯。

他剛按下電梯，隔壁那臺電梯此刻噌噌噌開始躥上來，那血紅的數字在頭頂跳得異常發瘋，路東下意識有種緊迫感，心莫名的緊了一下。

他不由自主地盯著隔壁那臺電梯。

電梯在十六的時候，「叮咚」停下來了。

向園門開了一半，聽見聲響，也下意識回頭，門縫打開。

路東心裡咯噔一聲。

男人衝鋒衣敞著，帶著風雪，大步從電梯裡出來，甚至不給向園思考的時間，直接一把把人拽了進去。

「啪——」門鎖上。

門外寂靜，落葉捲過，是冰天雪地的涼。

而門內卻是火熱的一塌糊塗。

向園被人抵在門上，徐燕時不由分說地劈頭蓋臉地吻下來，不同於上次那輕輕一碰，他的舌頭直接鑽進來，火熱地攪了一通，不給她任何思考的機會，聲音清冷卻帶著點沙啞，鼻息糾纏間，他狠狠低頭咬了她一口。

「要不要在一起？」

他一遍遍吻她，吮她的唇，喘著全然紊亂的氣息，把人抵在門上，一遍遍啞著嗓子逼問她：

「要不要在一起？」

「要不要跟我在一起？嗯？」

向園的防線全潰，軟著化成水的身子，堪堪勾住他脖子，迎上去反咬住他的唇，淚眼漣漣地連連含糊點頭：「要要要，要跟你在一起。」

「那讓門外那個走。」

第十章　十里洋場

男人來勢洶洶，路東這等斯文人從未見過如此陣仗，電梯「叮咚」一聲提示到了，他也沒走，折回到那扇緊閉的門前，禮貌地輕輕敲了敲門。

「向小姐，需要幫忙嗎？」

裡頭兩人如豺狼般親得熱火朝天，向園被他吻得喘不過氣，呼吸漸漸紊亂。

徐燕時改而吻她的耳朵，留了些呼吸的間隙給她，隨即唇又貼回，沒剛才那麼凶劣，有一下沒一下地輕啄舔舐。

門口路東的聲音響起。

他忽而又重重咬了她一口，全然不顧氣喘吁吁的她，舌尖再次毫無顧忌地闖進來，狠狠一通毫無章法地亂攪過後，「讓他滾。」

屋內沒有開燈，向園被他親得嗚嗚咽咽，喘不上來氣，昏頭腦脹要去開燈，被他吮得斷斷續續擠出一句話：「我先……把門……打開。」

徐燕時直接撈過她的手，舉高壓在頭頂的門板上，又是一個深吻抵進她嘴裡，啞著嗓說：「開門讓他看妳這副樣子？」

下一秒，徐燕時鬆開她，撿起她剛剛甩在地上的包，摸了手機出來。沒開燈，他的眼神黑壓壓，呼吸紊亂，一隻手插腰，把手機遞給她，重重喘了口粗氣：「讓他走，以後都別來了。或者我幫妳換房子。」

這房子多少錢你知道嗎，還換房子。

向園神志回籠，連忙接過手機，傳訊息給門外的路東。

玄關處就是一個鞋櫃，有徐燕時半個身子高，他往那上頭一坐，兩條長腿隨意地敞著，雙手環胸，看著她被自己親得頭髮凌亂地傳訊息，徐燕時忽然覺得這一刻什麼都值了。

他低頭笑笑，胸腔第一次是滿的，脹脹的，不再空空蕩蕩。

第一次覺得，這近三十年來，他所有的不公平都值了。

向園傳完訊息，把手機螢幕豎著給他看，想給他看看——我已經明確拒絕了哦。

徐燕時一眼都沒看，直接抽過手機，丟到一旁的玄關小籃子裡，把人拉過來自己兩腿間環著。

他光是這麼鬆鬆地搭著鞋櫃，都幾乎跟她齊平，向園稍稍高一些，她下意識摟住他的脖子。

兩人一個懶懶地坐著，一個軟軟的跟沒骨頭似的站在他懷裡，緊緊依偎。徐燕時一隻手攬著她的腰，一隻手開了門口的小壁燈，光線微弱，襯得地上的小毛毯鬆鬆軟軟，整個房間曖昧升溫。

「你是看到路東才跟過來的嗎？」向園看他。

徐燕時低頭笑笑，往後靠，身體倚著鞋櫃背後的牆，腿鬆鬆地支著地，身上還帶著酒氣，微微斜著眼看她，微醺又懶洋洋的模樣已經很勾人了。

然而那直白又熱烈的眼神看得向園心砰砰砰忍不住跳，腦中發熱。

「妳想多了，」他嗤笑，「妳下車那樣子，我就知道妳今晚在等我要答案。」

「……我沒有。」

「不承認？」他聳肩，靠著，手在她眼角下摸了下，直白地戳穿，「那剛剛在車上哭什麼？不是因為覺得跟我結束了？」

向園發現這人直白起來，真的有點讓人招架不住。

於是低頭去親他，想讓他別說了。

徐燕時反客為主，勾著她的細腰，在她唇上啃咬，甚至有些惡意地去咬她的下唇，輕輕一拉，舌尖瞬間灌入，這個男人甚至連親吻都直白得讓人覺得有點色情。向園被他吻得面紅耳熱，氣息紊亂伏在他身上聲若蚊吶地說：「那，我們真的在一起了？」

「要不要讓妳照照鏡子，看妳現在是什麼模樣？」徐燕時今晚不知道是不是喝了酒的緣故，直接到令人髮指，「妳跟普通朋友能親成這樣？」

說完，他澈底把燈打開，讓她能看清楚自己，人還是仰著，頂著牆，表情繃緊了些。

「在上海那幾天，我決定要辭職的時候，確實想過妳拒絕我是對的，這麼拖著也沒什麼意思，要不然我們就算了。但每次看到妳看著我的眼神，我就不甘心，我覺得應該能讓妳幸福。路東，他在我眼裡真的不算什麼，」說到這，他笑了下，「我沒那麼變態，不能和男人說話這種要求我不會提，但既然決定在一起，有些話說在前頭。」

向園摟著他的脖子，「什麼話？」

「我不會要求妳有了我就之後，就得為了顧及我的感受去改變妳以往的習慣，穿著和打扮，」徐燕時抬頭瞥她一眼，「我對其他男人都沒意見，我只對追求妳的男人有敵意，最好跟他們保持一點距離，別讓我生氣，其他的，隨妳。」

向園感動得熱淚盈眶，脖子摟得更緊，臉貼臉驚呼：「你怎麼這麼好。」

徐燕時撐著牆，捏了捏她的臉頰，「前面是要求，現在是福利，要不要聽？」

向園小雞啄米地點頭。

他捏著她軟軟的臉頰，深深地看著她，低頭淺笑了下。

「聽起來可能有點狂，但是為了能讓妳知道，我是認真的，所以這話，我只跟妳說一遍。」

向園莫名地心臟抽緊，心弦緊繃，心緒絞亂如麻。眼神卻緊緊盯著他，生怕漏聽了一個字。

他改而去撫她的臉，拇指從她眼下的面頰輕輕地滑過，忽然笑了下，話鋒一轉：「妳男朋友的身材真的很不錯。」

說完，覺得要被她打了，自己下意識往邊上躲了下，坐在鞋櫃上，腦袋支著牆，露出一口燦白整齊的牙，笑得整個人發顫。

向園氣昏，以為是什麼驚天動地的情話，講葷話？逗她？完完全全就是喝醉了。明天早上起來不會忘記今晚的事了吧？

向園氣急敗壞地搥他，「還笑！笑屁啊！」

徐燕時笑著吞回所有情緒，把人勾到自己面前，低頭看著她，那眼神忽斂了些散漫，帶著深意，直勾勾地盯著她的，忽而正色道：「去上海之前，我會把李馳這件事解決了，留妳一個人在這，我確實不太放心，但好歹有妳爺爺坐鎮，司徒老爺子其實還是很有手段的……」

陳珊跟徐燕時只說了向園是老爺子孫女這件事，其他亂七八糟的事情她其實也不太清楚，至於這爺孫兩人的關係，陳珊也知道兩老很疼向園，所以徐燕時不太擔心向園會在這受什麼委屈，跟他去上海才是前途未明。不過那本來就是男人的世界。

「你別擔心我了，你上海那邊的公司可靠嗎？萬一上當受騙了……」向園咬唇，「還有你知道那晚，你那麼做會給你帶來多大的麻煩嗎？」

徐燕時知道她說的是發表會那晚他公開身分的事情，挑眉，「那妳認為在當時還有更好的辦法嗎？」

向園理解他想透過製造話題度來彌補那晚 Few 沒出現的損失，但她也知道現代社會輿論的威懾力，而她不願意為了公司的利益把他推到那麼一個風口浪尖上。

人紅了，現實生活的資訊一旦暴露，隨之而來的就是各種肉搜，包括他的家人、他的高中、他的大學……粉絲會來公司樓下蹲點不說，緊接著會有無數個騷擾電話打到他的手機上，他會被迫一個月換一次號碼，甚至會有恨他的人汙蔑他，給他扣上一些莫須有的罪名等等。

好在當晚發表會結束，Few 跟瀟瀟第一次就前段時間的緋聞發出了正式聲明，八卦群眾們一下子轉移了戰場，畢竟人家 Down 也說了不會回來，紛紛表示一下遺憾就繼續看八卦去了。

瀟瀟老公連夜回應，當晚的熱搜直接被 Few 和瀟瀟老公霸占了一整晚，八卦群眾們看得不亦樂乎。結果幾天之後，有些後知後覺的粉絲再去搜那晚 Down 的資料，全都被撤了。刪得乾乾淨淨，一則都查不到。

雖然這麼說，但向園也確實想不出更好的辦法，索性岔開話題：「那邊給你多少錢一個月？」

兩人一直沒進屋，懶洋洋地在玄關處抱著，徐燕時也不打算進去了，靠著牆，「不按月薪，按年薪，不知道具體平攤到月是多少？」

向園一愣，「年薪？一年才發一次？」

徐燕時抱著手臂笑了一下，拿手頂了下她的腦袋，「年薪分基本年薪、績效年薪及保證金，簡單點來說，基本年薪是總年薪的一半，績效年薪按月績效考評發放，保證金不發，等離職或者退休的時候統一發。另外還有案件抽成，專案抽成跟月績效合併發放。」

「那你基本年薪多少啊？」

向園當時想，二十萬就很多了吧，結果徐燕時漫不經心地掂了下腳，說：「六十萬。」

向園驚詫，浮誇地捂嘴，眼睛亮晶晶的，彷彿這輩子都沒見過那麼多錢般發出由衷的讚嘆：「你好厲害哦！」

不親了之後，徐燕時眼神恢復清明，清清冷冷地看著她，嘴角一扯，嗤笑：「好了，別裝了。」

向園悻悻，人家是為了要守護你的自尊心嘛。

徐燕時又把人拎過來教訓了一通，「剛剛忘說了，還有一點，男人的自尊心不是靠女人來維護的，妳該是什麼樣就是什麼樣，喜歡買包就買，喜歡穿高跟鞋就穿，不用為了照顧我的自尊心，不用為了遷就我脫下妳的高跟鞋。」

這句話，讓向園記了很多年。甚至在後來他們的地下戀情浮出水面之後，徐燕時那時聲名鵲起，再一次群訪中，一位記者犀利提問，「向小姐，我記得您是不婚主義，為什麼最後選擇了徐先生呢？」

向園笑笑，想起這晚的話。

「他尊重我，尊重女性，尊重這個世界上的所有人。甚至在我想要為他脫下高跟鞋去配合他時，他是唯一一個，替我穿回去的。」

「他說，我知道兩個人在一起就是互相遷就。但跟我在一起，妳就做妳自己。」

向園因為身分的關係，兩人的戀情轉地下，畢竟太過明目張膽，傳到老頭子耳朵裡，怕也是個麻煩。

徐燕時對此也表示理解，前陣子鬧那麼大，公司裡流言四起，說他是待不下去才離職的，所以暫時也不想以這種方式跟老爺子見面。

於是，兩人比之前還避嫌。

早上在公司樓下的咖啡廳偶遇，恰好碰見應茵茵那個八卦姐妹團及隊伍最末端落單的黎沁。

向園沉吟片刻，突然露出一個慰問下屬的職業笑容，徐燕時當下眉一皺，有種不祥的預感。

果然，她笑咪咪地看著他招呼：「徐組長，早上好啊，買咖啡呢？昨晚又熬夜加班了吧？」

徐燕時在點單，低頭掏錢包的時候冷不防瞥她一眼，分明寫著——我昨晚在哪妳不知道？

前檯小妹一早就看見個女上司在調戲帥哥員工，一臉笑得意味深長地瞧著他們。

向園戲精上身，咳嗽一聲，以上司的身分語重心長地跟他推心置腹道：「雖然是最後一週了啊，但是身為你的上司，我還是想提醒你，不要掉以輕心，我們要好好待到最後一刻，等一下我去辦公室再跟你說下這週的工作計畫，時間還是比較緊的。」

徐燕時根本不理她，要了一杯藍山、一杯拿鐵。把錢包揣回口袋裡，靜靜地倚著點單檯看她演戲。

向園的眼神還時不時地瞥一眼身後應茵茵黎沁她們，忽然表情誇張地大放厥詞。

「我聽說你一辭職就有個公司來挖你？年薪兩百萬？太厲害了吧！」

徐燕時下意識橫斜她一眼，瞧她擠眉弄眼那模樣也明白是說給誰聽的，女人之間的碎語和戰爭他從來不參與，向園在這方面從來不喜歡吃虧，他雖不喜歡用這種浮誇的方式，但也難得沒反駁她，給了足夠的遐想空間，縱容地看著她，任憑她自由發揮。

應茵茵幾個一愣，視線機警地一對，面面相覷，展開緊張焦灼地討論——

「真的假的？」

「假的吧，他不是因為比賽的事情才自動辭職的嗎？」

「妳聽她扯。」

向園又道：「以後回來有空請我們喝杯咖啡就行了。」

徐燕時「嗯」了聲。

向園：「應茵茵她們就算了，前幾天還說你是待不下去才走的呢。」

徐燕時笑，「好，不請。」

隊伍中，應茵茵氣得抓狂，手舞足蹈，面紅耳赤，被幾個女同事緊緊拉在懷裡，嘴也被七手八腳地捂住了，只能仰著脖子被迫發出一些嗚嗚咽咽的聲音。

同事們按住她，「別，這姐姐我真的怕了，連黎總都拿她沒辦法，茵茵，我們以後就別惹她了。」

應茵茵被按得直翻白眼：「喘……不過氣了……」

兩人買完咖啡往回走，經過隊伍時瞧見那姐妹團，向園故作驚訝地打了個招呼，「姐姐妹妹們還在排隊呢？」

應茵茵怒目而視。

其餘幾個敢怒不敢言。

「下次記得起早點，不然只能喝別人喝剩下的了，」向園拍拍應茵茵的肩，低聲在她耳邊說，「還有，排隊的時候，別玩手機，不小心讓人插隊了，妳找誰說理去。」

應茵茵一愣，詫異地看著她，「真的？」

「真的啊。」

向園往外走，黎沁光鮮亮麗地站著，女生眼睛發亮，笑了下，一言不發地往門外走。

經過黎沁身邊時，她聞到一種不同於往日的香水味，有點像木屑花的味道。

身後應茵茵忽然爆發出一聲尖叫，「臭小子居然敢插隊！」

技術部。

兩人一前一後進門。

高冷跟施天佑討論最近自己記憶力下降的問題。

高冷坐在椅子上，施天佑正在飲水機那邊泡咖啡，氣氛還挺輕鬆：「記憶力下降跟你熬夜也有關係，別把什麼鍋都甩給工程師這個職業，你找不到女朋友也怪這個職業嗎？還不是你長得醜？我簡直懷疑你當初是怎麼追到陳書的。」

「我說陳書追我的，你信嗎？」高冷很不要臉地說。

施天佑：「你信不信我把咖啡潑你臉上。」

高冷咂舌，拿鍵盤擋了下，繼續說：「當了這麼多年工程師，我就跟你說三點，第一點，記憶力下降，第二點，跟女朋友約會的時候，沒共同話題，你還記得我跟陳書在一起的時候，那時候有個清宮電視劇在熱播，陳書陪我加班的時候就看這個電視劇，然後我就聽了一整晚的BUG、BUG……你知道為什麼嗎？」

施天佑：「為什麼？」

「人家喊的是，八阿哥，」高冷說，「咦，我剛才說到第幾點了……」

向園剛要接話，消失了一整個晚上的尤智忽然從他們中間穿過去，施天佑和高冷也停了下來，不可思議地牢牢盯著看這個有點陌生又有點熟悉的少年。

向園也驚了，她下意識看了徐燕時一眼。

尤智這個中二少年，在心中一直有個信念，就是頭可斷，血可流，髮型不可亂。

怎麼說呢，因為格子襯衫、黑框眼鏡的工程師太多了，像高冷施天佑這種，一出門，別人問都不用問，腦門上敞敞亮亮地寫著工程師幾個字，所以有一次他挺受打擊的，徐燕時出去就沒被人認為是工程師過。

大多是因為他身上沒有工程師的標誌。

所以尤智對頭髮的要求很高，怎麼叛逆怎麼弄，他頭頂有一戳頭髮比較長，每次剪頭的時候都明令禁止不能動，偶爾會綁個小辮子，看起來還挺特立獨行，真的看不出來是個工程師，所以這小辮子一留也留了好幾年。

沒想到尤智這次把頭髮剪了，還順勢剃了個寸頭。

看來徐燕時辭職，他的打擊是最大的。

技術部的氣氛忽然安靜下來。

向園沒有想過尤智對徐燕時的依賴性這麼強，不知道怎麼安慰，她坐在會議室，透過百葉窗忍不住頻頻回頭瞧那顆剃得跟顆楊梅似的年輕腦袋，小聲對徐燕時說：「你要不要找尤智談談，我怎麼覺得他對你要走這件事有點放不下。」

徐燕時靠在椅子上，開著電腦，順著她的視線也往外瞧了眼，「先把手裡事情處理完。」

向園回頭，一份被他裝訂好的名單丟到她面前，她狐疑抬頭，男人一揚下巴：「翻開看看。」

向園一愣，「這什麼？」

「我這幾年的客戶名單，畫了圈是平時有來往的，」徐燕時抱著胳膊，「也是我認為比較可靠，或許對妳以後有幫助。」

「你怎麼也管陳書的工作？這不是陳書的工作嗎？」向園翻了翻。

徐燕時：「陳書那邊管的是廠商，我這邊是技術聯絡，包括韋德的老梁都是我這邊的。我安排了幾天時間，這週帶妳去見一下他們。」

韋德的梁良。

向園忽然想起來，「韋德那邊……」

徐燕時心領神會，跟她解釋：「總部研發部跟韋德的合作暫時不會停止，目前只是西安這邊的有關韋德系統的所有儀器都被停了。但上次老梁說，韋德可能會在明年終止跟我們的所有合作，韋德的合作一旦終止，妳爺爺可能求之不得，正好把所有的工作重心都放到醫療上，所以妳要做好心理準備。」

向園嘆了口氣。

徐燕時看她一臉愁眉苦臉的模樣，低頭笑了下，人靠著，單手去輸密碼，漫不經心地說：「混不下去了也別死扛著，來上海找我。」說到這，他頓了下，本來想說我養妳，但又覺得現在說這話還有點太早、太過輕浮，嘴角一瞥，轉了話鋒：「餓不死妳。」

向園感動，小雞啄米似的點點頭。

緊接著尤智過來敲門，向園在心裡默默感嘆了一下這男人的吸引力，眼疾手快地收拾東西出去，把空間讓給這兩位。

出門時，向園下意識安慰似的摸摸尤智的楊梅頭，「你這樣更有精神。」

尤智紅了臉。

向園才覺不妥，自己現在有男朋友了，應該要少點這種親密舉動。

關門時，徐燕時平靜地坐在椅子上看著她，沒露出任何不悅的神色。向園忽然想到昨晚他說的話，他不會要求她做任何改變，更不要她因為有了自己之後跟男生之間的相處變得小心翼翼。她只需要做自己，用最舒服的方式跟他在一起。

向園昨晚其實還有點隱隱的擔心，怕他只是安慰她，說些讓她開心的話。

現在她相信了，這個情商極高的男人，強大、自信，給足了她安全感。

百葉窗裡的男人，讓尤智坐。

尤智看了他半晌，才猶豫著坐下，表情高傲地看他一眼，徐燕時也沒跟他計較，淡聲問了句：「昨晚怎麼沒來？」

尤智執拗地別著頭：「去剪頭髮了。」

「哦，怎麼，對我沒意見了？」徐燕時心不在焉地說。

尤智不說話。

徐燕時取了根菸出來，銜在嘴裡，低頭攏著打火機，瞥他一眼，吸燃，拿在手裡才說：「覺得我走得很憋屈？」

尤智這幾天的心事被他直白點破，也不再沉默：「你在這個節骨眼上提出離職，大家都這麼覺得。」

在他眼裡，徐燕時一直是他的人生楷模，不管遇上多困難的事，他總是說不出的沉著冷靜，有時候客戶對儀器要求很高，程式一遍遍的改，要知道，想殺死一個工程師最快的辦法就是讓他改三次需求。尤智很多時候都被逼得暴躁到不行，高冷哭爹喊娘地要從窗戶上跳下去。但徐燕時從來不驕不躁，再難改的程式碼，再難寫的程式，對他來說也只是一個晚上的事。尤智高冷他們撐不住，去隔壁房間休息，尤智半夜起來上廁所的時候，還看見他一個人冷清地坐在自己的座位上跑程式，一遍遍測試。

然後第二天一早他們起來，程式乾乾淨淨的，全搞定了。

就是這種遇上什麼困難他都一言不發默默解決的態度，就算平時說話再不好聽，再直接，尤智都覺得這人可靠。

所以聽到他要走的消息，一下子沒忍住。

徐燕時笑著搖搖頭，拎著菸灰缸走去窗口，慢條斯理跟尤智解釋完最近發生的事情，尤智怔愣著沒回過神來，徐燕時默然地抽著菸，低頭用食指彈菸灰，低頭忽說：「有件事拜託你。」

這麼鄭重的口氣，尤智聽得心頭一跳。

「這事高冷不可靠，他說話喜歡加油添醋，施天佑不敏感，張駿沒主見，綜合來說還是你比較客觀。」

接下去一週，徐燕時帶著向園見了幾個重要客戶，能跟徐燕時來往的，大多也都是人品上還過的去，向園接觸下來感覺都還不錯，比黃啟明那種亂七八糟的不知道高了幾個段位，最後一晚是梁良，跟老梁他沒瞞著，直接大大方方地介紹。

「我女朋友，向園。」

老梁面容剛毅，有點軍人長相，臉型很堅毅，一時間沒有心理準備，聽見這話下意識一挑眉，看起來有點滑稽。

「真的假的？小夥子交女朋友了？」

向園甜甜一笑，「梁老師好。」

老梁高興地連連點頭，「好好，你好。」

徐燕時簡單交代了一下自己要離職的事情，然後把手上的工作都交接給向園，老梁跟他關係不錯，多少知道一點，沒有太驚訝，反倒是欣慰地點點頭，抿了口酒，雙手撐在腿上連連感嘆：「確實該出去闖一闖了。」下一秒，轉頭看向園，「那小向呢？」

徐燕時幫向園剝蝦，沾好了醋放在她碗裡，又倒了杯酒，往後靠，手搭上向園的椅背，

「她留在這邊。」

老梁點點頭，還挺理解的，「畢竟年輕，機會來了也不能放過。你放心幹，小向我們幫你罩著。」

徐燕時跟向園互視一眼。

徐燕時低頭笑，主動敬了一杯：「謝謝您了。」

向園不知道為什麼有種陪著見家長的感覺，隨後兩個男人又聊了下工作上的事，向園全程乖乖吃飯，偶爾能插上兩句嘴，全靠前段時間徐燕時緊鑼密鼓的培訓，居然也聽懂了。老梁一臉驚喜地看著他，你這女朋友可以啊，居然能跟上你的思緒。

向園莫名被誇得有點不好意思。徐燕時掐了把她的小圓臉，笑得不行，跟教訓自家小孩似的逗她：「沒什麼不好意思的，能跟上我的思緒不算什麼，要跟上梁老師思緒才行。」

老梁擺擺手，哧他：「得了吧，你這小子得了便宜還賣乖，讓人家女生害羞了。」

「……」徐燕時的手在她臉上又掐了下。

十點，散了夥，兩人都喝多了，向園把梁良送回家，徐燕時一身酒氣的坐在副駕駛座，「開回妳家吧，先送妳回去，我等一下自己叫車回家，另外，這車妳如果不嫌便宜就留著給妳開，以後上班別坐公車了。」

向園一愣，「啊？那你去上海怎麼辦？」

「妳要想過戶，可以過給妳，或者之後等我回來處理也行，妳看妳想怎麼辦，」徐燕時低頭把證件找出來給她，「我在上海住的地方離公司只有幾站地鐵，比開車方便。」

向園：「那你平時週末要出去約會什麼的？」

徐燕時靠著座椅，側頭看著她，那深黑的眼神似笑非笑，幾不可見地勾了下嘴角，笑著搖搖頭：「我想約會，開車沒用，要坐飛機。」

又逗她。

「上海美女那麼多，說不定你會把持不住。」

「妳把持住就行。」他淡淡地瞥她一眼。

向園一路平穩駛到家，車子停在樓下，兩人一同下車，向園忽然想起來：「我上次給你的袖釦，你別弄丟啊，那很貴的。」

徐燕時按了電梯，牽著她進去，「嗯。沒丟。」

向園跟他十指緊扣，看著跳動的電梯數字，「你的車……」

徐燕時低頭看她，「車妳留著，我的車牌在上海也沒辦法開，賣了也沒幾個錢，妳留著還能開一段時間。過不過戶，看妳自己喜歡，主要是怕違規處理麻煩，我建議去過一下戶。」

「你不怕我跑了？」向園說，「人財兩失怎麼辦？」

「就為了一臺車？」他笑得肆意，「那妳的眼界也太窄了。妳的男朋友比這臺車值錢。」

向園笑笑，「叮咚」電梯到了。

她依依不捨，「那我進去了。」

「嗯。」男人手插口袋站著，玉樹臨風，瀟灑冷峻。

向園進門，洗完臉，看著空蕩蕩的屋子，傳訊息給徐燕時。

向園：『……』

很快，訊息回過來：『開門。』

向園一愣，看著內容兩秒，立馬衝到門口，徐燕時不知道在在門口站了多久，似乎從來沒有離開過，姿勢還是剛才的模樣，雙手抄著口袋靠著牆，門一打開，他微微側過頭，眼神深黑，露出一排燦白的牙，笑容令人心動：「想我了？」

說完，他側身進來，手從後面鎖上門，穿著黑色的衝鋒衣人高高大大的在玄關處站著。

男人身上裹著窗外的風雪，周身散著些寒氣，帶入了冷風，眼神卻熱。

徐燕時低頭看她的眼神裡滿是無法言說的幽邃，深深地看著她，手還拉著背後的門把，瞧進她眼底情緒卻是無聲無息的濃烈和纏綿。

這一週兩人都忙到頭昏腦脹，幾乎沒有獨處空間。

向園剛脫了外套，此刻裡頭只穿了一件薄襯衫，剛剛洗臉的時候解了胸前兩顆釦子，隱約露出引人遐想的弧線。

軟綿綿如棉花糖一樣的蓬鬆部位，此時隨著她灼熱的呼吸起伏不定……

徐燕時覺得自己現在不太理智，他微微側開頭，調整一下呼吸。

下一秒，頭被人倏忽轉過去，向園捧著他的臉，踮起腳尖重重含住他的唇，女孩的技巧不太熟練，瞪著雙銅鈴大的眼睛，沒輕沒重地吻他。

徐燕時閉上眼，低頭反咬住她的唇，後背抵著門，勾著向園的腰往自己懷裡帶。

向園被迫仰著頭，親得嗚咽，頭腦裡的血液瘋狂竄流。

為了照顧她的身高，徐燕時又往下壓了壓自己的脖頸，全然沒了耐心，舌頭長驅直入，不給她任何喘息的機會，吮住她的下唇，一點點輕咬舔舐，啞著聲在她耳邊說：「不想我走為什麼剛剛不說？」

向園急促的鼻息與他糾纏，小聲說：「怕你覺得我太隨便了。」

徐燕時被她說得心一抽，咬著她唇舌，懲罰性狠狠一拉，一遍遍重重吻她，一遍遍將她抵在鞋櫃上低聲問：「知道我在外面等了多久嗎？嗯？」

「你一直沒走？」向園被親得發傻，伏在他身上小聲喘息，「那我要是不傳訊息給你，你就一直在門口等一個晚上？」

徐燕時密密地在她唇上親，低聲「嗯」了下，「也不一定，本來準備回公司的。」

向園抬頭看他，男人的胸懷硬挺寬闊，抱起來格外舒適，她使勁窩在他脖頸處蹭了蹭。

低頭間，兩人眉眼相撞，視線融在彼此眼裡，用力汲取彼此的氣息。她腦袋埋在他頸窩上，徐燕時低頭在她髮間吻了下，「我再陪妳坐一下就走。」

向園有點懵懵然地叫他的名字：「徐燕時。」

男人「嗯」了聲。

向園又叫了聲，「徐燕時。」

「嗯。」他耐心地應她，手在她頭髮上撥了下。

向園心滿意足，問他：「你真的除了我們那次……沒交過女朋友嗎？」

「不信？」他低頭看她。

「你接吻……很熟練。」

「男人都熟練。」

「好吧。」

徐燕時看著她，「還親嗎？」

「去沙發上吧，站著累。」向園誠摯邀請。

徐燕時點頭，抱她過去。剛把人放到沙發上，向園又說，「把陽臺的門先關上，還有窗簾。」

徐燕時照做，向園又指揮，「把電視打開。」

本來接吻這件事，就是情之所至，兩人眼神交匯，劈里啪啦火星四射氣氛到了就行了。

結果這一通正經地布置環境結束，再過去親就覺得有點尷尬了。

關鍵是，向園還閉眼敞開懷抱：「來吧！」

「……」

徐燕時敞腿坐在沙發上，手肘撐著膝蓋，低頭笑了下。

他親不下去了。

「等一下，我緩緩，有點累。」

向園就閉著眼睛耐心等呀等——

結果他半天沒動靜，偷偷睜了一隻眼看他，發現男人正懶洋洋地靠著沙發上，眼神含著散漫的笑意看著她，完全沒有要親她的意思。

向園見自己被他耍了，氣急敗壞地撲過去要打他。

她把人壓在沙發上，小拳頭沒什麼力氣地搥他的肩，「再笑！」

徐燕時沒躲，笑容肆意地靠著沙發，任由自己女朋友揍他。還怕把人摔了，手在後背上虛虛擋了下。

整個屋子熱鬧得很，笑聲清朗。

「徐燕時！」

「幹什麼？」男人笑得不行。

「你別那麼破壞氣氛行不行！不親拉倒！」

「誰破壞氛圍了？妳說妳開電視幹什麼？不知道的還以為我們要做什麼呢？」

「我是怕別人聽到嘬嘬嘬的聲音嘛！」

徐燕時直接笑岔了氣，「妳別親那麼用力誰聽得到？」

向園整個臉都紅了，才接第二次吻，就嫌棄她用力了，橫眉豎眼地狠狠把人往下一拉，徐燕時怕她摔了，順著躺倒在沙發上，結果向園像小貓似的爬到他身上，摟住他的脖子，全然不顧此刻身下僵住的男人，「那你教我嘛，怎麼親能跟你一樣既用力又不發出聲音呢……」

徐燕時收了笑，表情忽而深意。

女孩伏在他身上，此刻自己渾然不覺，那敞開的襯衫領口是什麼樣的光景，甚至在剛才扭打的瞬間又開了一顆釦子，直接開到第三顆了，那渾圓的胸脯如漾漾水波在他面前混混晃動。

徐燕時躺著，清俊的臉色略白，他下意識側開眼，一隻手掂在後腦勺上，一隻手虛攏成拳抵在嘴邊咳嗽了一聲。

向園後知後覺地低頭看了一眼，那瞬間大腦嗡一聲轟然，跟燒了似的，下一秒手忙腳亂地攏著襯衫光速從他身上爬下來。

徐燕時也坐起來，端正坐到一邊，又咳了一聲，「妳要不要進去把衣服換了。」

向園「嗯」了聲，轉眼間穿了件毛絨絨的家居服出來。

沒了剛才的氣氛，向園不想他走，故意找了部電影出來，拉著他看了兩小時的電影。

十二點半，是真的要走了，向園抱著他，低聲問：「真的要走了？」

徐燕時看了手機一眼，關上螢幕丟到矮几上，「等妳睡了我就走。」隨即低聲問她，「抱妳進去？」

「那我今晚都不睡。你就走不了了。」

「不行，我三點半得走。」

「好吧，那我就撐到三點半不睡。」

徐燕時笑笑，打橫抱起她，向園勾著他的肩，蹭著他溫熱的頸窩，每一下都恨不得將自己融進去，「下一次見面是什麼時候了？」

「妳想什麼時候？」

向園想了想，還是說：「算了，你現在還是以工作為重，有時間就回來，沒時間就……算了。」

林凱瑞那邊給他的時間不太多，這一週還是他自己勻出來的，不然早該過去報到了，他下週過去，那邊案子就直接簽約了，而這個案子的週期是半年，他預估這半年都會非常忙。不過還是給她吃了個定心丸。

「妳什麼時候想見我，打電話給我，我儘量抽時間。」

向園「嗯」了聲，兩人又迷迷糊糊說了兩句，直到徐燕時把人放到床上，向園這幾天也累了，已經渾渾噩噩閉了眼，卻還緊緊攥著他的手。

徐燕時沒掙脫，靜靜在床邊陪了她兩個小時。

又去陽臺上抽了半包菸，才鎖上門從她家離開，彼時是北京時間凌晨三點半。

徐燕時沒回家，直接叫了車去了最後一趟公司。

翌日清晨八點半，日光薄透，太陽躍出灰濛濛的地平線，一縷微弱的陽光淺淺地壓在天邊，彷若是盡頭處破了道口子，將曦光泄了進來，傾灑著稀稀疏疏的樹縫間。天地間被填滿，路邊的早餐店熱鬧非凡，人聲鼎沸，行人仍是行色匆匆，車水馬龍，狹窄的車道上，汽笛聲、叫賣聲、廣播聲……熙熙攘攘裹成一片，一切都跟往常一樣，沒什麼不同。

向園在經過樓下的二十四小時便利商店時，店員也一如往常那邊朝她露出一個元氣滿滿的笑容，「今天吃什麼？跟以前一樣嗎？」

向園笑說，「不，今天要雙倍奶的咖啡。」

店員笑盈盈地：「好，今天心情不錯，一大早吃這麼甜？」

「是心情不好，我男朋友走啦，」向園小聲說，「我要多吃甜的。」

店員：「是上次送妳回來那個高高帥帥的帥哥嗎？」

「對。」

「我說呢，昨晚三點半還有個大帥哥從你們那棟出來，我猜就是妳男朋友。」

向園記得自己睡得很早，以為他趁自己睡著就走了，結果還是一個人坐到了三點半？向園想像不出來他昨晚是什麼心情一個人看著睡著的她坐到三點半的。氣自己眼睛不爭氣，又心疼他。

到了公司，向園下意識看了徐燕時的位子一眼，那邊已經澈底空了，只有一臺電腦空蕩蕩的擺著。

技術部的人看見那個空蕩蕩的位子，只要一想到那個人再也不會出現在這裡了，所有人都沉默地低下頭。

然而高冷烏泱泱一句：「我真的好想老大啊，以後就真的沒有老大了啊……沒有人嫌棄我笨手笨腳還替我收拾爛攤子了啊。」

所有人的情緒都撐不住了。

尤智摘下眼鏡，忽然用手臂擋著眼睛，無聲無息地流淚。

施天佑不說話，張駿低頭，林卿卿也低著頭。

向園失魂落魄地坐下，桌上不知道什麼時候被人畫了個箭頭，她狐疑地看下去，那個箭頭讓她打開第二個鎖著的抽屜。向園用密碼打開，抽屜裡躺著一個硬碟和一張紙條。

字體她再熟悉不過了，那乾淨力透紙背的字跡除了是他還能是誰的。

——「對妳或許有用，密碼是妳生日。」

向園把硬碟插進電腦裡，讓她完全想不到，硬碟裡竟然是新聞發表會那晚的監視器影像，徐燕時直接把畫面截了出來，九點十分，她跟 Few 被鎖在小黑屋的時候，那個走廊雖然是個死角，但是徐燕時找到了同時間只隔著一堵牆的員工通道畫面，李馳站在牆角抽菸。而當時明顯是能聽見她跟 Few 的呼救聲的。

向園拿著資料去找陳書。

兩人在天臺，陳書跟她娓娓道來：「徐燕時跟我要了很久，我跟酒店那邊周旋了很久，花了筆錢，對方才答應把影像給我，我也是昨天才拿到手的，所以我不知道這裡面到底有什麼。」

向園一愣，「妳昨天才拿到？」

陳書：「對啊，我昨天下班給徐燕時的，不過你們當時不是出去見老梁嗎？我想他也沒來得及看。」

向園搖頭，失笑：「他看了。」

陳書一驚，「什麼時候？」

向園：「他昨天三點半回公司看的，三個小時的影片，他完完整整地看完了。」

陳書：「有發現？」

「嗯。」

陳書：「那妳怎麼看起來有點不高興呢？」

不是不高興，是他真的為她做了太多，而總是什麼都不說，讓她覺得很心疼。向園不知道怎麼說，她發現自己好像比想像中的更喜歡他。這樣的男人，被她遇上了，不知道是幸還是不幸。

晚上六點，天色已黑，整個西安陷入黑暗，路燈挺闊地一字排開，照著寬闊的馬路，不遠處的高樓林立，整個城市霓虹閃爍，五光十色。

徐燕時在去機場的計程車上。

司機剛掛了電話，心情飛揚，飢腸轆轆的準備接完這單就回家吃飯，連腳下的油門踩著都更添了動力，他忍不住抬頭看了後方這個帶著鴨舌帽的冷淡帥哥一眼。

「坐飛機去哪呢？」

徐燕時看著窗外，「上海。」

司機羨慕不已：「好地方，繁華大都市，前途無量。」

車子一路朝機場疾馳，司機偶爾搭話，徐燕時話不多，有問必答。

車裡單曲循環播放著一首粵語老歌〈友情歲月〉。

司機跟著哼，徐燕時始終靜靜地看著窗外。

「不相信會絕望，不感覺到躊躇，在美夢裡競爭，每日拚命進取，奔波的風雨裡……不羈的醒與醉，所有故事像已發生，飄泊歲月裡……」

隨著車子一路飛馳，車流道路愈漸寬闊，兩旁的樹木愈漸稀疏高大，車尾燈最終漸漸消失在城市的盡頭。

徐燕時在路上什麼都沒想。

他只是想起電影《怦然心動》裡的一句話——

「有人住高樓，有人在深溝，有人光萬丈，有人一身鏽。」

而他這個一身鏽的人，就算脫層皮，也要將全世界最好的送給她，讓她住高樓，成為她的神。

讓她光萬丈。

徐燕時走的第一天。

整個技術部陷入死氣沉沉的狀態，沒了往日的玩笑，氣氛不再輕鬆。高冷他們刻意不去提那人的名字，可處處都是他工作過的痕跡。儘管他很體貼地收拾得很乾淨，早上尤智還特地去休息室看了一下，連一隻牙刷都沒留下，清理得一乾二淨。

向園手上剛拿到林卿卿給的檔案，底下是他乾淨清秀的簽名，似乎還透著餘溫，她稍愣神，身後高冷不知道丟了什麼文件給尤智，無精打采地說：「他走之前整理好的，我昨天忘了給你，讓你重新統計一下這批型號的接收器還有多少。」

尤智一愣，「這批型號的接收器，上次老……他不是說已經退了？」

「他」已經成為了徐燕時的代名詞。

向園苦笑，心裡挺澀的，這個人要多吸引人才能讓大家對他這麼念念不忘。不過他很快就會有自己的新團隊了吧？那些人會像高冷他們那麼崇拜他嗎？會不會為難他呢？他這幾年都在西安窩著，適應不了那邊的快節奏吧？而且上海精英那麼多，會有人珍惜他嗎？

向園滿心疑惑，可最終還是不忍打擾他，向園不是那種戀愛中黏人的小女生，或許以前還是，但到了這個年紀，她有自己的事業，她也不想徐燕時在上海還時時刻刻為她擔心。

彼時，陳書敲開了技術部沉重的大門，目光凝重地落在向園身上，示意她出來一下。

一旁的高冷本就沒精打采的臉，在看見就陳書的那瞬間拉得比馬還長。

施天佑看不下去，就著這死氣勸了句：「不用這樣吧，你們分手不是你自己提的？」

高冷心煩意亂地闔上電腦：「靠你媽，我提的，我現在後悔了行不行？」

張駿路過，端著杯水，推了推眼鏡，幫他出主意：「那你找書姐談過了沒？」

施天佑：「……凶什麼凶。」

「她不見我。」

施天佑：「說實話，書姐那性子，你根本降不住，說難聽點，你跟書姐就好比一朵鮮花插在牛糞上……」

「你說我是牛糞？」

「不是，」施天佑糾正了一下，「我是說，你連牛糞都不如，你頂多是坨雞屎。」

高冷怒不可遏，二話不說撲過去掐施天佑的脖子，幾人在座位上鬧成一團，只聽尤智在一旁冷淡地插嘴：「行了，聊什麼八卦。」

幾人齊齊一愣，齊刷刷轉頭看著尤智，施天佑小聲嘀咕：「我怎麼覺得剛才你有種老大……附身的感覺？」

一想起那人，所有人都不說話了，高冷重新坐回位子上。

一旁的林卿卿忽然遞出一顆巧克力給他，「吃點這個，心情會好點。」

高冷詫異地看了她一眼。

林卿卿也沒多餘的眼神看他，把巧克力放到桌上，匆匆走了。

天臺上，陳書點了根菸，又隨手分了一根給向園，見她沒接，慢慢塞回菸盒裡，吞雲吐霧地把剛得到的消息告訴她：「找到目擊證人了，當時有個廚房後勤，說在那天晚上看到一個人在你們門口放了塊維修告示牌，說是李馳。」

「確定是李馳？」向園穿著大衣，裡頭是一件高領貼身羊絨，裹著她韻致凹凸的身形，漫不經心往欄杆上靠。

「確定，對方看了照片，百分之百確定，」陳書把菸含進嘴裡吸了口，說，「妳打算怎麼做？」

「靜觀其變。」

這是徐燕時說的，有時候當你處在很被動的狀態時，先看看對方究竟想幹什麼。

陳書吐了口煙圈，有點不可思議地笑著點點頭，「本來以為妳現在就會大刀闊斧地要衝去找李馳算帳了，現在瞧妳沒有剛來時那股子莽撞了，有點像徐燕時了。」

向園卻笑著搖搖頭，眼神落在不遠處空闊的空地上，有些惆悵：「誰也比不上他吧。說實話，他走了，我真擔心技術部能不能撐下去。」

「他走之前，跟我聊過。」

向園聞聲視線看過去，靜靜等下文。陳書背過身，人依著欄杆，深吸了口菸說：「本來這話他也沒讓我告訴妳，他說不想影響妳的判斷，但是我覺得妳實在迷茫的話，不妨考慮下尤智，組長的位子不能一直空著，尤智應該是這幾個人裡最像他的。」

向園點頭：「我想過尤智，但尤智年齡太小了，說話也沒什麼威懾力。高冷他們不會聽他的。」

陳書笑：「妳想再找個徐燕時這樣的，太難了，他身上的拚勁和遇事的冷靜沉著，我告訴妳我在職場混了這麼多年，我都沒怎麼見過。妳要是想找個他這樣的，那就真有點過分了。」

「所以，我下週去趟總部，看看能不能從其他分公司派個有經驗的過來。」

「妳也是不將就，」陳書說完，視線下移，盯著她的胸脯，眼神曖昧地一挑，「我怎麼覺得妳最近變化有點大啊。」

向園茫然：「有嗎？」

陳書下巴一揚，點在她胸脯上：「大了很多，談戀愛了？」

「變態。」向園笑罵了句，連忙裹緊大衣。

她跟徐燕時還沒發展到那步呢，哪來的變大之說？確認關係才不到一週，也只接了兩次吻。大個鬼，向園不上陳書的當，把嘴閉得嚴嚴實實的。

陳書把菸熄了，笑著搭上她的肩，一臉老娘我還不知道的表情：「胸其實還好，就是看妳最近穿衣風格變了些。」說著，手還在她身上比了個S型，揶揄道：「都很有女人味啊，凹凸有致，看不出來妳這麼有料啊？我記得妳剛來時穿得都是小可愛，或者是正經的套裝，最近打扮才有點女人的樣子。」

向園忍俊不禁，笑著否認：「有嗎，之前懶吧。」

向園其實在北京就喜歡這麼穿，她雖然才一百六十二公分高，但好歹是黃金比例，腿長，身材又好，隨便裹層麻布都好看。許鳶曾經吐槽一些大牌出的新款，穿在身上簡直沒辦法看，偏偏向園穿起來就行。她身材前凸後翹，特別是大學後，發育開了，把女人的優勢發揮的淋漓盡致。

陳書自己也算是個女人味十足的女人，相比應茵茵那種賣萌裝傻類型的，她更喜歡向園這種潤物細無聲、不驕不躁的性子，偶爾也耍點小性子，嫵媚卻不妖嬈，舉手投足間不刻意卻漾著如漣漪一般的女人味。

「妳這狀態我太熟悉了，畢竟剛經歷過。」陳書嗤笑。

向園見縫插針，趁機岔開話題：「妳跟高冷真的就這樣啦？」

「托徐燕時的福，最近全是應酬，沒時間去想這些事，光這一週簽下的工廠合約，都抵過去三個月的，也不知道這些合作方到底買誰的帳。」陳書覺得不可思議。

向園挺理解：「網路時代就是這樣，只要有人關注到你，就會有人送錢給你。」儘管如此，離她的賭約還是有點遠。

陳書嘆了口氣：「嗯，現在只想好好工作，高冷太幼稚了，小狼狗這種其實也就談談戀愛圖個刺激，真的要認真，女人還是要找個寵自己的。」

向園點頭。

徐燕時真的很寵她了。

週一，向園去了趟總部，而此時的西安分公司晨會上，黎沁提出要將李馳調回技術部。

李馳是向園親自調走的，黎沁趁人不在，忽然提出這種要求，李永標也被打了個措手不及，整個會議室氣氛凝滯。陳書悄悄在桌子底下傳訊息給向園。

『黎沁要把李馳調回你們部門，這事我覺得她已經有了眉目才會在晨會上公然提出來。』

向園正坐在老頭子的辦公室裡。

她早有預料，也不太驚訝，只回了三個字：『知道了。』

陳書傳了大拇指的符號給她。

『以後乾脆叫妳淡定姐好了。』

向園看著手機一笑，不是淡定，是知道憤怒、崩潰、傷心和尖叫除了失態以外沒有了任何用處，他不在，她也不再需要別人為她遮風擋雨。就像他說的，有時候順水推舟、將計就計說不定才能逆勢而為。

週三，向園回公司，同時帶回了一份任命書和一個人。

她把人領到李永標辦公室，「這是總部派下來頂替徐燕時組長位子的薛逸程，人事曹部長跟您打過電話了？」

李永標自然是接到了，掰下眼鏡仔仔細細地看了跟在向園身邊這個工程師一眼，格子襯衫，長得挺乾淨，年紀看起來也不大，二十七歲，似乎有點害羞，但是李永標一看簡歷就嚇傻眼了，小學連跳三級，十五歲上了A大少年班，兩年修完全部學分，十七歲出國留學，二十歲回國。

李永標看到後面覺得有點不太對勁，「這工作簡歷一欄，怎麼是空白的……你二十歲之後……回國都做了什麼？」

薛逸程紅紅臉，有點羞怯地看了向園一眼，向園咳了聲，平靜地說：「後面寫了。」

李永標狐疑地翻頁。

「二十一歲在某知名ＩＴ公司實習一年，挺好的啊，後來怎麼不做了……」

李永標捏著簡歷，目光下移，傻眼了。

二十二歲因為被騙子騙了二千元，意難平入侵其騙子的公司網路，轉走該公司帳上二十萬元整，入獄五年，因在獄中表現良好，於兩年前出獄……

李永標按捺住想脫鞋的衝動，揉了揉太陽穴。

平靜地深呼吸過後，他去內室打了個電話給人事曹部長，一臉難以為繼的樣子。

「曹部長，不是，這個人的簡歷是不是有點……我們公司什麼時候招過有案底的人了？這個我是堅決不同意的啊，其他部門也就算了，還是技術部這麼重要的部門呢。」

曹部長根本不理他，『行了，老李，你也別跟我扯這扯那的了，這事是上頭直接按下來的，你要問去問你們那個向部長。這時候知道技術部重要了？發年終獎金的時候，你們不是都把技術部排最低？活該留不住人才，別說薛逸程了，往後來的什麼貓貓狗狗，我們誰也不知道啊，要我說實在的，上頭現在也就端著看看你們還能折騰出什麼東西來，再過些日子，你這老總的頭銜都快沒了，別說我沒告訴你。』

技術部還是挺歡迎薛逸程的，熱情到把這個本就有點靦腆的小男孩弄得紅了臉。

高冷：「怎麼這麼容易臉紅啊，兄弟，你以前是做什麼的？」

向園直接把高冷推開，「行了，先別問了，通知下去，我要開會。」

高冷嘖嘖地看她這模樣，小聲地不滿嘀咕：「老大才走幾天，妳就移情別戀了，女人果然是無情的動物。」

向園瞪他一眼，轉頭把薛逸程先叫進會議室，隨後脫下大衣外套，掛在平時徐燕時常坐的位子上，女人凹凸有致的身材看得薛逸程臉更紅了，縮手縮腳地低著頭坐在離她三張凳子遠的位子。

向園幫他倒了杯水。

薛逸程低頭囁嚅地說了聲謝謝，餘光瞥見她桌上擺著一盒菸，「妳……還抽菸？」

向園笑了下，收起來：「我男朋友的，你抽嗎？」

薛逸程忙搖頭。

很少有男生不抽菸的。

薛逸程躊躇地抬頭看她一眼，問：「……您跟易總是什麼關係？」

向園如實回答：「他是我前男友。」

薛逸程還挺喜歡向園的坦誠，身體稍稍放鬆了些，「他主動跟妳推薦我的？」

向園：「準確的說，其實不是，是他在社群上發文，說幫一個朋友找工作。我看到了，就恰好問了一下。」

薛逸程：「我當年的事……」

向園：「誰都有犯錯的時候，方便問一下，你轉走那些錢拿去做什麼了嗎？」

薛逸程也坦誠：「給我媽治病了。」

向園點頭，也沒發表什麼意見，說：「這樣，你這幾天先熟悉一下公司的環境，我再把公司的資料傳給你。」

誰料，薛逸程抓耳撓腮地說：「剛剛無聊的時候，就進了資料庫看了下這幾年的公司資料，已經瞭解的差不多了。」

向園一愣，新員工貌似還沒資料庫的密碼，「高冷他們給你看的？」

薛逸程有點不好意思：「不是，我駭進去的。」

「……」

門外，忽然傳來高冷一聲猝不及防的尖叫：「靠，哪個兔崽子又駭我電腦，我的小澤亞美還沒保存呢！尤智是不是你？」

尤智懶懶的：「白癡，你的電腦我需要駭？密碼不就那幾個？」

施天佑：「尤智，你說話越來越像老大了……」

薛逸程不好意思的埋著頭。

向園咳了聲，捂著嘴，裝模作樣地說了句：「下次不要這樣了。」

薛逸程的工作效率確實高，不到一週的時間就熟練地融入了整個工作氣氛，只不過人比較內向，也不太跟大家交流，有時候高冷想叫他一起聚餐，都被拒絕了。向園也不勉強，每個人都有自己的生活方式。

週五晨會，黎沁再次提出要將李馳調回技術部，被向園一句話頂回去。

黎沁不惱，不緊不慢地看著她說：「我想，薛組長這種有過案底的都能留在技術部，應該沒有人不能留在技術部了吧？」

整個會議廳譁然，所有人將目光全都轉向薛逸程和向園。

高冷甚至沒理解，愣愣地問了句：「案底是什麼意思？」

應茵茵：「不會是我想的那種吧……」

薛逸程本來靦腆，也有些自卑，儘管工作能力再厲害，在公司裡始終覺得低人一等，如今這種不堪的過去被人赤裸裸地掰碎一片片展示出來的時候，他氣得渾身發抖，眼睛都紅了卻始終憋不出一句話。

陳書下意識看向園，向園一笑，將目光轉向黎沁：「李馳要回來技術部？可以的，那下次他犯錯，您來幫他買單？」

黎沁：「妳能保證高冷他們不犯錯？」

向園：「他們犯錯，我買單，李馳犯錯，您買單，有什麼問題嗎？」

黎沁：「妳身為技術部部長，員工犯錯應該一視同仁，憑什麼李馳犯錯就要我買單？向部長，妳是不是太過分了？」

向園笑眯眯地：「是您要把他調回來的呀？您要調，也可以，以後李馳犯的錯，屁股您來擦，我跟尤智他們不管。」

黎沁不說話。

向園咄咄逼人，李永標一個腦袋兩個大，黎沁也不知道哪根筋搭錯了，非要跟個小女生過不去。他覺得這個老總幹不下去了，心焦喲，心灼喲！

最後只能無奈地揮揮手：「這事都別提了，李馳回不回技術部這個事，還要讓向部長做決定。」

會議室氣氛僵持，黎沁定定地看著向園，妝容精緻，那黑黢黢的睫毛像是一把鋒利的扇，絲毫不眨，「如果我今天就要李馳回技術部呢？」

向園上下唇一碰，笑著無奈地點點頭，「那就很對不起李馳了，我只能把他開除了。」

黎沁臉色大變，覺得不可思議，怔然地看著她：「妳！」

向園鬆散地往後靠，筆尖輕點桌面，她笑說，話語還是溫和的：「本來這件事，我還在斟酌，要不要給李馳一個機會，但是照目前看，黎總並不想給這個機會，那既然這樣，我也不繞彎了，李馳，我開定了。」

話語間，向園看了陳書一眼，後者會意，PPT忽然換成了新聞發表會當天的監視器影像，李馳出現在員工通道的畫面，以及一份錄音檔。

『我聽見好像有聲音，然後從廚房那邊過來的時候，看見一個男人在門口擺了個故障維修的牌子，我記得那天設備也沒壞，就問了句他在幹什麼，結果那個男人兇神惡煞地叫我滾，我也不敢多停留，怕惹禍上身，就跑了……對對對，就是這個男的。他的樣子我都記得，叼著根菸。反正我當時聽到裡面有聲音出來，我看他一直在那邊守著，就不敢過去，跑了。』

隨著錄音筆聲音漸弱，李馳的臉色漸漸由煞白變得通紅。

「砰！」一聲，他猛地拍了下桌子，咬著牙臉紅脖子粗地指著向園怒斥：「妳這個臭婊子！」

像一道地雷似的，李馳附近的同事乍然散開，四處逃竄，尖叫聲、椅子挪動聲交錯嘈雜。只有向園和黎沁還穩穩地坐在位子上。

應茵茵就近找了個男同事，伏在人家肩上，小聲地啜泣：「李馳是不是精神不太正常。」

李永標這才反應過來，手忙加亂地哆嗦著聲音喊：「快叫保全！」

下一秒，李馳二話不說提了張凳子像隻野獸似的手腳並用爬到桌上，整個人怒火中燒，面色難看至極，他忽然揚起手上的椅子，就要朝向園砸過去！

薛逸程眼疾手快，下意識勾他的腳，李馳受阻低頭，卻見薛逸程奮力拽他，拽了一下沒拽動，陰差陽錯間把人的褲子拽下來了。

整個會議室的女員工爆發出一聲尖叫，哇一聲全部往外逃。

薛逸程也挺不好意思的，嘴裡還一邊碎碎念著「對不起對不起」，手下動作根本沒停，直接拖著李馳的褲子卯足了勁把人從桌上咬牙拖摔到在地上，薛逸程又很害怕地說了句「對不起」，手下的力道根本沒小。

李馳面孔猙獰，掙扎著爬起來轉頭怒火沖天地舉著凳子朝薛逸程砸過去，直接被薛逸程一個輕巧的過肩摔按在地上，薛逸程也沒料到自己居然可以反應這麼快，還有些不可思議地，反壓著李馳的雙手扣在地上，嘴裡振振有詞：「對不起啊對不起啊，可能有點痛。」

「砰！」一聲巨響。

薛逸程二話不說抓起他的頭髮狠狠往地上砸。

所有人都呆愣愣地看著這不可思議的打架方式。

有種自己都想不到自己這麼能打的感覺。

等李馳奄奄一息確定毫無反抗能力之後，薛逸程才從地上站起來拍拍手，然後有點不知所措地看著向園。

像個犯了錯的小孩。

向園讓高冷報了警，李馳鼻青臉腫、雙腿痠軟直接被拖著走，所有人驚魂未定，高冷拍拍薛逸程的肩，忍不住誇讚了一句：「兄弟，你不錯啊。」

薛逸程有點不好意思的撓撓後腦勺說：「有個獄友是跆拳道黑帶，這幾年跟著學了點，沒想到還真的派上用場了。」

所有人整齊鼓掌，表情一改剛才的不屑，由衷地鼓掌歡迎他。

這場會議就像個短暫的鬧劇，所有人陸陸續續散去，這次連李永標也不再幫李馳說話，顫顫巍巍地從西裝口袋裡掏出一塊皺皺巴巴的灰色手帕一邊擦汗一邊說：「損害公司利益這個行為真的可以開除幾百次了，黎總，妳也別護著他了，我這就跟總部彙報去，向園妳把資料拿來給我，給什麼機會，這種人一次機會都不要給。」

說完，李永標雄赳赳氣昂昂地走了。

黎沁則一動也不動地坐在位子上。

向園也沒走，只是靜靜地看著黎沁。

黎沁：「妳既然有證據，為什麼不早點拿出來？別說給他機會這種話，我可不會信。」

向園：「確實，我沒打算給他機會。我只是覺得抓條小魚不如抓條大魚，妳說呢，黎總？」

黎沁驀然笑了，「我很期待。」

向園也笑，「不過，今天已經很高興了，本來我還在想這個申請資料要怎麼寫，既然李總代勞，今晚我們就正好去慶祝了，黎總要不要一起來？今天要不是您這事處理起來還真是要麻煩不少，謝謝啦，黎總。」

晚上，向園叫上了陳書，一起參加他們部門的聚會。

結果技術部只來了林卿卿。

偌大的路邊攤，向園特地跟老闆要了個大桌，結果那麼大一個桌子，空空蕩蕩，瑟瑟索索地只坐著他們四個人。

向園脫了大衣，一口氣開了八瓶酒，漫不經心地看著林卿卿：「他們人呢？」

林卿卿支吾半天，看看薛逸程又看看向園和陳書說：「尤智說，他覺得妳對他有意見，寧可讓薛逸程當組長，也不讓他當組長，高冷說，書姐來，他就不來了……張駿是想來的，被他們按住了。」

「……」

陳書冷笑，慢悠悠喝了口酒。

路邊攤冷風吹，再冷也沒這兩個女人的眼神冷。

林卿卿又跟薛逸程解釋一下：「不過大家對你沒意見，所以特地派我來做代表。」

薛逸程有點羞澀地看向園和陳書，紅著臉躊躇說：「要不然，我走吧……」

兩個女人齊聲：「坐下。」

向園跟陳書懶懶洋洋地靠在椅子上，一對視，笑起來簡直是個妖精。

向園忽然掏出手機，撥了個號碼，等那邊一接通，什麼也不說，嗚嗚一通哭，委屈又嬌嗔地跟電話那頭的人告狀——

薛逸程聽見向園喊了個很好聽的名字。

然後不知道怎麼回事，十分鐘後，人就坐滿了，一個個點頭哈腰的，向園開始拿翹了，「喲，來了啊，尤大少爺。」

尤智：「商量個事，我們鬧彆扭的時候，別跟老大告狀行嗎？」

薛逸程對他們口中這個老大充滿好奇。

到底是何方神聖啊？

他悄悄推了下林卿卿：「老大是誰啊。」

「就是一個，如果現在一出現，他們都會哭的男人。」

上海。

一場冬雪過後，梧桐葉子落盡，只餘幾株光禿禿的骨梗。

整個上海彷彿褪去冬日外衣，枝茂間堆著雪；南京路卻一如既往的熙熙攘攘，情侶跟水中鴛鴦似的，東一對西一雙；廣場的綠草坪上散著一群閒庭信步的和平鴿；外灘的夜晚，光影流動，熠熠生輝。

靜安別墅，紅磚歐式建築，狹長寬闊的弄道，車水馬龍，可以窺見鬧市中的燈火。晨練的大爺、剛收完租數錢數到手軟的小阿姨、提著菜籃子滿載而歸的老阿姨……還有朝九晚五的都市精英們。

林凱瑞把車開進去，巷寬不窄，一路平緩駛過。

副駕駛座上男人的話不多，臉色冷淡。林凱瑞一邊開車，一邊時不時拿眼睛瞟他，滿面春風地跟他介紹：「靜安別墅不是什麼別墅區，其實只是一個弄堂，用你們北京話來說，叫衚衕。上海的房價你也知道，靜安這地段更是寸土寸金，這房東跟我熟，都按最低價給的，我先幫你租了一年，明年你續租的時候，記得叫他開發票，我再讓財務幫你報帳。」

林凱瑞安排得有條不紊，隨後又瞥了副駕駛座上的男人一眼，跟個上海老大媽似的喋喋不休地說：「公司有配車和司機，我等一下打電話給你司機，你如果要出去或者見客戶都可以用，當然，平時上班或者你私下如果要出去約會用車也完全沒問題，要是嫌檔次不夠，我車庫裡的車隨便你挑。」說完，目光若有所思地在他身上一掃，林凱瑞眉一皺，似乎不太滿意。徐燕時這個男人太俐落，從上到下，別說項鍊這種裝飾品，連個手錶都沒戴，清秀修長的手腕乾乾淨淨。

林凱瑞這個土老闆看不順眼，男人怎麼能沒手錶，手錶跟車都是一個男人身分地位的象徵。

於是他建議說：「你這樣去見客戶不行，我們公司不比維林，維林畢竟有東和在撐著，上海這邊，談生意你要拿本錢來。我明天帶你去買套行頭，手錶我送你一個，勞力士怎麼樣？」

徐燕時靠著座椅，原本漫不經心地看著窗外，聽到這才回頭瞥了他一眼，低頭莞爾，淡聲拒絕，「不用了。」

林凱瑞覺得徐燕時這個男人真的太禁欲了。不過那時，心裡還覺得是這小子窩在西安有點窩傻了，一根筋，沒見過世面，等他真正見過這十里洋場煙花地的魅力，才知道什麼叫一朝浮沉一朝夢。也會嘲笑自己現在那不值錢的傲。

那時候雖然覺得他有點自持清高，也不勉強，結果幾天接觸下來，發現這個男人是真的一門心思來工作的。

他話不多，到哪只有一臺電腦，剛進公司報到頭一天，他的辦公室跟合約都還沒整理好，也不算正式入職，而且跟翱翔的那個無人機案子正式的簽約日期還在一週後。除了頭天上午徐燕時在林凱瑞辦公室坐了一下，之後幾天都在樓下的咖啡廳坐著。

弄得公司女同事們蠢蠢欲動的，到處打聽那新來的帥哥到底是哪個部門的。知情人一透露，是技術部總監，林總花高薪挖的！那一顆顆撲騰撲騰的小心臟跳動得就更激烈了，本來以為看那模樣只是個普通實習生，結果是總監？又帥又有錢，還有能力。

結果，第二天上班，公司的單身女同事們頭一次不約而同地全化了妝，而坐在樓下咖啡廳的某人還渾然不覺自己已經成為了這群豺狼眼裡的獵物。

畢雲濤週二出差回來，聽說徐燕時來了，包都沒來得及放，飛奔下樓，在充滿咖啡馨香的餐廳裡，看到那坐在窗邊英挺冷淡的身影，眼睛一亮，一個箭步衝過去，在男人對面坐下，露出一個大大的笑容：「沒想到你真的來了。」

徐燕時從電腦中挪出一眼瞧他，端著杯咖啡喝，漫不經心地開玩笑：「不歡迎？」

畢雲濤歡迎還來不及，「說笑了，我巴不得你來。你來，我們團隊氣氛肯定特別好，你不知道，之前我們部門兩個總監之間鬥得特別厲害，王總就是受不了才辭職走的，弄得我們底下的員工也不好做，不過你來我就放心了。」

徐燕時骨節清晰的手指在鍵盤上飛速敲了幾下，挑眉：「這麼放心我？」

畢雲濤對徐燕時真的放一百二十個心。如果是第一次見面，可能心裡會有疑慮，對這麼一個話少的帥哥，也會質疑一下他的工作能力，但是在上海那幾天，當時林凱瑞極力推薦，他也旁敲側擊地試了下水，想跟他切磋一下，對徐燕時的能力他是百分百的信任，更主要的是跟他相處舒服，不會因為能力強壓你一頭，所有問題都點到即止。畢雲濤當時就想，如果他來領隊，團隊氣氛應該會很好，絕對會被他的人格魅力折服的。

兩人上樓的時候，林凱瑞正在調戲前檯小女生。

「今天是什麼日子啊？妳們一個個妝都化這麼濃？臉上的粉底要不少錢吧？省著點擦，今年公司效益不好，年終獎金發不出來，妳一次性擦這麼多，就妳這臉盤子經不起幾下擦的。」

前檯小女生氣得要哭，林凱瑞又安慰了一句：「好了，妳只是臉大了點，打個瘦臉針還是可以拯救的，就是妳這鼻子有點麻煩。不過也不是沒得救，努力工作好好賺錢整形吧。」

「……」

然後林凱瑞噔噔噔走了，老遠還能聽見他不知道對誰說的：「還有妳，雙眼皮貼成這樣是夾熱狗嗎？」

畢雲濤咳了聲。跟徐燕時解釋，「林總就是這路子，他沒什麼架子，什麼玩笑都開，嘴也有點毒，跟員工處得跟朋友似的，不過你也別被他騙了，他就是一隻笑面虎，真要起心眼來，沒人扛得過。他跟陳總兩個，平日裡一個唱紅臉，一個唱白臉，別看陳總訓起人來義正辭嚴、兇神惡煞的。他其實是色厲內荏。不像林總，林總是真小人。不過他對人好，也是真好，是掏心掏肺的好。」

畢雲濤又介紹一圈公司的概況。

「那是前檯小林，這幾個都是我們部門的，王一肖、陳觀山……我們副總監葉思沁還沒回來，其餘的我再慢慢介紹跟你認識……」

這幾天，徐燕時一直跟著林凱瑞到處應酬，喝到半夜才回家。畢雲濤這幾天住在他那邊，說是要幫他攢攢人氣，結果徐燕時都半夜才回來，畢雲濤聽見開門聲打開燈從床上下來。

看見襯衫西裝褲的徐燕時從門外進來，西裝外套勾在手裡，人很鬆散地敞著腿往沙發上一坐。

畢雲濤倒了杯水給他，坐到他對面，「今天又這麼晚？」

徐燕時搖頭沒接，頭仰在沙發上，白熾燈赤惶惶的亮著，他拿手臂擋著，腦袋昏沉，大概是覺得自己瘋了，剛剛看畢雲濤從床上起來那瞬間，差點以為是向園。自己整個人都寒了一下。

畢雲濤見他累到不行，也沒打擾他，說了聲早點睡就回床上了。

徐燕時窩在沙發上，半天沒起身，眼神低垂著掃了手機螢幕上的時間一眼。

一點半。

大概是酒精上頭，他的心跳有點快，呼吸微喘，畢雲濤幫他留了一盞落地燈，亮著微弱的光，攏著沙發上那修長卻慵懶的身形，他深吸了口氣，靜謐的空間裡，徐燕時能聽到自己的輕喘。

他把手機解鎖，快速翻出聯絡人帳號，手指摩挲著螢幕，慢慢點開向園的動態。

剛跟高冷他們聚完會。

不知道她睡了沒？

結果下一秒，那邊視訊邀請就彈過來了。

徐燕時腦中一個激靈，他下意識把自己從沙發上撐起來，然後低頭去扣胸前的襯衫釦子時，忽然慢慢停了下來……

原本只解到第二顆的襯衫釦子。

變成了第三顆……

然後他清了清嗓子，精神振奮地按下接聽鍵。

第十一章　思念

黑乎乎的畫面底下顯示著一行小字——「視訊正在連線中」。

等待的時候，徐燕時微微坐直，手又將襯衫拉開了些，凹弧的胸膛肌理若隱若現，隨後側提著手機，半身入鏡，等那邊接通。

一秒、兩秒……畫面跳轉。

手機螢幕上頓時出現五六顆挨挨擠擠的腦袋，五六雙眼睛好奇地盯著他……

視訊中那人襯衫領口凌亂，胸膛隨著節奏起起伏伏……

老大在幹什麼？高冷跟尤智互視一眼，四目相對，心領神會，身為男人都太瞭解這是什麼狀態。老大畢竟是男人，平時看起來再高冷、再禁欲，夜下無人的時候，也總是有生理需求的。

高冷自作聰明地暗自慶幸，還好是他們，萬一是向園怎麼辦？老大差點就被看光光了呀，也太丟臉了吧。

徐燕時頓時沒了「興致」，把手機往矮几上一丟，躬著背，雙手支著腿，低頭沒什麼表情地看著對面那幾顆不知所措的人頭，聲音也冷：「幹什麼？」

男人「欲求不滿」被打斷，情緒聽起來很不爽。該怎麼跟他說是向園輸了真心話大冒險但是又要賴逃去買單了。

幾人很機智地且一致地把高冷和施天佑推出去。

為什麼呢？尤智跟新來的薛逸程解釋，「因為老大說過，他從來不跟兩種人計較。」

薛逸程愣愣地看著鏡頭裡那個模樣與氣質都出眾的男人，期期艾艾地問：「哪……哪兩種？」

尤智先是點了下高冷，「智障。」又點了下施天佑：「和『女人』。」

薛逸程：「……」

顯然，高冷跟施天佑都有點怕這位爺，遞塊手帕給他們，恨不得能絞起來。

手機驀然被人奪過，陳書看不下去，對著鏡頭言簡意賅地解釋：『他們玩真心話大冒險呢，向園輸了要賴跑去結帳了。』

鏡頭一換，變成了林卿卿和陳書兩個女生。

徐燕時慢條斯理重新扣上襯衫，這才拿起矮几上的手機，把鏡頭對準自己，「她輸了什麼？」

『還能是什麼？』她笑了下，『無非就是「我愛你我喜歡你」這些囉。』

話音剛落，陳書視線往後一瞥。

向園恰好回來，沒穿外套，緊身羊絨韻致，在鏡頭前一閃而過，視訊中，那張臉似乎又小了點，看起來也喝了不少，面頰染著紅暈，在桌上找手機。

徐燕時往沙發上一靠，靜靜看著鏡頭裡那道許久未見的身影，目不轉睛地盯著。

視訊鏡頭裡有沙沙聲，徐燕時聽見她聲音輕柔、一臉茫然地問了句：『我的手機呢？』

鏡頭微晃畫面黑了一陣，陳書忽然轉換成後鏡頭，對準向園上下一掃，對徐燕時說：『給你個福利，今天可是前凸後翹園，身材爆好，剛剛隔壁桌有個男生來搭訕要帳號。』

下一秒，手機就被向園奪過去了，鏡頭一轉，向園拿著手機進了廁所，視訊裡的女孩也喝了些酒，模樣唇紅齒白，小聲問他：『你……還沒睡？』

徐燕時懶懶地靠著，醉態朦朧，眼神含笑地盯著她，低「嗯」了聲，「有人跟妳要帳號？給了嗎？」

向園一愣，忽然想起上次他被人要帳號，有點忿忿不平地看著鏡頭裡那個男人，『我又不是你，是異性就給。』

徐燕時笑了下，笑得挺無奈：「知道異地戀最重要的是什麼嗎？」

啊？忽然被他帶偏了話題，向園沒反應過來，順著他的話往下接，『什麼？』

「信任，」男人單手舉著手機，人往前傾，從矮几上取了根菸，在菸盒上輕輕磕了磕，冷不防淡淡瞥她一眼，把菸銜進嘴裡，說，「不然分得快。」

『那你剛剛還問。』向園小聲嘀咕。

「問，但我沒生氣，」他抽了口，低頭彈菸灰，視訊裡煙霧繚繞，「如果我要是生氣，就不是這個問法了。」

陳書說的時候其實他心裡知道向園應該不會給，所有其實沒太大的波瀾，但如果不問一下，向園會不會覺得他太冷淡了，或者有點過於自信？所以還是秉著尊敬一下那位兄弟問了。誰知道反倒讓她想起之前的事情，不高興了。

他把之前加那個女孩的事情原話解釋了一遍，而且加了帳號之後他直接拒絕了，女孩當天就把他刪了，他以為這件事她應該不會太在意。

「可能也是我沒經驗，」徐燕時低頭自嘲地笑了下，把菸碾滅，「我第一次談戀愛，妳體諒一下？」

話都被他說到這份上了，向園發現這男人真是太會帶節奏了，三言兩語又把她的初衷帶偏了。

她點頭，『你今天是不是又喝酒了？』

「見了幾個客戶，」徐燕時「嗯」了聲，手裡拎了個打火機把玩，「陳書說妳輸了遊戲耍賴，怎麼不打電話給我？」

『不是，』向園懊惱地抓了抓頭髮，『我以為你睡了，怕打擾你休息，你這幾天應該挺累的吧？』

「現在不是接了？」

意思是，妳現在可以說了。

向園看著他手指靈活的捏著個打火機在他指間飛快打轉，跟變戲法似的，一下子在手背上，一下子在掌心。時不時在黑夜裡躥起一簇搖曳多姿的小火苗。

向園靜靜看著。她其實有點害羞，還沒那麼直白地說過這句話。

「嚓」，徐燕時滅了火，心不在焉掀上蓋，「先欠著，下次當面說。」

向園如釋重負，『好。』

徐燕時笑笑，再次把打火機頂開，「給妳看個東西。」

鏡頭中男人離開了一下，再回來時，手裡多了個盤子和一瓶不明物體，向園看了好久才知道是打火機液，當下以為他喝醉了，凌晨兩點表演如何灌打火機液。

只見他單手舉著手機，一隻手把盤子放在中間，盤底盛著淺淺一層水，還有一些綠色液體，據他說是洗手乳，然後他把打火機液緩緩灌入水中，沒多久，盤底起了泡，慢慢膨脹開。

緊接著他把手放進去沾濕，又用紙巾在手掌上擦了一下，隨後看了手機一眼，「開始了。」

眼見他去拿打火機，對準自己的手，壓下打火輪。

畫面「轟」一聲，他的掌心猝然亮起一層火，整個房間亮了一瞬。只餘下他掌心獵獵燃燒的火苗，好像是去年春節節目表演過的火光魔術。

他掌心朝上頂著，遠遠看著，就像頂了一個宇宙小火球。

向園卻看得心驚肉跳，『你瘋啦？快滅掉！』

他笑，風輕雲淡地拍拍手掌，把火苗彈去，「不疼，一個魔術而已。」操作很簡單，前段時間陪林凱瑞應酬的時候跟一個魔術師學的，想說無聊的時候可以逗逗她。

「看見了嗎？」

向園看見了，是被他捧在手心上的小火球。

也知道他在哄她，心一緊，像被放在一條鋼索上，為他的如履薄冰感到心疼。

她小心地抽了口氣，鼻尖忍不住泛酸，喊他：『徐燕時。』

「嗯？」男人下意識去看，見她這樣，漫不經心地笑了下：「不會這就感動了吧？一個小魔術而已，那幾個都沒為妳這麼做過？」

誰沒事燒自己玩。

「……」

向園那些呼之欲出的情感被他一句話憋回去。

男人忍著笑靠在沙發上看她。

等向園說了晚安，兩人掛斷視訊，沙發上的男人這才支著腿咬牙低頭，擰了擰發脹的手腕，「嘶」一聲倒抽口涼氣，掌心火辣辣的疼。

還是有點疼的。

徐燕時最近手上沒專案，林凱瑞一天到晚帶著他混跡這十里洋場。畢雲濤也旁敲側擊地勸過林凱瑞，說徐燕時不適合應酬，別老是讓他去。

這話把林凱瑞氣著了，吹鼻子瞪眼地吼他：「誰天生適合應酬？我？你老闆我就天生是個酒罐子？你知道我剛來上海的時候，我連啤酒都不會喝！」

畢雲濤嚇得一哆嗦，小聲地反駁：「我也沒讓您喝啊。」

林凱瑞更急，一下一下戳著他的腦袋，「我不喝，誰喝？你告訴我，現在幹哪行不用應酬？想在上海混下去，你得有一樣傍身的技能，你就算什麼都不行，也要有一樣比別人行，你他媽就是撿垃圾也得做最快最乾淨的那個，這麼大一個城市，難道還不需要一個打掃的？」

畢雲濤索性不發表意見了，癟嘴看著他。

林凱瑞踹他一腳：「滾出去。」

林凱瑞這人就是有點沒心沒肺，說他好，他也好，說他壞，他也壞。跟在這樣的一個人身邊，畢雲濤這幾年是伴君如伴虎。

用林凱瑞自己的話說，你管我是擠公車還是計程車的，還是坐飛機，我就算爬，也能爬到羅馬。過程重要嗎？不重要，他在乎的只是結果。所以這幾年，畢雲濤也見識過他的不擇手段，也因此得罪了不少人。

林凱瑞從來不相信有人能乾淨、無愧於心的活著。那些所謂關於夢想的心靈雞湯他從來不喝。一個人要是真能活成一束光，那這個人一定很沒有情趣，生活也很無趣，像個千百瓦的電燈泡，走到哪都「噌噌噌」散發著耶穌的光輝。

很顯然，這幾天接觸下來，徐燕時不是那種沒情趣的人。男人間的玩笑話，他都能接上，雖然話不多，但句句精簡，不會冷場。跟長官喝酒，說話滴水不漏，輕鬆的飯局，抽根菸調解情趣，跟他也默契十足，兩人眼神一對視，就知道對方心裡在想什麼。

而且徐燕時從來不問為什麼。對所有問題的疑惑，他都是習慣默默觀察。包括上次他跟一個女伴忍不住在車裡做了，徐燕時也是自覺到旁邊抽菸。

那天之後沒坐過他的車，林凱瑞當時就覺得這傢伙絕對還是個處男，想找個人幫他開開苞，第一次被他冷著臉拒絕，生活方面上，林凱瑞跟徐燕時確實不是同路人，但是工作上，林凱瑞覺得他跟徐燕時很合拍。他在上海混了十幾年，還是第一次遇到這麼對胃口的人。

私生活上，他覺得只是時間問題。

徐燕時身上還帶著一點對男女情事上的生澀感，不過他跟女同事之間的相處還挺游刃有餘的，所以林凱瑞說他情商高。情商高的男人，一眼能看出來哪些女人喜歡自己。

這點，林凱瑞是相當有經驗的。

林凱瑞敲敲畢雲濤的腦袋瓜，「你怕我把徐總帶壞？」

說實話，畢雲濤還真的有點擔心，但想想徐燕時那麼一個高冷禁欲的男神，壞起來應該也不會比林凱瑞猥瑣，頂多是斯文敗類。

林凱瑞哼唧一聲，「說實話，你徐總跟我是同路人，一肚子壞水，有多壞，跟他吃一次飯你就知道了。」

其實也不用吃飯的機會，畢雲濤已經能感覺到徐燕時的腹黑了。

週五，凱盛技術部副總葉思沁回來，召開一次部門會議。

說實話，葉思沁看過徐燕時的簡歷，除了大學的簡歷有點驚豔之外，這幾年的工作經驗都沒什麼出彩的地方，所以對他也不太熱絡，畢竟是從西安過來的。

除了葉思沁，也有個別老員工心裡有點小意見，畢竟都希望空降的摔斷腿。

畢雲濤心裡還挺難過的，徐燕時這人不太搶風頭，你得跟他相處一段時間才知道，他到底優秀在哪裡。那是一種無形的魅力。

但好在因為那張臉，公司裡大多數同事還是挺歡迎他的。

葉思沁是個非常高傲的人，從小成績好，一路名校畢業，家境條件倒是普通，父母為了供她讀書也是咬牙狠著勁一直撐到研究生畢業。好在，現在也算是能回饋父母，但對葉思沁來說這些遠遠不夠。

林凱瑞對葉思沁算是又愛又恨，這女孩身上有一股狠勁，豁得出去，長得漂亮又高挑，聰明還能喝酒，帶出去非常有面子，但這女孩就是野心有點太大，難掌控，管不住。

對人也是冷冰冰，永遠一副看不上任何男人的模樣。讓人看得心癢癢。

葉思沁不太理徐燕時，畢雲濤這個三把手、技術部主管就成了他們之間的傳話筒。

畢雲濤剛從葉思沁辦公室回來，林凱瑞一派悠閒地坐在徐燕時辦公室嗑瓜子聊天，兩人不知道又在偷偷謀劃什麼。

畢雲濤把文件丟過去，「葉總說這個提案不改。」

徐燕時坐在電腦前，西裝掛在椅背上，整個人有點懶地窩在椅子上，抬頭瞥畢雲濤一眼，「哦」了聲。

畢雲濤一籌莫展，「那怎麼辦啊？」

徐燕時這才轉過頭，拿起提案囫圇掃了兩眼，辦公室寂靜，就聽他的鍵盤劈里啪啦一通敲，畢雲濤跟一旁的閒散人士林凱瑞互視一眼，林凱瑞聳了聳肩，表現出一副「我也無能為力這兩人我一個都不想惹」的模樣。

十分鐘後。

徐燕時把重新打好的提案遞給畢雲濤。

原來他剛剛在改？而且才花了這麼幾分鐘？畢雲濤當即感激涕零，正要說一大串猶如華佗再世此等拍馬屁不打草稿的話。

「神仙在世。」

畢雲濤抱著熱氣騰騰新鮮出爐的方案過去了。

兩分鐘後。

門外傳來一陣急促的高跟鞋腳步聲，畢雲濤趔趔趄趄地跟在後面，還沒明白怎麼回事呢，葉思沁已經「啪」把提案甩到徐燕時面前。

「你跟我解釋一下，這是什麼意思？」

徐燕時早已料到似的，靠在座椅上，隨手按了個輸入鍵——

黑色的畫面上數據開始瘋狂滾動，整個系統直線崩潰，葉思沁不可置信地盯著那破譯的密碼畫面，從一開始的眼神冒著火光，到眼神裡的火漸漸被壓下去，咬著牙問：「你花了多少時間破解的？」

徐燕時頭也不抬，視線專注地看著手上的文件：「十分鐘。」

葉思沁冷冷地看了他一陣子，調整一下呼吸，冷笑了下，連連點頭：「好，我改。」

說完一把抽回桌上的文件，踩著高跟鞋匆匆離去。

畢雲濤全程目瞪口呆，剛才那幾分鐘直接把她整個程式破譯了？

這男人的大腦到底是什麼CPU處理器啊。

林凱瑞鼓著掌站起來，「你可是第一個讓我們葉美人吃癟的男人。」

徐燕時興致懨懨地靠在座椅上，瞥他一眼，「我不介意讓你做第一。」

林凱瑞自討沒趣，走過去搭在他肩上，低聲問：「晚上有個局，別忘了。」

林凱瑞是個長在飯局上的男人，他一天不組局心裡就難受，有時候跟客戶，有時候跟圈子裡一些朋友。今晚真的還挺重要的。關乎明年的一個案子，是一個直升機救援案。

林凱瑞沒事喜歡在媒體面前打打感情牌，呼籲大家要多做做慈善，要響應國家號召。

對方是他的老同學，林凱瑞約了也蠻久的，終於給了答覆敲定在今晚。

畢雲濤是知道林凱瑞對這個案子抱有多大目的，年前幾次開會強調的都是這件事，好不容易這邊有了眉目，難怪今天林凱瑞頭髮都梳得一絲不苟。

穿著三件套西裝，油頭粉面的，像個奶油小生。

說完晚上的時間地點，林凱瑞臨走時又點名了畢雲濤讓他也跟著去，然後哼著小曲愉悅地滑著圈滑出了辦公室。

結果，晚上的聚餐並不是特別愉悅。

畢雲濤或許不太懂人情世故，但徐燕時跟林凱瑞從對方一進門就已經察覺出今晚這局不太容易。林凱瑞這個人精必須把人先哄下來。

對方四、五人，其中穿藍格子襯衫率先說話的那人是林凱瑞的大學同學，兩人上學時感情非常好，甚至在畢業後有困難的時候，還一度不計成本的接濟過他。

藍格子襯衫一坐下就開始訴苦，說這事有多不好辦，長官那邊似乎又找了另外一家公司在洽談，本來說好了這個專案是給他們的，但是今年經濟效益不好，你們也知道，那邊有家公司出價低，長官還想再往下壓一壓價格，大家都不好做生意。

林凱瑞還是笑咪咪地問：「那你們壓什麼？我們看看最低能給多少。」

藍格子襯衫一見這麼好說話，不對勁了，話題猛轉，說自己也拿不定主意，還要看上面那邊。

這話就沒誠意了，徐燕時大多是明白了。

單子沒了，對方已經給別家了。

徐燕時跟林凱瑞都沒接話了，畢雲濤還跟個傻子似的苦口婆心地跟對方討價還價，說這是他們的最低成本價了，我們這邊給出去的價格已經不能再往下調了。

林凱瑞把菸碾了，「畢雲濤，閉嘴。」

畢雲濤跟個開關似的，剎時就關上了。

氣氛忽地緊張起來，一桌殘羹冷炙吃得差不多，林凱瑞不笑了，一雙手臂交疊杵著桌子，「胖子，你這事幹得不夠厚道，我們大學這麼多年的交情，你當初跑我這來套低價，我念著過去的情分二話不說把底價報給你了。你轉頭告訴我這事你拿不了主意，可能還有更低價？」

林凱瑞噗哧笑出來，看著徐燕時，「燕時，你說說，有哪個公司這麼傻，虧本跟他做生意？」說到這，林凱瑞登時狠踹桌角，一聲爆喝：「你他媽知道老子這單生意是跟你虧這本做！我為什麼願意給你，因為你說你想靠這單生意拿點明年的指標，我他媽二話不說給了你底價，你現在轉頭告訴我還有別家公司更低，你敢說你他媽不是來我這裡用老同學的情分套底價？轉頭又找了一家公司，用我的底價去跟人談，你是不是沒想到對方會同意，結果現在對方同意了，你他媽為了那點回扣錢把我踹了是吧？」

徐燕時冷淡坐著，不言語。

胖子整個人顫顫巍巍縮成一團，筷子抖落一地，語無倫次地：「老瑞，你別……激動，這事我真的不是故意的。公司他臨時變卦。我們真的沒辦法……這事真的不是我願意的，我一開始就打算找你談的……」

那天晚上，徐燕時跟畢雲濤回到宿舍。

畢雲濤久久沒有回神，坐在沙發上發呆，徐燕時洗完澡出來，正在擦頭髮，他還是一臉費解的樣子，又有點恍惚：「你說，要在生意場上混得好，是不是最後都沒有朋友了？」

徐燕時擦完頭髮，濕漉漉地往旁邊一丟，點了根菸，靠著窗外，說了句：「不知道。」

不過那天確實也給他上了一課，人有時候裝糊塗或許會快樂點。

這件事之後，林凱瑞消沉了一陣子，也不再組局了，徐燕時總算不用天天到處應酬。

晚上，向園傳了則網址給他。

標題——『震驚！寂寞少女竟然深夜幹出這種事。』

一秒收回。

向園：『對不起對不起傳錯了。』

半分鐘後，向園收到一則網址。

標題——『祕訣！異地戀，教你如何克服深夜寂寞。』

緊接著又一則。

xys：『我這週回去？』

傳完，徐燕時下意識滑開備忘錄看一下這週的行程安排。

發現其實排得挺滿的，週六晚上還有個飯局，他一般做事不會這麼猴急，也不知道剛剛怎麼就腦子一熱那麼沒沉住氣說要回去。

等向園回覆的間隙，徐燕時靠著床頭，拇指食指捏著手機，漫無目的地一圈圈打轉。

向園回得快。

向園：『真的不用，你先好好忙你的。』

他垂眼，低頭飛快回：『不想我？』

向園老實回：『想。』

xys：『那不想見我？』

向園本來這幾天還好，忙得四腳朝天也沒什麼時間去想他，這時這人一句句地循循善誘，把她心底那點癮都勾出來了，開始沒皮沒臉地回：『想見你，想抱你……』

想親親。

向園心跳開始砰砰，看著徐燕時的訊息，隔著螢幕都能察覺到他的體溫。

徐燕時懶懶地靠著，身上穿著件黑色T恤，寬鬆的黑色居家服以及黑色床單，整個房間襯得俐落又簡單，極簡裝潢和搭配。

手上卻回——

xys：『我想的可不只這些。』

向園看得臉紅心跳，那顆小心臟完全不受控制地劇烈撞擊起來，心下卻心猿意馬地想男人私底下都這麼渾？莫名有點興奮地想咬被角，也起了逗他的心思，故作嬌羞地回：『討厭啦！』

又補傳了個害羞的表情。

相比那邊的浪潮翻湧，男人就鎮定多了，明明他才是第一次戀愛，看起來卻比她還經驗豐富的樣子，每一句話雲淡風輕，卻都說得她腳尖一繃。

xys：『妳想什麼呢？』

向園也回：『你想什麼呢？』

兩人都是笑吟吟地看著手機螢幕，只不過一個縮在軟綿溫暖的被窩裡，一個則懶散地靠著床頭，一條腿半搭在床沿，一條腿鬆鬆地撐著地。

xys：『我說大冒險的懲罰。』

向園想起來：『我也說大冒險的懲罰。』

徐燕時笑了：『那妳到時候別忘了。』

向園這才驚覺自己被他帶進溝裡了：『……』

xys：『睡吧，我這週回去。』

於是向園這週過得相當振奮，從週一開始，每天早晚一張補水面膜，一杯牛奶，各種保健品護膚品什麼燒錢什麼往臉上貼。

到週五的時候，向園容光煥發的，連陳書都驚了，一度懷疑她是不是去打水光針了，捏著她水嫩嫩的臉，來回扯，「妳要不是上下班準時打卡，我都快懷疑妳跑到韓國去了？」

向園捧著臉，「是嗎？效果這麼好嗎？」

「是啊，」陳書悄悄湊過來，在她耳邊說，「妳有沒有聽過一種祕方。」

向園的好奇心被吊起來。

「男人的精液，最世界上最好的面膜。」

「……」

妳變態嗎？

向園直接跑了。

然而，那週徐燕時沒回來。

週五晚上，向園正哼著小曲在家裡敷面膜的時候，接到徐燕時的電話，電話那頭他的聲音難得有些沉，像是烏雲灌頂，向園當下心裡就有種不太好的預感。

果然，他下一句就有點無奈地哧笑著說：『可能要放妳鴿子了。』

向園的不高興稍縱即逝，其實挺失落的，但又怕徐燕時擔心她不能好好工作，咬牙笑著說了句：「沒事的，你先忙工作吧，我可以找機會去上海看你。」

徐燕時重承諾，特別是跟女朋友的承諾，答應了又爽約，自己心裡都有點鄙夷自己，這時聽向園這麼善解人意，他更是忍不住低頭自嘲道：『妳可以不用這麼懂事，罵我幾句，我心裡可能會好受點。』

向園故意笑說：「別裝可憐，我可不會心疼你。」

徐燕時『嗯』了聲，似乎說了句那就好。

向園有點走神，恍惚朦朧間，不知道是不是幻聽。

也不知道那晚的徐燕時到底怎麼了，他用半開玩笑的口氣說了一句，『好好當妳的公主，千萬別為了我下馬。』

再見到徐燕時，已經是兩個月後。

今年是閏年，春節過得晚，將近二月底才過年。

短短兩個月，卻風雲巨變，風雨震盪，巨龍出水。

上海那邊，林凱瑞遭老同學算計之後，為人處事上低調了許多，不再找人組局喝酒。人也消沉了一陣子，大多數工作都交接到了徐燕時手上。

陳總對此見怪不怪，林凱瑞隔三差五都會搞這麼一陣情緒低落，比女人的大姨媽還準時。

結果，屋漏偏逢連夜雨，翱翔飛行的專案也出了問題。

翱翔飛行的段總，跟凱盛之前那位總監關係匪淺，大概是之前那位走了之後在段總面前撿了些林凱瑞的碎話說。林凱瑞這兩年確實有點高調，得罪了不少人。

翱翔飛行這個公司是什麼德行大家也都知道，要不是林凱瑞這兩年專注這種新型產業，也不會把投資放在翱翔這種愛占人便宜的傻公司。

上次那兩個騙吃騙喝的王、李總，要說老段真的不知道嗎？林凱瑞倒不這麼覺得，老段私底下就是個愛貪小便宜的人，以前同學聚會，哪次不是蹭吃蹭喝一毛錢也沒出過。手底下養出的人也都沒什麼骨氣，猥瑣得要命。前幾年傍上了東和這種大集團，使勁占便宜。

林凱瑞這人雖然算不上什麼好人，但好歹仗義，在同學裡口碑不錯，只不過他對競爭對手從沒手軟過，底下恨他的人多。

但這次，還真的不關他的事。

老段嫌上次那兩個騙吃騙喝的王、李總丟人現眼，把人開除了。這次新進的技術部門副總叫盧駿良，是老段一個親戚的孩子，也是武大畢業的。老段一聽就覺得巧了，林凱瑞那新來的技術部總監也是武大畢業的，隨口問了句兩人認不認識，盧駿良還真的認識，兩人過節還不小。

於是把當年的事顛倒是非黑白一樁樁一件件地全都抖落給老段聽。

老段聽信讒言，加上那陣子剛離職的總監在他耳邊挑破是非，老段這個人耳根子軟，完全沒了主見，遂跟林凱瑞提出好好再考慮一下合作關係，畢竟正經論起合約來，老段這邊才是甲方爸爸。

不過，這時林凱瑞還不知道是因為徐燕時的關係，問老段，老段支支吾吾地也沒明說，只說要再考慮一下。

林凱瑞直接脾氣暴躁地摔了電話，當晚，那陳總跟他吵起來，算是史無前例，陳總雖嚴厲，但跟林凱瑞都算客氣，也知道林凱瑞技術方面比他強，大多時候林凱瑞說一，他都不會說二。

兩人吵得不可開交，陳峰把平時憋在心裡的那點心思一股腦全倒了出來。

「你這個人就是一點都不知道悔改，跟你說了多少次了，別老是喝酒喝酒，喝酒誤事知不知道？你知道外面現在都怎麼傳你嗎！」

「被同學擺了兩道了還不知道怎麼回事！人家就是耍你呢！你什麼時候能有個正形？」

林凱瑞氣笑，「我沒正形？我不喝酒你這些年哪來的生意！？我喝酒喝到胃出血我他媽是為了我自己啊？」

畢雲濤愣愣地看著。

徐燕時始終抱著手臂站在一旁，這種情況下，他根本走不開，就去廁所打了個電話給向園，等回來的時候，林凱瑞被陳總氣得正在爬窗要跳樓。

畢雲濤在後頭慌手慌腳地拽著他的腳，不知道是他拽太大力了，還是林凱瑞太篤定畢雲濤一定會拽住他，畢雲濤拽下來一隻鞋。

畢雲濤傻眼了。

林凱瑞也看著畢雲濤手上的鞋愣了，下一秒，林凱瑞果然重心不穩張牙舞爪、面容驚悚地直接摔出窗外。

但好在窗外是個露臺，幾人就聽見「砰」一聲巨響，有什麼重物平直地砸在平臺上。

然後，林凱瑞就住院了，吊著兩隻手臂住了半個月。

徐燕時那半個月忙得不可開交，凱盛所有的應酬都變成了他帶著畢雲濤去。

陳峰就一口一口地把林凱瑞餵到出院。

第三週，林凱瑞一出院，滿血復活了，他立馬約了老段，原本是打算去北京見一面，結果老段那幾天剛好在上海，林凱瑞立馬就組了個局。

林凱瑞身上就是有股勁，只要給他時間，他都能滿血復活，再難的事他都有足夠的耐心給你拿下來，這是徐燕時覺得他能成功的重要原因之一，他不會在乎失去什麼，他想的是我要得到什麼。

結果，就在那個局上碰見了盧駿良。

林凱瑞一聽是老同學，心下就有種不好的預感。誰料，徐燕時舉起杯，慢條斯理地敬了一杯，跟他處了這麼些日子，林凱瑞是瞭解徐燕時的，他但凡露出這種表情，就是碰上什麼不太喜歡的人了，倒不是他的表情太明顯，是他平時太淡了，對誰都是同一張臉，連笑都少。

這時這麼克制，八成是過去有過節。

不過男人間有什麼過節是不能一杯酒了事的，實在不行就吹一瓶。

林凱瑞還是高估了。

盧駿良是真的恨徐燕時，當年在學校被他力壓一頭，畢了業，圈裡還都是他的傳說，哪裡都能聽見他的輝煌事蹟，他感覺自己永遠都只能活在他的陰影之下，沒有出頭之日。

比賽只要有徐燕時他永遠第二。

班上只要有徐燕時老師永遠只關注他。

這幾年畢了業，每次大學同學聚會，聊起最多的還是徐燕時，小學弟小學妹永遠就只記得一個徐燕時在本科時拿過韋德的offer，卻不記得當年他也是程式設計大賽的冠軍隊伍之一。

因為他一個人的鋒芒，蓋過了所有人，導致他這麼些年的所有努力都不被人看見。他從小就是父母老師的驕傲，一路保送進大學，一直都是別人眼中的別人家的小孩。

可自從遇見他，他身上所有的光芒都被蓋住，沒有人記得他。

然而徐燕時一走，他在北京成了王。

盧駿良想讓徐燕時跟他低頭，林凱瑞半開玩笑地說，「男人只有點菸才低頭。」手搭在他肩上，暗示意味十足：「兄弟，別太過了，這裡可是上海。」

意思是，這還是我的地盤，你算哪根蔥？

盧駿良沒討到便宜，宴席散了，回去的路上，林凱瑞看著一旁的徐燕時，挺感慨地說了句：「果然人無完人，清心寡欲成你這樣了，還是有人看你不爽。說實話，那個什麼馬的，還挺欠揍。」

徐燕時抱著手臂低頭笑了下，「盧駿良？他在我這占不了便宜，千年老二。」

千年老二。

難怪這麼恨。

林凱瑞想，這就是男人的世界。

這個合約就這麼拖著，反正誰也不著急。看老段的態度還是挺想合作的，那盧駿良也就是拿拿翹，林凱瑞這次也給足了面子，任由他們撐著。

第四週，陳總陳峰提出辭職。

這事徐燕時其實不奇怪，陳峰跟林凱瑞性格完全不同，在專案投資上好幾次林凱瑞大刀闊斧，陳峰都心驚膽戰的。陳峰提出辭職的時候，徐燕時、畢雲濤包括葉思沁都在林凱瑞的辦公室商量明年的工作大計，結果陳峰聽得頭大，直接掏出一份體檢報告單。

——間歇性精神焦慮，老子要退休了。

當時辦公室靜了一瞬間，非常安靜的，林凱瑞這人也是手賤，悄悄地往後翻了一頁。那頁底下有行小子，「精子不活躍。」

陳峰其實才四十不到，三十九。結婚六年，底下無嗣。辦公室靜了三秒，彷彿有烏鴉飄過。

所以，陳峰當晚在動態上，發了一則歇斯底里的文——

『給你看照片，你就看，別手賤往下滑，給你看體檢報告你就看，別手賤往下翻。偷看我體檢報告是想幹什麼？想跟我結婚？你個林狗瑞。』

林狗瑞回：『想跟你姥姥結婚。』

陳峰確實是離職後打算去生小孩了，這兩人平日裡鬥嘴鬥慣了，說出口的話都不太好聽，但心裡也都知道對方到底怎麼想的，而林凱瑞因為徐燕時的加入，對公司明年的計畫做了調整。

跟陳峰的爭執恐怕不會少，陳峰此時選擇退出，也是想放手給他去做了，順便休整一下陪老婆生個小孩。

走歸走，林凱瑞面上雖然說得很不好聽，私底下又匯給陳峰一大筆錢。陳峰也沒退股，所有的資金都在帳上，他沒動，只不過辭去副總這個職位。收到那筆錢後，陳峰當即把那則動態刪了——林凱瑞是個好人。

凱盛少了個副總，這個空缺還是要有人填補的，林凱瑞第一個就想到徐燕時，不過他沒直接去問，而是先挑逗一下畢雲濤，「老畢，想不想當副總啊？」

畢雲濤：「不想。」

「不，你想。」

「不，我不想。」

「……」

緊接著他又去找葉思沁，「老沁，想不想當副總啊？」

葉思沁很直接：「可以。」

林凱瑞想了想，笑咪咪地說：「不行，妳要是當上副總，別人會說這公司成了我們夫妻黑店的。」

「……」葉思沁終於知道他是來調戲她的了，面無表情開了門，「滾出去。」

最後才找到徐燕時，男人剛上完廁所出來，低著頭在洗手。

林凱瑞從裡面出來，站在他隔壁的洗手檯洗手，忽然在他耳邊問了句——

「你的精子，活躍嗎？」

嘩啦啦的水聲巨響，能掩蓋一切的談話聲，可林凱瑞湊太近了，徐燕時聽得一清二楚，垂眼睨他：「你是變態？」

林凱瑞笑笑，抽了張紙巾擦擦手，又殷勤地遞了一張給他，徐燕時沒接，他沒有擦手的習慣，男人上個廁所還用紙巾擦手感覺跟個女人一樣。

可精緻男孩林凱瑞不一樣，他擦擦手之後，又擦擦嘴。

徐燕時一臉嫌惡地看著他。

「……」

林凱瑞慢條斯理地循循善誘：「陳峰走了，我夜觀天象，又觀大象，再觀蠟像，我覺得你很合適當副總，怎麼樣有沒有興趣，你剛好有我百分之三的股份，只要再花錢買百分之五就喜提凱盛副總。」

聽起來有點像，「先生您好，您現在卡裡有五十，您只要再儲值二百五十，將會成為我們的至尊鑽石會員以及『不要成本的免費贈品』一個。」

徐燕時：「你以前在哪個百貨當銷售員？」

林凱瑞：「這都被你知道了？」

「……」

這件事，在半個月後拍板定案。

聘徐燕時為凱盛科技股份有限公司副總經理一職。

不過他手上沒有現金了，窮得只剩下股份，薪酬從底薪六十萬提升到了一百二十萬，加上案件抽成和年底分紅，一年到手應該有三百萬。林凱瑞當即幫他辦了張五十萬額度的信用卡供他這段時間資金周轉。

巨龍出水是徐燕時，風雲劇變是向園。

新聞發表會之後，維林的訂單量大漲，手上接了幾個合作，金額都比較大，今年的創收確實比歷年都高了些，但離向園的十個百分點還是有點距離的。

這麼下去不是辦法，向園把主意打到了《王者榮耀》身上，想接下他們的定位系統合作。她甚至聯絡到王者的負責人，那邊給的答覆很官方，這個系統目前不對外開放合作。對方不給餘地，向園只能先暫時作罷，再伺機尋找機會。

她跟陳書在陽臺抽菸的時候，陳書忽然問了她一句，「妳有沒有覺得林卿卿最近有點不對勁？」

向園沒怎麼注意，她對林卿卿算是照顧，不想陳書這話裡含有玄機，她抽了口菸，緩緩吐氣，淡聲問：「怎麼了？」

陳書沒細說，這種感覺很微妙，她怕自己說多了，挑撥了林卿卿跟向園的關係，但又覺得林卿卿這兩天確實不對勁。

向園以為是林卿卿最近跟高冷走得近，陳書心裡不舒服，也沒太在意，笑著搖搖頭：「吃醋了？」

陳書：「不是，林卿卿最近揹的都是真貨妳沒發現嗎？」

向園發現了，不過這種東西她沒細想。

陳書：「以她的薪水？怎麼想的？」

那時，向園還沒把這件事放在心上，只覺得是陳書太敏感了。

直到年底，東和有個員工升遷的名單下來，西安這邊名額不多，只有三個C類員工轉B類的員工名單，其中有個名額分配到技術部。

技術部除了尤智和高冷，還有今年剛入的薛逸程，其餘都是C類居多，名額又有限，大家暗地裡都著急，想看看向園會把這個名額給誰。

結果李永標叫她去辦公室談話了，旁敲側擊地問她準備把這個名額給誰。向園實話實說，自己還沒想好呢，如果尤智還沒轉，她可能會毫不猶豫給尤智，尤智無疑是這群人裡最突出的，但是剩下的都是半斤八兩。

李永標這人也是鬼靈精，一段話說得滴水不漏。

「妳慢慢考慮不用著急，今年這三個名額來之不易，實在考慮不清楚可以問問老員工，或者考慮下技術部的女孩子，確實也挺不容易的。」

向園也不是傻子，李永標這明裡暗裡就是在提醒她技術部還有個林卿卿。

如果這話換作徐燕時來說，向園會毫不懷疑地把名額給林卿卿，但是李永標他這個利益至上的人，怎麼可能會忽然之間特地把向園叫去辦公室，就為了提醒她還有個林卿卿？

加上之前陳書那話，林卿卿這人，在向園這裡算是打下了一個大大的問號。

三天後，向園把名單交上去。

總部批下來的是林卿卿。

這件事讓向園覺得很奇怪了。

晚上跟徐燕時打電話時還是滿心的疑惑，盤著腿一臉不解地坐在沙發上跟電話那頭的男人彙報：「你說林卿卿怎麼忽然就有關係了，我明明報上去的施天佑。結果總部批下來的是林卿卿。」

徐燕時還在辦公室，很耐心地聽她抱怨完。

「我也不是說林卿卿不夠資格，但是綜合各方面的表現來說，林卿卿比施天佑差了一點，本來其實我想說鑑於她一個女孩子也不容易，今年就把名額先給她，但是你知道，我這個人做事情不喜歡被人指指點點，你讓我往東，我就偏往西。李永標還特地叫我上去談話就說這個事。我當下就有點反感。」

徐燕時心不在焉地看著電腦上的程式碼，笑了下，『妳總結自己倒是很精確。』

「討厭，」向園吸吸鼻子，「就是嘛，我真的不喜歡她這樣偷偷的，她大大方方來找我說想要名額，我都不會這麼反感。」說完，自己又笑了下，「算了，你是不是很累，要不要早點睡。」

徐燕時：『妳不氣了？』

「本來也沒生氣，只是覺得有點不舒服，但是我覺得她也沒錯，可能是我太敏感了。」

說到這，徐燕時笑了下，『把視訊打開。』

「又表演什麼魔術？」向園雖然這麼問，還是一臉期待的打開。

男人的臉出現在鏡頭裡。

這是向園第一次看見他的辦公室，敷著面膜給足了面子驚呼，「哇，你的辦公室真大！有沒有那種獨立洗手間或者獨立休息室。」

徐燕時笑得不行，『那種沒營養的電視劇少看點。』

向園已經很久沒看電視劇了，最近看的那部《你聽我解釋我不聽》的偶像劇也斷更了，大概是導演想不出除了撞死女主角還有什麼理由是讓人家不聽解釋的方法。

『砰砰。』

這時有人敲門。

向園一看時間，十點。

徐燕時鏡頭對著自己，但向園聽見了高跟鞋的聲音，和一道女聲。

對方不知道說了什麼，徐燕時低『嗯』了聲。

再回到鏡頭，徐燕時低頭，鏡頭裡的女孩滿眼怨念地盯著他，也不知道學誰，撅著嘴，重重地從鼻腔裡發出一聲：「哼。」

徐燕時看她裝模作樣，靠在椅子上笑得肩顫。

第二天，向園還是打了個電話給老爺子，結果那邊一查，向園才知道申報上去的名單就是林卿卿，並非施天佑。

名單是她親手寄給黎沁和李永標的。

「也就是說，黎沁或者李永標改的？」陳書不可置信地看著她，「這事也太詭異了吧？林卿卿跟黎沁？林卿卿跟李永標？誰都搭不上吧？」

向園沉默半晌，忽問：「妳說林卿卿什麼時候開始換真包揹的？」

陳書瞇著眼想了想說，「就從那次發表會結束沒多久吧，我有一天看她好像氣質不太一樣了。」

向園心裡其實一直有一個疑問，她一直都沒說。

「陳書，妳知道嗎？」

陳書聽她這口氣，下意識心裡一個咯噔，抬眼看過去，後脊背沒來由得發毛。

「什麼？」

向園說：「那天新聞發表會，那個監視器影像我來來回回看了十幾遍，每個角落我都看了幾十遍，九點十分到九點半，這段時間裡，有一個人，沒有在任何畫面裡出現。」

陳書雞皮疙瘩頓起，「誰？」

「林卿卿。」

陳書頭皮發麻，聽得整個人一驚，她四下看了一眼，小聲地跟向園確認：「妳不會懷疑發表會那件事，她也有參與吧？」

向園不敢細想，但心裡大膽揣測過，「林卿卿是當日的道具組，我們所有的道具都在她手裡，如果她以故障維修的理由跟酒店要一個牌子比較容易，你們在四處找我們的時候，如果林卿卿從中作梗，是不是更能保證那天作案的成功率？如果是這樣，那黎沁一定是答應給她什麼好處了。」

「……」

陳書仍是覺得不可思議，半晌後，似乎想起什麼，她匆忙要離開天臺：「如果是這樣，林卿卿這個女人真的很可怕啊，不行我要提醒高冷，讓他小心點。」

「她應該是真的喜歡高冷。」向園說。

陳書愣了下，自嘲一笑：「也是，她應該不會對那傻子下手的。如果真的是她，妳打算怎麼做？我們手裡沒有任何證據，那份監視器影像也說明不了任何問題，林卿卿更不會承認。」

是啊，沒有任何證據的事情，林卿卿怎麼會認。

但這事在向園這裡不可能就這麼算了。

週一，向園找到應茵茵，雙手奉上一杯奶茶。

應茵茵撅著嘴，嫌棄地看了一眼，很有骨氣地說，「誰要喝妳的奶茶。」

向園笑咪咪地，「真的不喝呀？雙奶的，我特地讓人加的。」

應茵茵眉毛鬆動，有些猶豫地接過：「妳為什麼這麼好心請我喝奶茶？」

向園笑，托腮地看著她：「我請我們公司最漂亮的女孩子喝奶茶，有什麼問題嗎？」

應茵茵很受用，當即把奶茶捅開，跟她交流起來，「其實妳也很漂亮。」

應茵茵這種女孩蠢是蠢了點，只是有點被人寵壞了，真的要說壞，其實算不上壞。

「謝謝，」向園眼睛目不轉睛地看著她說，「妳怎麼不在這次的轉正名額裡啊？」

應茵茵：「我大伯說今年沒有實習生名額。」

向園點頭，眼神無辜地看著她，嘆了口氣：「唉，想不到林卿卿也有關係。」

果然，應茵茵喝奶茶的手一頓，「林卿卿？她有什麼關係？」

自從李馳走後，應茵茵的關係戶地位又回到第一，那顆懸著的心本來已經放下了，這時聽向園提起來，她的心一緊，又懸起來了。

向園一臉震驚，「我也不知道呢，妳不知道嗎？我以為妳知道呢，這次轉正技術部只有她轉了呢。妳別說是我說的，這事我也是信任妳才告訴妳的。」

應茵茵嚴肅點頭，懷揣著一顆遇上勁敵的心氣沖沖走了。

陳書從辦公室出來，看見向園，看著應茵茵的背影，不可思議地搖搖頭：「我突然發現應茵茵這個傻子有點可愛。」

向園笑：「怎麼說呢，在職場，遇見應茵茵這種都算是低級模式。其實她不壞，只是有點蠢。」

應茵茵擴散八卦的能力確實強，沒幾天，辦公室流傳出了林卿卿的關係網各種版本，加上林卿卿最近揹的包，甚至銷售部還有一些男生惡毒地揣測她去做二奶了，結果被高冷聽見，直接跟那兩人起了衝突，「說話能不能注意點？」

眼見著要衝上去打起來了。

陳書路過，一把把高冷拽進自己的辦公室。

高冷衣領七歪八擰的，抖了抖，根本不理陳書，前陣子他怎麼找她她都不理，這時李馳走了來找他了。高冷冷笑著要走，被陳書一把拖回來，他突然爆吼了一聲，「滾。」

陳書一愣，想提醒他不要多管閒事，林卿卿不是你表面看上去那麼簡單。

可眼見被他這麼一吼，覺得自己自作多情，堪堪放了手，一言不發地做了個手勢，請他自便。

下一秒，高冷不知道哪來的火氣，狠踹了門一腳才拉開走出去。

本來向園以為林卿卿會承受不住這些流言蜚語來跟她說清楚事情的前因後果，其實只要她主動開口，無論是因為什麼，也無論她曾經做過什麼，她都會給她機會，而不是像李馳那樣。

但是林卿卿沒有，她甚至全不當一回事，照常揹著那些包上班下班。

直到週五，向園收到一份快遞，向園當時以為是自己前幾天網路上買的幾盒面紙，也沒太在意，丟到徐燕時的車裡準備晚上回家拆。

等她下班回到家，剛把快遞往鞋櫃上一丟，哐噹晃了一下，向園聽那聲音心下才覺得不對勁。

她沒多想，直接把大衣脫了，坐在沙發上慢慢把快遞刮開，輕輕掀開紙板——

一張血淋林的人皮面具赫然出現在眼前，像是剛從人臉上撕下來，鮮血淋漓，眼珠子空洞洞地盯著她……

底下壓著一張紙條，幾個血紅大字生生刺進她眼裡——『撕破臉，很難看哦。』

儘管是一張假人皮，但做得非常逼真，向園整個人嚇傻了，連尖叫都忘了。她呆愣愣地看著，甚至沒有反應過來。

直到胃裡天翻地覆地湧上一股酸水，順著她的食道逆流而上，這才跌跌撞撞衝進廁所吐了個底朝天！

廁所水聲嘩嘩，向園吐完，掬了一捧又一捧的水，接連不斷地毫無顧忌往自己臉上潑，那一顆顆晶瑩剔透的水珠順著她的精細的脖頸，不斷往下滑，連睫毛上也盛滿了水珠，她眨了眨眼，努力撐開眼睛，想看清這模模糊糊的世界，確認了一遍自己不是在做夢。

她狠狠掐了自己一下。

是疼的。

雙手有些頹然地撐著洗手檯，額頭上冒著細細密密的不知道是汗珠還是水珠，額際的碎髮濡濕地黏在她臉上，看著鏡子裡凌亂不堪的自己，手指漸漸掐緊，指關節變形、泛白。她整個人忽然止不住的發顫，多年前她父親慘死的那一幕，再一次清晰地出現在她腦海裡！她害怕得整個人癱軟，背貼著，如一灘爛泥一樣滑跌在地上，下意識的曲起雙腿，然後雙手緊緊地、不斷地抱緊自己，直到手臂掐出幾道凹痕的指甲印——

她終於承受不住，崩潰大哭，那一聲撕心裂肺的哀嚎，淒厲悲壯，如鷹長嘯、如利刃，一刨刨刮在肉上……

一整晚，向園在噩夢中度過，額頭冷汗直冒，整個被窩全是濕的。

夢中彷彿有巨石坍塌，崩於眼前，如千百斤重的山石堵得她喘不上氣，全是冷汗。

向園第二天查了快遞單號，發現並沒有資料，說明這個快遞並沒有派單，那就是被人直接包裹成快遞的模樣放在警衛處的，向園又查了當天的監視器影像，發現那個快遞是由快遞員送的。

這件事向園只告訴了陳書和薛逸程。

第三天，他們找到當天送快遞的快遞員。

快遞員只說自己不知道。

薛逸程在一旁弱弱地問了向園一句：「要不要給他點顏色看看？」

快遞員想說就憑你，大腿還沒我手臂粗。

向園跟陳書互視一眼，一點頭。

快遞員的白眼還沒翻完，眼部遭受重擊，人直直倒了下去，薛逸程自從那天打李馳發現自己這麼能打之後，在軟萌和硬漢中切換自如。

薛逸程用腳踢了踢快遞員，磕磕巴巴地說：「你、你別裝……死，我還沒……用力呢。」

「……」

半分鐘後，快遞員頂著一隻熊貓眼平靜地從地上起來，這次口氣變了，「三位美女……」

薛逸程的臉色頓變。

快遞員立馬改口，一臉苦相：「兩位美女，我真的不知道，我也不知道這個快遞是怎麼出現在我的車裡的，我那天放完快遞出來，發現車裡還有一個，我以為是我忘記了，就往後放了，後來回去查不到單號我自己都覺得奇怪，妳也知道快遞出錯，我們是要罰錢的，我怕麻煩就把這事瞞下來了。」

線索到這斷了。

三人到天臺抽菸，薛逸程不抽，看著兩個女人抽得風生水起，他好奇心起，也跟向園拿了一根學了起來。

陳書吸了口，說：「林卿卿做事情還真是滴水不漏，這樣的人處理起來太麻煩了。」

薛逸程被菸嗆了，在一旁猛咳，兩個女人看他一臉茫然的樣子，還挺津津有味的，忍不住笑了下。

這天，晨會結束，黎沁故技重施，提出要讓林卿卿當副組長。

向園冷笑著說：「黎總光盯著我們技術部哪有空缺，怎麼了，妳是蒼蠅嗎？」

黎沁笑：「妳不著急，我也沒辦法。」

向園：「副組長有人選了，這事我還沒報上去，郵件人事都已經擬好了，我準備下週去一趟總部，副組長是尤智。」

高冷那個傻子接了句嘴，「我覺得林卿卿也挺好的啊。」

陳書：「閉嘴。」

高冷閉嘴了。

等散了會，所有人都撤離，黎沁一步步笑著走到向園面前。

「怎麼了，向組長，最近有煩心事？」

向園盯著她，看了半晌，直接問：「新聞發表會是不是跟李馳沒關係？」

黎沁起初還怔了下，「妳說什麼呢？」

向園：「我一開始還覺得奇怪，既然李馳能躲開放那塊牌子的畫面，怎麼還會出現在隔壁的樓梯引人耳目，明知道事後我肯定會查監視器，那麼他不是明擺了把火往自己身上引嗎？那躲開擺牌子的畫面又有什麼意義？」

「妳接著說。」

「那個酒店證人是不是妳後來買通的？我昨天跟陳書去問了，陳書當初找到的那個證人在兩週前離開了酒店，」向園看著她，「放那塊維修的牌子是林卿卿對不對？那天九點十分到九點三十，她沒有出現在任何監視器畫面裡，其實就是在那塊監控死角外，監視我和Few。李馳完全不知道妳們的計畫，他只是湊巧在樓梯口吸菸，他因為恨我，所以對我坐視不理。也沒找人去救我。」

「還有呢？」

「妳收買林卿卿，目的只是要給我一個教訓？」

黎沁小聲在她耳邊說，幾乎是幾不可聞地，聲如蚊吶，「不是教訓，是想告訴妳，在職場，沒有永遠的朋友，只有利益，妳身邊的人都不可靠，懂了嗎？還有就是，永遠不要相信表面關係——」

向園渾身忍不住發顫，黎沁的聲音讓她涼到心底。

黎沁的香水味濃烈，氣息噴灑在她耳邊，一字一句告訴她：「其實我比妳更討厭李馳，妳知道他拿什麼威脅我嗎？拿我曾經跟他好過的證據威脅我，要讓我當他的靠山，其實這個計畫一開始並不是針對妳，只不過是連帶著給妳一點教訓。下這麼大血本，一定要解我的心頭恨才行，妳在我這，充其量就是個小屁孩。我知道，依妳的性格，發生這種事一定會一查到底，必然會去翻監視器，還有一點，妳算錯了，李馳並不是全然不知道計畫，他知道，我跟他說過這個計畫，我讓他在那守著。我知道監視畫面一出來，妳一定會懷疑到李馳身上，所以我故意提出要把他調回技術部，逼得妳不得不把他開了。妳知道上次應茵茵為什麼會到處叫囂著李馳偷拍嗎？是我跟她說的。」

向園後背漸漸滲出汗，整個頭皮開始發麻。

「知道這叫什麼嗎？」

「這叫借刀殺人。小朋友。」

向園當天晚上離開西安，買了去上海的機票。

說實話，從小到大，她還沒去過上海，在北京的巷弄裡長大，不過現在哪裡都發展的差不多。

向園還是覺得小時候的北京城有人情味。巷弄裡都是熟悉的小攤販，特別是冬天，冽冽寒風中迎來往去的都熱乎乎香噴噴的烤鴨味。到了夏天，牽牛花一縷縷地繞著籬笆瘋長，滿牆綠油油一片，中間像是掛著一個個小喇叭，跟燈盞一樣。夜晚，整個衚衕院子裡，迴盪著嫋嫋飯香，穿過青灰色的石磚路，吃上一口熱氣騰騰的飯，再挨爹媽一頓訓，這一天才算是完整了。

不知道那座繁華的國際大都市能不能看見滿牆的牽牛花和香噴噴的烤鴨。

不過她倒是沒看見烤鴨。

下了飛機，直奔凱盛大樓。

黑漆漆的夜晚，鱗次亮著燈的大樓裡，走出一波又一波說說笑笑的女孩們，正商量著等等去哪吃宵夜。

向園提著行李箱在樓下站著。

然後他看見一個熟悉的男人從大樓裡出來，他走路不是那種筆挺的，大概是因為有點高，習慣矮著身跟人說話，所以看起來有點散漫和不正經，此刻穿著襯衫西褲，西裝拎在手上，漫不經心地跟身旁的人說話。

似乎是笑了下。身旁跟著四五個人，有男有女，他個子高，身形好，很搶眼。

有人分了一根菸給他，他接過銜在嘴裡，然後低身去開車門，搭在門把上的手在黑夜裡亮了下，是她送他的袖扣。

旁邊一個穿著職業套裝的女生一把抽掉他嘴上的菸，說：「我車裡別抽菸。」

說完還不等男人反應，下一秒就要塞進自己嘴裡。

「……」

向園酸了。

她真的太委屈了，在西安被人欺負，來上海還要吃醋。

向園氣鼓鼓地轉身要走，一把拖過行李箱，也沒注意看，「啪」一下，狠狠撞上了一旁的車。

徐燕時擰著眉，剛要劈手奪回，聽見那邊傳來砰一聲巨響，所有人停下來，女生的菸直接停在了嘴邊，幾人朝那邊看過去。

向園背對著，黑夜攏著細瘦的輪廓。

林凱瑞第一個反應過來：「我靠，老子的車。」

向園聽見這聲下意識想溜，結果被人喊住，「欸欸欸，妳等一下。」

林凱瑞一個箭步衝過來，不可思議地一下子看看她的行李箱，一下子看看他的保時捷，「妳這瓷碰的有點離譜吧，行李車？」

沒多久，幾人都過來了。

在一堆人中，徐燕時閒閒地靠著保時捷看戲一樣的看著她，本來剛剛在那邊看見一個行李箱心裡一咯噔，又下意識覺得不可能，等走近就認出來了。側靠著，雙手還在胸前，雙眼含笑地看著她。

向園餘怒未消，狠狠瞪著他。

林凱瑞一瞧是個美女，開始公然索要好友。

向園笑咪咪地加了，「好啊。」

徐燕時笑不出來了，眼神冷淡地看著她。

林凱瑞不要臉地指著前段時間被一輛三輪車刮蹭的白痕，調戲小女生：「這道漆要補要花好多錢呢，妳要是沒錢的話也沒關係，哥哥我很大方的……只要……」

徐燕時聽不下去了。

「林狗瑞，你等一下。」

「靠，你怎麼也叫我狗瑞。」

徐燕時給他表演了什麼叫當場截胡。

在黑夜裡，男人眼神含笑，直勾勾地盯著向園，散漫又自如地問了句：「做我女朋友嗎？」

「好呀。」

向園很想說不好，但還是給了點面子。私下裡再算帳哼。

當下所有人的眼睛、嘴巴、下巴掉了一地。

林凱瑞直接掐人中自救。

狗瑞，你千萬要挺住啊！

眾人齊齊吶喊！

黑夜靜默，亮著燈的辦公大樓底下，林凱瑞被幾人圍著。

聽到向園那聲「好呀」之後，懶洋洋靠著保時捷車門的徐燕時朝她伸出手。

向園猶豫半瞬，牽上去，男人的大掌寬厚乾燥，骨指節乾淨清晰，似有薄繭，男人獨有的粗糲感。她的指尖剛一觸上，就被他緊緊拽住，一把扯過去，低頭在她額上吻了下，低聲問：「還鬧嗎？」

所有人……

林狗瑞：很好，很虐狗。

幾人準備去吃宵夜，多了個向園，改成步行。於是，一隊冗長緊促的隊伍朝著附近的宵夜餐館去。路上偶爾會碰見剛吃完宵夜回來加班的熟人，也有不少人跟徐燕時打招呼，向園被他牽著，忽然覺得還挺滿足的，他在上海過得好像不錯。

能錯嗎？都跟人分一根菸了，想到這，向園狠狠地甩開他的手。

兩人走在最後，徐燕時見她掙脫，低頭看了一眼，不動聲色又牽回來。

再次掙脫。

再牽。

再掙脫，

又牽。

一個樂此不疲，一個鍥而不捨。

「……」

等進了包廂，所有人坐下，一桌五六人，一臉姨母笑看著隊伍裡的唯一一對情侶。徐燕時間靠著座椅，有條不紊地一一介紹，很簡潔。

起手一個短髮男人，戴著眼鏡，算不上帥氣，但五官周正，臉型有點方，看起來跟徐燕時差不多大的是叫畢雲濤。

畢雲濤右手邊不戴眼鏡的丹鳳眼男孩，看起來年紀有點小，二十出頭的樣子，叫王一肖，他長得跟尤智有點像，燙著個韓式瀏海，笑起來更加靦腆。

王一肖隔壁是一個看起來很冷酷的小姐姐，徐燕時說她叫葉思沁。

葉思沁旁邊是剛剛那個奪菸女孩，短髮，叫秦明，跟她的名字一樣，看起來很大咧咧的女孩。林凱瑞說她是個男孩，可以忽略不計了，連名字都像男的，秦明自己也笑笑，「我就是這麼跟大家相處慣了，嫂子妳別介意。」

最後一個徐燕時旁邊的是林凱瑞，這個團隊的負責人。

幾人氣氛熱烈，坐下沒多久就聊開了，說的全是平日裡工作上的話題。向園插不進去，只能在一旁默默聽著，隨後她又看了徐燕時一眼，後者懶懶地靠著椅背，一隻手搭在她的背後，另隻手把倒扣的杯子翻了個過來，然後拎起一旁的茶壺幫她倒了杯茶。

向園瞧他這漫不經心的模樣，會有人看上他也不奇怪。

現在這身分地位，又加上自己那股做什麼都從容的風範，招蜂引蝶得很。

這麼些日子相處下來，兩人已經熟得可以同穿一條褲子，說話也沒了初見時的靦腆和內涵，大多都開始打直球了，徐燕時說話也越來越毒，不過到底是怎麼樣的人，林凱瑞也算是摸透了，工作上確實一絲不苟，也很嚴謹，在平日裡跟同事的相處過程中，話不多，甚至有點冷淡。人情世故處理得滴水不漏。

但是憋著壞得時候，讓人恨不得想掐死他。

比如現在。

林凱瑞倒完水，一看徐燕時面前的杯子空著，作勢要幫他倒，徐燕時淡淡拒絕後又真心地勸他：「不用，我喝她的，狗瑞，你單身多喝點暖暖身子。」

林狗瑞：「算我手賤。」

於是他挑撥離間地看向一旁沒怎麼說話的向園，「妳是怎麼看上這畜生的？」

向園聽見「畜生」這兩字還是有點想好好教育一下這位林總的。

徐燕時冷不防：「那你豈不是畜生都不如？」

林狗瑞：「……」

林凱瑞痛心疾首地看著向園，一臉一顆好白菜被豬拱了的表情：「妳為什麼這麼想不開？要跟他談戀愛？他會說情話嗎？從他嘴裡說出的情話能聽嗎？」

向園剛想說他還是會的，而且還有點動人。

徐燕時仍是面無表情：「情話說白了就是男人分泌多巴胺的時候興奮傳輸到大腦，然後大腦重新組織語言，所以只要有大腦和多巴胺的男人都會說情話，狗瑞，你好像還缺一樣。」

二連擊破。

畢雲濤低頭幫兩位大佬倒茶。

王一肖默默打開手機記錄下徐總的經典語錄，透過這點時間的相處，他的手機備忘錄裡都是徐燕時冷不防冒出的經典語錄。

比如有一次林凱瑞特別愛問為什麼，在技術上非常吹毛求疵，技術部都被折磨得不成人形了，結果，那天問到徐燕時。「這裡，為什麼要用這個程式碼？」

徐燕時不冷不熱地回了句，「這就跟你為什麼叫林凱瑞，而不是叫林開腿，同一個道理。」

自那之後，林凱瑞既狗瑞之後又添一個新外號，林開腿。

這個團隊的氣氛向園還是羨慕的，其實這個氣氛就是他在西安時技術部的模樣，以前向園覺得這世界上真的不是沒了誰不行。

但技術部少了他就好像少了股味道。

無論他在那，好像就是宇宙的中心，颱風的風眼，大家的視線都會很自然地追隨他。

向園是真的羨慕了。

就是有人不論在哪，永遠能活出自己的樣子。

此時的上海，就像第二個西安技術部。

包廂裡頭擺了張麻將桌，林凱瑞秦明幾個率先吃完，過去組了個牌局。中間有個卡拉OK，能點歌，像個小型的KTV。

徐燕時去了趟廁所，向園就自己坐在沙發上點了首歌。

等人回來，林凱瑞招呼他跟向園過去玩，徐燕時問她玩不玩，向園拒絕了，善解人意地：「你去吧。」

男人笑了，站在沙發面前，低頭捏著她臉，「真的想要我去？」

向園沒說話，仰頭看著他。

男人大咧咧在她身邊坐下來，隨手撈過矮几上兩盒骰盅，「我不去，我陪妳。」

包廂裡，他們這邊燈被關了，就著麻將桌那邊的燈光，兩人也能看清彼此，重鼓點音樂在震盪，整個房間彷彿在震。

林凱瑞嫌吵，讓畢雲濤換了首舒緩的音樂。

結果畢雲濤點了一首〈bad boy〉，雖然算不上舒緩，但是比剛才那令人振聾發聵的ＤＪ曲好太多了。關鍵是林凱瑞喜歡張惠妹，一聽到這首歌，再吵也不能換了。

徐燕時把骰盅放在桌上，傾著身，轉頭看她：「玩過嗎？」

骰盅啊，玩過。

不知道是不是音樂的關係，向園覺得此刻的徐燕時荷爾蒙爆棚，就像個 bad boy。

她忽然覺得有點刺激，像是在酒吧偶遇的曖昧男女。

她蠢蠢欲動地看著他修長的手指蓋在骰盅上，「要跟我玩？」

他笑笑，往後靠，一臉鬆懶，「妳會什麼？」

「都行。」向園也絲毫不掩飾。

他點頭，掀開骰盅，「那就猜點數。」
向園輕鬆：「行。」
「輸了真心話。」
向園撇嘴，「你也這麼幼稚。」
猜點數一般是一個骰盅五個骰子，結果有幾顆骰子被打麻將的拿走了，一邊四個一邊三個，兩人很尷尬。徐燕時只能拿掉一個，每人三顆骰子，遊戲簡單粗暴，兩局定勝負。
向園煞有其事地幫自己壯了壯氣勢，第一局叫：「三個二。」
徐燕時毫不猶豫開了。
這局其實很粗暴，向園做出了三個二的氣勢，就賭徐燕時不敢開她，因為她手裡兩個二，只要徐燕時加到四個二，她立馬開。結果徐燕時毫不猶豫開了，說明他手裡沒有二。
一點都沒手下留情。
輸了，真心話。
徐燕時直接問：「剛剛真的生氣了？」
向園沒想到他會這麼直接，也沒瞞著，「嗯」了聲。
他點頭，挑眉，了然了。
下一局，徐燕時先叫。
他整個人都散，喝了口水，慢悠悠地叫了兩個五。

包廂裡音樂緩緩流淌，氣氛曖昧，向園悄悄掀開骰盅確認一遍自己有幾個五。

她糾結又猶豫地看著徐燕時，男人一派老神在在的模樣，看不出任何情緒。

這遊戲變成三顆骰子之後特別難玩，一局定勝負。

瞧她焦眉灼眼的模樣，徐燕時開口了，「這麼想贏？」

向園忽湊過去，在他耳邊吹了口氣，彷彿回到曖昧時刻，可憐兮兮地看著他。

「當然。」

徐燕時的耳廓像被一陣熱流捲過，直接酥麻到他心底。

他轉頭看她，眼神變得深沉，不再笑，直接把骰盅開了。

「輸了。」

向園也沒有說要問什麼，忽然又覺得有點贏得太過輕鬆，讓他不許讓了，要認認真真開一局。

結果第三局之後，徐燕時的那個骰盅不知道是中了什麼邪了。

每一局都是零、二、五。

向園每開一局，他都是零、二、五。

開到疲倦，開到向園腦袋犯睏，直到林凱瑞那邊歇了，幾人準備撤了。

兩人也把骰盅收拾起來。

然後，向園在矮几的一個盒子裡，發現了玄機。

五二零表白骰盅。

哪是什麼骰盅啊，她一開始還奇怪怎麼這個骰盅少幾個骰子，徐燕時居然還跟她裝，裝做不知道的故意拿掉骰子，這裡頭本來就只有三個骰子，多出來的那個骰子，大概是前面有人無聊的時候放進去玩遊戲用的。

向園：「你又逗我？」

徐燕時靠在沙發上抱著手臂，笑得不行：「妳不是玩得挺開心的？」

「……」

林凱瑞幾人準備去廁所，徐燕時也跟著站起來，當著幾人的面，從拎著的西裝口袋裡翻出錢包遞給向園：「買一下單，黑色那張卡。」

向園咬牙，狠狠瞪著他，牙齒縫間擠出一句含糊的話：「你現在真是使喚我使喚得相當得心應手了啊？徐總？」

還黑色那張卡。鬼知道你卡的密碼？

向園氣得不行，氣哄哄地看著他一字一句：「密、碼！」

徐燕時：「妳生日。」

林狗瑞已經不想等他上廁所了，拉著畢雲濤說：「狗不可同日而語，憋死他得了。」

畢雲濤震驚，第一次聽到有人這麼罵自己的。

林凱瑞也反應過來了，猛地拍了下畢雲濤的屁股，捏了捏：「我剛剛說什麼了？」

「你什麼也沒說。」

向園在前檯買單，很順利地簽了單，氣鼓鼓地在樓下等徐燕時他們下來，然而她越想越不對勁，剛剛怎麼好像少一步操作啊。

大腦一道光閃過，媽呀，沒輸密碼啊！

她又抱著徐燕時的西裝，匆忙折回櫃檯前，問剛才刷卡的服務員：「我剛剛是不是買單沒買成功？好像沒輸密碼。」

服務員笑容滿面地告訴她：「徐先生這張卡不需要密碼的。」

又逗她！

能不能真誠點！

話音剛落，幾人從樓上下來，徐燕時走在前面，向園還是忍住了沒問，等一路走回公司樓下，徐燕時把她的行李從林凱瑞車上拿下來，然後去地下車庫開了自己的車。

向園坐上副駕駛座。

等車子準確匯入城市的主幹道，車窗外的夜景繁榮，霓虹閃爍，路燈像一個個白色的光暈浮在空中，照著車道通亮。

「去哪？」

徐燕時打了個方向換了個車道，側看了後視鏡一眼，「我家。」

「我訂了酒店。」向園說。

徐燕時側看了她一眼。

「我以為你跟人合租的。」她下意識解釋。

徐燕時扯了下嘴角，懶散地說：「不用解釋，是我欠考慮，這時帶妳回家也不太適合，酒店地址給我，我送妳去酒店。」

向園開了導航。

車子停到酒店樓下。幫她辦理完入住手續後，徐燕時回到車裡，沒走。

向園知道在他公司附近訂了個酒店，所以離他家其實也不遠，這邊算是靜安區最安靜的角落，有點偏僻，此時深夜近十二點，兩旁的梧桐樹安靜地矗立著。

馬路上幾乎沒人，車更少，只餘路燈安靜地在高空照著。

空中忽然起了些雨絲，毛毛細雨連成線的雨珠在路燈下格外清晰，像一幕晶瑩剔透的珠簾，比夜空中的星星還亮眼。

一輛黑色賓士停在酒店門口，遲遲沒開走。徐燕時雙手抄在口袋裡靠在車門外，仰頭看那雨墜落，雨簾綿綿又溫柔，好似砸在他柔軟的心頭。

手機叮咚一響，他掏出來。

向園：『我想去你家。』

xys：『在車裡等妳。』

十分鐘後，向園又提著行李出現在酒店門口，徐燕時接過，塞進後行李廂，又幫她扣上副駕駛座的安全帶，才繞過車頭上了駕駛座。

「啪嗒」燈一開，黑漆漆的屋內瞬亮，牆上的壁鐘指向十二點半。

房子有兩層樓，整個裝修黑白為主，簡約乾淨。很簡單的LOFT風格，臥室只有兩間，其中一間被畢雲濤占了，他偶爾會過來住，今晚知道人家女朋友來了，他也不好意思鳩占鵲巢。很識趣地回了自己的房子。

徐燕時把自己的房間讓給她，把自己的被子隨手丟去了畢雲濤那間。

然後他坐在沙發上，看著向園忙裡忙外地整理自己的行李箱，沒時間也不打算過來抱他跟他說話。

徐燕時也不著急，耐心十足、老僧入定似的靜靜坐在客廳沙發上等她收拾完。

直到時針指向一點。

徐燕時把襯衫解了，鬆著兩顆釦子，雙手支著腿，埋著頭，側著腦袋看她來來回回收拾這收拾那，經過客廳的時候腳步加快。

噌一下，從他背後過去。

又咻一下，從他眼前穿過。

一點半，徐燕時看著矮几上兩臺並排而放的手機，他彎腰傾身，撈過自己那個，餘光瞥了後方在臥房裡忙忙碌碌的女人一眼。

解鎖，找出向園的號碼，撥通。

沒多久，矮几上的另一部手機忽然發出刺耳的鈴聲。

向園的腦袋從臥房裡探出來，狐疑地問了句：「誰的電話？」

徐燕時鎮定自若：「妳的。」

向園咦了聲，看了下牆壁上的掛鐘，咕噥著走過來，「都這個時間點了，怎麼還有電話打來。」

向園從沙發背後繞過來，剛走近徐燕時長腿一伸，直接把她夾在自己的兩腿之間。手上掛斷電話，把手機丟到一旁，鬆懶地靠著沙發，拽著她的手，把人拉下來。

向園堪堪站著，被迫彎下腰，對上他的視線，兩人呼吸近在咫尺，男人眼神直勾勾的彷彿要將她戳出一個洞來，忽然湊近的距離，鼻尖輕碰，觸電般的，耳邊全是他低沉紊亂的呼吸，引得她心臟全然加快，砰砰砰如同要懸到嗓子眼，全身的血液都在往頭上衝，頓時面紅耳熱。

「想我了沒？」徐燕時啞聲問。

見她不答，又拽了下她的手，把人往下一拉，唇差點碰上，就差那麼一公分，卻始終沒碰上，反而弄得向園心猿意馬，想親他，又希望他主動，可男人始終似笑非笑地看著她，遲遲沒落下一個吻。

「不想，你這個騙子。」

「還生氣？」他笑，手刮了下她的鼻子，「眼力不行啊，看不出來誰喜歡我？」

向園瞪圓眼，呼吸也急，「你還自豪？」

身為男人，女人對自己有沒有好感其實很清楚，有點情商的看一眼都知道這女的是喜歡自己。秦明是真的不喜歡他，全公司上下她都敢沒規沒矩的搶菸，除了林狗瑞的菸她不敢搶，其餘的人她都不顧忌。

「為什麼不敢搶林狗瑞的菸啊？」

「還能為什麼？」他笑，「喜歡啊。」

「那也不能搶別人菸啊，多不衛生。」向園呢喃。

「我拿回來了扔了。」

「那你說誰還喜歡你？」

「葉思沁，林狗瑞喜歡她。」

「她喜歡你？」

徐燕時「嗯」了聲。

「貴圈真亂。」

徐燕時笑了下，「但大家都是為了團隊，林狗瑞喜歡葉思沁也不敢去真撩，秦明知道林狗瑞喜歡葉思沁，所以她不會說破的，但妳說林狗瑞不知道嗎？他是個人精能不知道？揣著明白裝糊塗。他們能裝傻，我不能，我有妳了。」

「那卡的密碼，林狗瑞剛幫我辦的，我還沒設，本來也打算設妳的生日。」

說完，徐燕時又把人往下勾了勾，這次鼻翼直接碰上，灼熱的呼吸緊緊貼著，唇間只餘幾公分的距離，向園直接被他按在自己敞著的大腿上，心跳跟瘋了似的快。

他連眼神都變了，甚至有點紅，氣息紊亂，又問了一遍：「想我沒？」

向園如坐江中小船，晃晃悠悠，穿梭在蘆葦蕩間，再清心寡欲的男人，好像都很在乎這個想不想的問題。

向園點點頭，「想你。」

本以為他會鋪天蓋地親下來。

誰料，徐燕時忽然打橫抱起她，往臥室走去。

你你你你，你幹什麼？

「那還猶豫什麼？」他說。

第十二章 長夜將盡

向園被他抱在懷裡，耳後肌膚緊貼著他溫熱乾燥的頸窩，有些火燒火燎。

這個男人私底下真是什麼都敢說。向園算不上開放，但也不是那種矜持保守的鐵籠女孩。

但她有點摸不清徐燕時的路數，本以為他是高冷禁欲那種的，還以為他會喜歡純情女孩，看不出來是悶騷老司機？

男人果然都是大豬蹄子。

向園哼唧地把腦袋埋進他懷裡，扭捏狀小聲呢喃：「這麼快嗎？」

徐燕時用腳踢開門，笑著低頭看她一眼，隨後直接把人抱進去，烏黑的長髮鋪在他的枕頭上。他心下一動，像是灌進了溫熱的泉水，細膩潺流漸漸撫平他心中的波浪，漾起令人心癢的漣漪。

向園看著他高大的身影立在床邊。

下一秒，男人開始漫不經心地解釦子。

「不快，」徐燕時一臉冷淡地看著她說。

向園覷他，見他一副鐵了心的樣子。誰料，徐燕時的襯衫釦子剛解到第三顆就不脫了，就這麼鬆鬆地散著胸膛，笑了下，隨即彎腰從旁邊的櫥櫃裡拎了一罐啤酒出來，靠著窗沿似笑非笑地看著她。

向園的外套脫在客廳，此刻裡面只有一件小西裝和薄薄的襯衫。屋內氣氛凝滯，空氣裡帶著看不見的星火，說不出的悶熱。床頭燈微弱地亮著，月色旖旎地掛在窗外，一室寧靜，似乎能聽見彼此間淺淺的、細細的呼吸聲。

徐燕時把啤酒罐放在窗臺上，單手按住，食指一拉，「啪嗒」打開了。他心不在焉地拎起來喝了口，目光往窗外瞥了一眼。

再轉回來時，向園已經聽話地脫了小西裝外套。

徐燕時放下啤酒，雙手抄進口袋裡，眼神盯著她，見她真的準備脫，眼神黯緊，低頭一笑。

向園氣惱：「你笑什麼？」

徐燕時聞聲抬頭，朝她走過去，在床邊坐下，手撫上她細滑的肩頸，輕輕摩挲，低聲：「想知道？」

向園點頭。

「那別打我。」男人提前打好預防針。

瞧他這意思，向園以為是什麼難聽話，可能是嫌棄她胸不夠大之類的？

結果徐燕時說：「只是想到以前看書的時候看到……」他咳了聲，沒直說，眼神往下示意了一下，現在倒是不好意思上了，「當時沒感覺，現在一想，真是傳神。」

「比如？」

張口就來：「一雙明月貼胸前，紫禁葡萄碧玉圓。」

向園聽得耳熱，結結巴巴：「什麼呀……」

「人家是正經的明代詩人。」徐燕時笑著彈了下她的腦門。

向園吃疼，羞惱地看他一眼，那嬌嗔的眼神與他含笑調戲的眼神一對上，空氣中彷彿轟然一聲，把剛剛冷下去的氣氛重新找回來，大腦一片空白，那深如潭的眼底只能看到對方的影子。

「再抱一下。」

向園這三天哪都不想去，只想待在他身邊，讓他抱著，不知道為什麼，只有被他抱著，才有一種腳踏實地的感覺，她又忍不住往他懷裡縮了縮。

徐燕時那時就察覺到她有些不對勁，但女人的情緒反反覆覆，他沒細想，以為是秦明的事情讓她不高興了，就哄了兩句，把人哄睡了，靜靜地坐在床頭看了一陣子。

他今晚是不打算睡了，起身去洗了個澡出來，去另一個房間打了個電話給林凱瑞。

林凱瑞夜貓，兩三點都還在玩遊戲，徐燕時第一次打過去被掛了，那就是是在玩《王者榮耀》。徐燕時沒接著打，果然，十分鐘後，電話打回來。

『你知道三天是什麼概念？可以讓一場重感冒痊癒。』

「哦。」

林凱瑞見他沒開玩笑的心情，也不鬧了，『你女朋友要在這邊待三天？』

「嗯。」

林凱瑞真誠地建議道，『別這麼沒節制，留兩天時間逛逛街看看電影，別老是在床上待著，還有啊，千萬別帶妹子去什麼外灘，除了看幾個老外真的看不到什麼東西，還擠死人，還有科教館那種地方也別去了，女孩子都喜歡浪漫，去甜愛路，實在不行錦江那邊的摩天輪也行。或者去IKEA逛逛傢俱也行，說不定以後結婚能用到。』

結婚？

徐燕時笑了下，「明天我過去把這三天的工作交接一下。」

掛電話前，林凱瑞忽然想到，『你昨天沒去看王醫生？』

前段時間體檢，徐燕時心率有點問題，多半是這幾年熬夜熬的，這兩天還在覆查，「昨天不是被你拉著加班了？」

林凱瑞弱弱地提醒他：『那你這兩天別忘了。』

「過幾天再說，被她知道了會擔心。」

林凱瑞長嘆一口氣：『唉，男人啊，命怎麼就這麼苦呢。』

等他掛了電話，準備去書房把這三天的工作整理一下的時候，聽見自己房間裡向園似乎很小聲地叫他的名字。

徐燕時腳步一頓，立馬打開門推進去。

女孩一頭熱汗，迷迷濛濛地不知道是做噩夢了，還是怎麼了，沒醒，但整張臉都是擰著的，眼角滲著淚水，枕頭濕了一大片。

徐燕時這才反應過來，她應該是遇上事了才會連夜跑來上海找自己。話還來不及說，眼睜睜地吃了一個晚上的乾醋，又被自己調戲了一個晚上。

徐燕時，你的反應什麼時候變得這麼慢了？

身材高大的男人微微弓著背坐在床邊，單手溫柔地撫著向園的臉安慰噩夢中的女孩，一邊自我唾棄地想。

翌日，向園迷迷糊糊醒來，臥室所有窗簾都拉著，陽光沒照進來，她睜眼，癡癡地盯著天花板醒神，做了一個晚上的噩夢，此時還有點渾噩，看著四周陌生的裝潢，一下子沒反應過來在哪。

直到瞧見床頭乾淨冷冽的男性手錶，才後知後覺自己在徐燕時這。

昨晚沒來得及仔細打量他的房間，此刻一眼望去，幾乎沒多餘的東西，格局很簡單，黑白色調，櫥櫃裡擺著幾瓶酒和幾個獲獎證書，是他們團隊的。衣櫃敞著，不是霸道總裁那種各式各樣的西裝，休閒服、羽絨衣、運動服什麼都有，有點隨性，昨晚穿過的襯衫被他脫下來丟在一旁的籃子裡。早上進來換過衣服了？

整個房間都透著一股濃濃的工作狂、性冷感風。

然而，當向園瞥到窗臺上那罐啤酒後，才想起來昨晚他是怎麼逗她的。向園下意識看自己的衣服，好像跟他聊著聊著就睡著了，沒來得及換衣服，襯衫釦子此刻全部規規矩矩地扣在胸前了。

她頓覺不對，感覺有點奇怪，手從後背伸進去摸了下。

內衣怎麼開了……

好像有點不對勁，沒脫下來，只是被人從後面解開了釦子……

向園腦袋發脹，心想除了他也沒別人了吧？

剛想尖叫，又怕他聽見，只能拿被子蒙住臉，然後繃直腳尖，打了個滾，「撲通」一聲，猝不及防地滾到地上。隨後，地上被黑色被子團成團的人似又不甘心，羞惱地狠狠蹬了下腿。

「砰！」一聲巨響。

腳背直接踢到了實木的床腳。

「嗷！」向園終於忍不住痛，哀嚎出聲。

沒人過來。

她又不甘心地叫了聲，「啊！」

還是沒人過來。

「徐燕時！」

沒人。

等她一瘸一拐地出了房間門，一跳一跳地繞著滿屋找了一圈，也沒見人，才知道他應該是去上班了。

八點半，向園傳訊息給徐燕時。

向園：『把你家地址傳給我，我下個跑腿訂單。』

xys：『買什麼？』

向園：『紅花油，起床的時候撞到腳了。』

xys：『傻？』

向園：『你才傻，去上班也不跟我說。』

xys：『馬上到家了。』

十分鐘後，人就回來了，手上還順了瓶紅花油。向園正單腳跳去廚房找有什麼吃的，徐燕時過去把人抱過來，放在沙發上，拎起她纖瘦的腳看了一眼，瘀青了。

「等等還能出去嗎？」男人半蹲在沙發前，一邊拆紅花油，一邊問了句。

向園「啊」了聲，「你今天不上班嗎？」

他低頭，捏住她的腳，揉了下，「嗯，帶妳玩兩天。」

向園摟住他的脖子，眼睛閃著光，小雞啄米似的連連點頭：「其實不怎麼疼。」

徐燕時失笑，「別傻，要是真的難受要去醫院看看。」
約會啊，他們還沒約會過呢。
怕他變卦，向園興沖沖地要從沙發上站起來，摟著他的脖子，撒嬌：「真的沒事，你不信啊？」她腳尖一繃緊，煞有其事地表演：「我還能表演沙發芭蕾呢！」
沙發芭蕾？
徐燕時把人扯下來，「無聊，先把藥擦了。」
向園悻悻地坐下來。
誰知道擦完五分鐘後，電視機忽然傳出一則晨間新聞——東莞一對感情瀕危的夫妻，因妻子修習芭蕾舞後感情竟死灰復燃，丈夫回應：夫妻間的情趣才是長久之計。
身旁的男人忽然開始撤抱枕和毯子。
向園：「你幹什麼？」
徐燕時：「沙發芭蕾，跳給哥哥看看。」
「……」
向園還真的學過，她學東西三分鐘熱度，什麼都會一點，什麼東西都學了個皮毛就不肯再往下學了，幾個長輩都說她比家冕聰明，但就是心浮氣躁，需要修身養性，有點像她父親。
不過沙發芭蕾還是沒跳成，向園剛起了個勢就被拽下來，按在沙發上狠狠親了一通，她順勢勾住他的脖子倒下去，唇舌糾纏難捨難分，直到他粗喘的呼吸在她耳邊，似抽了口氣，咬她耳朵、鼻子，最後吻落在她的眼睛上……

向園一笑，唇微微上移去親他。

溫柔的唇瓣相貼，徐燕時加大力度，索性扣了她的雙手高舉過頭，壓在沙發扶手上，黢黑的眼神泛著猩紅，垂眼上下一掃身下眼眸含春水汪汪的女人，低聲問：「不想出門了？」

向園此刻就像一條滑膩膩的小魚，落人砧板，任人宰割。她昏昏沉沉地想，接吻是不是會讓人上癮。

「今天去做什麼？」

「妳想做什麼？」他反問，「吃飯、看電影、逛街？」

「都行，」她摟緊他的脖子，像隻無尾熊一樣掛著，腦袋埋在他胸膛前，小聲呢喃，「跟你在一起就行，要不然你就這樣抱著我吧，我不想走。」

大概是真的受委屈了，這麼黏他。

徐燕時揉了揉她的頭，直接把人抱起來回臥室，低頭笑著逗她：「幫妳買個輪椅好不好？八十歲還能用的那種。」

向園窩在他懷裡，聞聲忽而抬頭盯著他瞧，又把腦袋埋下去，小聲嘀咕：「那買個自動的吧，我自己能遙控的那種，去哪都方便。」

徐燕時笑笑，「看不出來還是一名身殘志堅的好同志。」

「……」

徐燕時把人放到床上，向園的行李箱攤在地上，他走過去，幫她拿衣服，向園昨晚收拾了一下，行李箱裡沒什麼見不得人的女性用品，也就大大方方地敞著。

「穿什麼？」他目光挑揀地看著，隨口問她。

向園指了一件，「那件蕾絲長裙。」

徐燕時抽出來，一摸料子，太薄了，他還拎著看了一下，二話不說丟回去，「外面零度。」

都說南方沒有北方冷，她還特地帶了幾件去年秋天買了沒來得及穿的衣服。有點不滿地看著徐燕時，又指了件，「那羊絨衫和那件紗裙。」

「腿不要了？」徐燕時蹲在她的行李箱旁，一隻手杵著膝蓋，面無表情地警告她。

「……」

向園瞪他，一臉不太高興的樣子。

徐燕時敗下陣來，怕影響她的心情。女孩子本來就愛美，作為男人不好過多干涉，又把紗裙和羊絨衫拿出來遞給她，手在她腦袋上捋了下，「換完出來吃早飯。」

向園順了氣，他的讓步和寬和讓她心頭一軟，忽然就沒了脾氣。

以前戀愛的時候，不知道是他們那時候太年輕，還是不夠喜歡對方，總會在各種各樣的問題上發生爭執，彼此要爭個對錯，最後爭了個臉紅脖子粗，什麼難聽話都蹦出來了，而徐燕時雖然看起來似乎是最不好相處的一個，可偏偏談起戀愛來，他是最縱容她也是最好說話的一個。

向園一邊換衣服一邊感嘆，怎麼覺得自己越來越喜歡他了。跟以前每一次戀愛的感受都不同，以前是越相處，感情越淡，這次卻是越來越濃烈，越來越覺得他很吸引她。

早飯只有她一人份。

徐燕時沒吃，坐在她對面低頭看手機，向園喝了口豆漿，小口小口地掰著麵包塞進嘴裡，低著頭問：「昨天晚上……」

徐燕時正在看今天的路線，林凱瑞傳了一個上海帶妹指南給他，他看了一眼就關了，幾乎是上海情侶酒店大全。

聽見她說話，抬頭盯著她，把手機放到一旁，「什麼？」

本來向園是想趁他玩手機的隨口問一下，結果誰知道他一聽她說話就把手機放下了，還正經地看著她，向園反倒有點問不出口了，低著頭，看著滿桌的麵包屑，才慢說：「是不是你幫我解釦子的？」

原來是問這個。

「這屋裡還有別人？」徐燕時側頭瞥了眼窗外，「不是說穿著睡對身體不好？」

「這你都知道。」向園小聲嘀咕。

徐燕時牽了下嘴角沒答。

這他哪知道，也是跟她在一起之後，那段時間怕自己沒經驗，就上網查了一下，然後無意間點進一個文章，好像是關於女生的一百個祕密什麼的。

雖然當時挺抗拒這種文章的，但是好像多瞭解點也沒什麼錯，就抱著學習的態度點進去看了一下。

這事還被林凱瑞嘲笑好久，因為有一天被林凱瑞在他電腦裡看見了瀏覽器記錄。

裡面寫得還挺詳細，比如女生不能穿內衣睡覺，會增加得乳腺癌的風險，還有來生理期要注意什麼等等。

出門的時候，徐燕時穿好外套又從櫃子裡拿了件衣服丟進車裡，而這件衣服，他全程都自己拎在手裡。

向園本來以為是他自己的衣服，結果到了晚上的時候，徐燕時把衣服丟給她蓋腿，「冷了？」

兩人當時在外灘。

雖然林凱瑞千叮嚀萬囑咐讓他不要帶向園去外灘，但終究還是拗不過向園自己想去，本來就是全程陪她的，索性沒安排路線，她想去哪，就開車帶她去了。

他們從南京路一路過去，其實人不多，甚至很靜謐，兩旁的梧桐樹如崗哨一般在黑夜中昂揚挺立。

外灘風景韻致，一座座精緻現代化的洋房建築，透著一點舊上海的風情，對岸是一座座在黑夜裡閃著霓虹光的高樓大廈，日夜通透地照著這座不夜城。

底下是黃浦江，江面上泛著星星點點的光，一艘富麗堂皇的「中華號」郵輪在江上泛游，明珠塔近在咫尺，筆直且恢弘，照進人間燈火。

黃浦江波濤滾滾，江面風大，紗裙迎風招展，風從底下灌進去，是真的冷，向園把他的衣服蓋在腳上，心裡像是灌滿了水，不斷有小魚蹦出、落回、蹦出、落回，孜孜不倦地搗鼓她那本來就不安分的心。

晚上回家，兩人各自洗完澡，回了自己房間。

向園跟許鳶煲電話粥。

許鳶聽完後嘖嘖嘆息：『徐神還真是出人意料啊，我還以為他談戀愛是那種六親不認女朋友也打的人。』

「他有時候嘴是挺毒的，」向園說，「但是也真的溫柔。有時候是挺冷淡的，但是有時候又特別吸引人，特別是今天早上，他本來在玩手機，聽見我跟他說話，就立馬放下手機一本正經地聽我說話，妳知道我以前爸爸媽媽都不聽我說話，所以那一下我就感覺我沒救了。」

許鳶被塞一嘴狗糧，要掛電話，『忘了提醒妳了，過年早點回來，今年同學會，鍾老師六十大壽，所以九班跟我們班一起了。鍾靈主辦的。』

彼時，徐燕時在書房也接到一通電話。

是當年的班導師，鍾靈的媽媽，鍾秀美的電話，『是徐燕時嗎？』

徐燕時禮貌地說：「嗯，鍾老師。」

電話那頭的女中年聲似乎鬆了口氣，『總算聯絡上你了，之前大家都聯絡不上你，聽說你現在在上海？』

徐燕時還挺奇怪的，他沒跟過去的同學聯絡過，包括李楊他們，除了那次在北京見過之後，就再也沒見過了。

不過還是應下來，「是的，鍾老師。」

鍾秀美：『是這樣，今年我們老毛班長從海外留學回來，剛好趕上我六十生日，靈靈說，六班和九班的同學一起開個同學會，你回北京過年吧？』

另一邊房間，向園乍然一驚，「他們也聯絡了徐燕時？他們怎麼知道徐燕時在上海？」

『其實是這樣，』許鴛支支吾吾道，『前幾天碰見鍾靈，幾個女生就聊起了當年的男神們，妳知道，徐燕時當年那風光的，大家肯定會提起他囉，然後鍾靈就說他混得不好什麼的，我就……忍不住說了……』

向園氣結：「妳、妳妳，妳都說什麼了？」

許鴦忙不迭說：『妳放心，我沒說妳們的事情，我知道當年妳們的緋聞，妳怕大家傳他不好聽的，搶兄弟女朋友什麼的，我就說了他現在在上海混得很好，是副總……』

其實要是向園聽見了，也會忍不住說的，許鴦跟她果然是同一種性子。

見她沉默，許鴦小心翼翼地問：『妳沒生氣吧？』

這麼一想倒也可以理解，「沒有，我太緊張了。」

書房靜謐，徐燕時開著電腦，窩在椅子上。

「叩叩——」有人輕輕地敲了下。

他走過去把門打開，向園光著腳站在門口，徐燕時擰眉，把人抱起來放到沙發上，也沒有責備的意思，隨口一句：「妳怎麼老是不穿鞋。」

向園著急的過來，哪還記得穿鞋，摟著他的脖子在他身上蹭：「你過年回北京嗎？」

一個站在沙發上，一個站在地上。

他反應快，下意識就想到也通知到她了：「同學會的事？」

「已經找你啦？」

徐燕時把人抱下來，從旁邊拎了雙拖鞋過來，「剛鍾老師打電話給我了。」

「那你去嗎？」向園靠在他懷裡，在他胸口畫圈圈。

徐燕時幫她套上鞋，低頭看懷裡千嬌百媚的女人：「妳希望我去嗎？」

她埋著頭，仔仔細細的盤算，如實說：「其實去也沒什麼，你現在都是副總了，去破破傳聞也好，只是我不太高興，以前你在西安混的時候，也沒見他們找你去，這時混成副總了，鍾老師就來找你了。」

她有點酸酸地說：「說不定還幫你和鍾靈做媒。」

他低頭，刮她鼻子，逗她：「吃醋？」

「我是覺得他們太看不起我老爺子了，憑什麼在維林工作就得不到他們的邀請呢！」她氣鼓鼓地說。

這話題轉的，徐燕時失笑，隨後把她打橫抱回房間，「我還沒答應鍾老師，妳不願意我就不去了。」

「你當初還當著鍾靈的面拒絕我這個仇我到現在都沒忘，」她壞心眼的建議，笑咪咪地說，「要不然這樣，你先拒絕鍾老師，然後同學會的時候我打電話給你，我說徐燕時啊，我好想你啊，你來嘛，然後你就屁顛屁顛跑來接我好不好？讓大家都覺得你暗戀我啊，又得不到我啊，喜歡我喜歡得要死，默默守候著我，鍾靈這事我們就翻篇了好不好？」

向園是半開玩笑地說，也只是過過嘴癮，當然沒打算這麼幹。

誰知道，徐燕時竟然認真地看著她，說了個「好」。

那認真的眼神，差點把她弄哭了，呆愣愣地看著他，笑意僵在嘴角，卻不知怎麼的，心裡的小魚又開始躍出水面，千百條翻江倒海般的折騰。

鼻尖一酸，「你怎麼什麼都說好。」

那天晚上，兩人親到半夜，徐燕時不再逗她，也不再調戲，力氣比以往溫柔，從她的額頭一路密密麻麻地吻下去，停在鎖骨處，又沿著脖頸一路吻上去，含住她的唇，更像是安撫性的親吻。

那一晚，向園在他懷裡睡得特別安穩，沒有再做噩夢。

早上醒來，徐燕時的手臂已經全麻，向園連忙從他身上爬起來，心疼地抱著他的手臂幫他舒筋活骨：「對不起啊，我不知道⋯⋯」

結果被她一拽，更麻到不行，手筋都在抽。

男人剛睡醒，嗓音說不出的啞，手被她拽著，躺在枕頭上被她弄得哭笑不得，手臂又疼又麻，低啞地嘶抽了聲，半個腦袋笑得無奈地埋進枕頭裡，沒過多久，悶悶的聲音從裡頭傳出來：「妳別拉，拉了更難受，讓它自己回一下血。」

向園立馬放下，坐起來諂笑著在他耳邊說：「我去做早餐。」

男人半側著臉，瞥她一眼，懶懶地，有點懷疑：「妳確定？」

向園是挺確定的，只是不知道廚房的鍋碗瓢盆們確定不確定。

向園翻了翻冰箱也沒找到什麼能做的材料，只有兩個雞蛋和幾片吐司，還是昨天早上吃剩下的。她正愁眉苦臉，徐燕時從身後過來，直接拿起一旁的雞蛋單手打進碗裡，把人從瓦斯爐前撥開，低頭擰開瓦斯爐說：「今天帶妳去一個地方。」

「哪？」

「野生動物園。」

「看小動物嗎？」

「獅子、老虎那些吧。」

向園一聽，有點興奮，最近心裡有壓力，忽然對這種暴力血腥的東西充滿了興趣，興沖沖跑去化妝了。

果然早餐還是徐燕時做的，吐司加雞蛋。向園化完妝，看著桌上包裝精緻的「三明治」，好奇地問了句，「你看起來好像會做西餐？」

徐燕時立在桌邊倒了杯牛奶放到她面前，然後跨著腿坐下來，掃她一眼，道：「還好，不太做，有時候覺得做西餐方便省時間，就烤點麵包。」

向園小聲呢喃，「真的不是為了省錢嗎？」

「……」徐燕時靠著椅子，喝了口牛奶，無奈地笑了下，「我在妳眼裡就是這樣？」

「也不是啦，主要是高冷幫你塑造的摳門形象深入人心，」向園小心翼翼地瞟他一眼，咬了口三明治，含糊不清地說，「對了，要不要把你的信用卡密碼先設了？」

「嗯。」

徐燕時吃東西很快，兩三下就把麵包吃了，最後送了口牛奶就進去換衣服了。

這天的行程顯然是有安排的，徐燕時十點先帶她去了附近的銀行，對面就是個商場，向園簡直看到了天堂，兩眼冒著金光地趴著窗戶，目光貪婪地看著櫃檯裡那些琳琅滿目的商品。她真的快半年多沒逛街了。

徐燕時察覺，把車停在商場門口，「妳進去逛一下，我等等過來找妳。」

向園現在囊中羞澀，就算下車也只能過過眼癮，還是矜持了一下，要是進去也是徐燕時花錢，她想想還算了。

「算了，不想買。」

徐燕時不強求，先把車開去銀行，等設完密碼再從銀行出來，他又把車開回了商場，不等她說話，直接把人拉下車，「陪我買套衣服。」

向園還是很樂意陪他買衣服的，忙不迭點頭，準備拿出她曾經混跡各種時尚圈的專業眼光為他挑衣服的時候，徐燕時試完第一套，就直接買單了。

她不由得驚嘆於男人買東西時的決策力，「你真的不再挑挑？」

徐燕時把錢包放回口袋裡，低頭看她一眼，「不用，不喜歡挑來挑去。」

「可能還有更好更便宜更適合你的呢？」

他笑笑，「我這個人只專注於眼前。」

向園始終沒回過味來，下一秒，兩人已經進了鐘錶店了，是他床頭那支錶同個牌子，經理認出他，熱情地迎上來，叫了聲徐先生。

徐燕時挑東西還是挺有眼光的。

拿出來的幾款錶錶盤通體黑亮，圓潤、乾淨又簡潔，不過好像都是情侶款……向園狐疑地看著他。

經理有眼力，熱情地將店裡最熱銷的幾款情侶錶都拿出來，「這款是今年新款，陶瓷錶，女款是白色的，男款黑色經典。」

他朝向園勾勾手。

後者過去，一看價格，雖然知道這牌子的錶不太便宜，但還是覺得有點貴，不是說這錶多貴，是覺得沒必要為她花這個錢，「不用了吧，你買給自己就行了。」

男人直接讓經理把那陶瓷錶摘出來，拿早上的話堵她：「不是嫌我摳門？」

「那你也不用花三十萬買一個錶給我吧？」

他笑，不接話，直接讓她選，全然一副要她做主的模樣，「不喜歡？我讓經理再拿別的出來。」

向園眼看著經理那雙手興沖沖地打開一旁的貨櫃，直接朝那一百多萬的錶伸出去，她真的覺得經理再說兩句，徐燕時就會買那個一百多萬的送給她了，她的呼吸有些不暢，太陽穴直跳，只覺腦充血，幫自己順了口氣，「就，就這個吧……」

男人笑著又逗了她一下，「我看那個一百多萬的好像比較好。」

說實話，她這人雖然花錢也挺如流水的，但老爺子向來節儉，對這種百來萬的錶和包她就算再喜歡也不會隨便買。

更何況還是讓徐燕時花錢。

「我怕我的手被人剁下來。」

徐燕時笑笑，其實他帳上差不多有五十幾萬，真的要買那錶還要跟林凱瑞借錢，他也知道向園捨不得讓他買，就是忍不住想逗逗她。

如果不是怕向園覺得有負擔，他簡直想把每個月的薪水都給她，徐成禮病情痊癒後他也沒什麼要花錢的地方了，在上海其實挺簡單的，除了偶爾請同事吃飯，其餘時間他都在加班，沒什麼娛樂活動。

說摳門的話激她，只不過是他想用這種方式把這幾個月的薪水都貢獻給她，是想告訴她，他所有的一切都是她的。

不用她明白，也不用她回報，都是他心甘情願的。

那天最後一站是野生動物園，是自駕遊，徐燕時開車，向園坐在副駕駛座，檢票進門的時候，檢票員把票根還給她時才知道這票是早就買好的預定票，她「咦」了聲，「你早就安排好啦？」

徐燕時靠在駕駛座上，單手控方向盤，「嗯。」

「什麼時候買的？」

「昨天早上，去辦公室找同事預訂的。」

向園若有所思的點頭，「你是請了假專門陪我嗎？」

車子緩緩駛入遊覽區，他轉頭看向她，笑了下安慰她：「我平時給林凱瑞加班的時間比這多多了，最多回去再多加幾天班。」

「林凱瑞是不是老是虐待你？」

看她一臉心疼的表情，徐燕時單手控著方向盤，伸手揉了揉她的腦袋，「開玩笑的。」

第一個經過的是駝羊區，這邊野生動物園不大，兩邊都有電網和壕溝，動物很少能到路邊來，向園全程開了窗，車覽區過後，是遊客步行館。

向園第一次來，覺得新鮮，兩隻眼睛好奇地一直往窗外張望，她認識的動物不多，看見駝羊以為是網路上那種草泥馬，興奮地說：「草泥馬耶？」

隱約看見斜坡上那兩隻恩恩愛愛的駝羊翻了個大白眼。

徐燕時開著車，「這是駝羊。」

「羊駝呢？」

徐燕時：「在另一邊，長得比較像，不是同一種動物，不同屬科。駝羊已經快滅絕了，相對來說可能比羊駝要少見。」

難怪不喜歡被人認成草泥馬。

向園連連「哦」了聲，「你怎麼什麼都知道。」

「湊巧，有幾個客戶搞瀕危野生動物物種研究的。」怕傷她自尊心，他隨口一扯。

「那那邊那個呢？」向園隨手一指。

徐燕時看過去，「豺。」

「那個呢？」

「華南虎都認不出來？」

「……」

又被鄙視了。

向園哼唧一聲，「我高中成績有多差，你又不是不知道。」

車子繼續往前行駛，男人的姿態也鬆懶了些，窗開著，一隻手搭在窗沿上，單手開，聽她這話，轉頭瞧她，「那那時候幫妳補課還耍脾氣。」

「你又不是幫我一個人補，」向園看著窗外說，「還有鍾靈呢。」

「這醋妳要吃幾年？」他笑，「當時是幫鍾老師補，不是幫鍾靈，妳別胡思亂想。」

轉眼進入非洲區，斜坡上都是非洲象、非洲虎、非洲獅……慵懶地趴著，看著他們的車從中穿過。

向園有種來到野生動物園被動物參觀的感覺。

進入步行參觀區，徐燕時把車停了，下車時拿上車鑰匙，看了她一眼，冷不防說了句：「鍾靈追過我。」

向園看他，「高中嗎？」

徐燕時低頭點了根菸抽，靠著看著後視鏡中的自己，他把菸灰彈進車裡的菸灰缸，搖頭說：「不是，大學的時候。」

「她怎麼聯絡上你的？」

「她聯絡上封俊，封俊把我的號碼給她。」

提到封俊，兩人視線一對視，感覺他眼底有點冷，向園咳了聲，「然後呢？」

「然後，我換號碼了。」

「……」

向園沒再說話，靜靜等他把菸抽完，男人靠著駕駛座，手肘支在車窗上，微微仰著頭，半晌才說了句：「下車吧。」

兩人經過大象區，徐燕時買了盒飼料給她，「餵餵看。」

大象區中間的壕溝較之前的寬，要費點力氣才能扔過去。一旁有個十幾歲男孩正在投食，專挑大象的鼻子扔，被飼養員喝令了幾次都不停。

向園扔了幾次都差點掉進壕溝裡，全被最前頭那隻大象吃了，她氣餒地把剩下的胡蘿蔔一股腦塞給徐燕時，「你扔，扔後面點，也給別的大象吃。」

徐燕時看了她一眼，「好。」

結果，不管徐燕時扔多後面，但凡掉落在最前頭那隻大象的五公尺的範圍之內，全都被牠吃了，一旁的大象根本不敢搶。

「……」

向園有點不敢相信，替一旁的大象委屈到不行，看著徐燕時，「怎麼這樣？」

徐燕時覺得女孩子真是同情心氾濫，「那隻象是頭領。」

一旁的飼養員忍不住接嘴，「對，阿力是他們的頭領，他沒吃飽，其他的不敢搶。」還半開玩笑地接了句：「階級式動物園。」

動物都這樣，更何況是人。

兩人又往裡頭走了點，沿路經過猴山，同樣，跟大象是一樣模式，猴類的階層理念就更明顯了，有點像原始部落的群雄鬥爭，遊客投的所有吃食都進了那隻領頭猴的嘴裡，另外就是他的配偶和小孩。其餘的蝦兵蟹將只能撿地上的碎屑吃。

「弱肉強食，懂嗎？」

向園一直到上車都沒有再說話。

晚上回家，向園決定再做一次飯，煮碗麵也行。徐燕時也由著她鬧，還去超市買了點菜。一進門，向園就一頭鑽進廚房裡。

等徐燕時洗完澡出來了，頂著濕漉漉的頭髮，脖子上掛著一條深藍色毛巾，好整以暇地抱著雙臂倚著廚房的隔門看她做飯。

結果，從剛才到現在，瓦斯爐點了半天沒點上。

向園以為是自己開的方式不對，她長吸了一口氣，彎著腰卯足了勁「咯噔咯噔」快速連轉了幾下。

瓦斯爐紋絲不動，連點火星都沒看見。

徐燕時嘆了口氣，直起身從後方過去，拉開一旁的櫥櫃門，將天然氣的開關打開，最後走到瓦斯爐前，把人拉開，窄小的廚房本就空間逼仄，他高大的身影一過來，向園的氣息都緊了，只見他駕輕就熟地彎腰擰開瓦斯爐。

一下就點著了，他把鍋擺上，一隻手抄在口袋裡，一隻手嫻熟地拎了壺油倒進鍋裡，這才對向園說，「出去吧，我來。」

向園想了想還是決定不給他添亂了，依依不捨、一步三回頭地走出去。也沒走遠，就坐在門口的餐桌上看他。

油滑入鍋底，徐燕時背靠著流理檯等鍋熱。

隔著一道門，視線還是在彼此身上。

向園眼神直勾勾地盯著他，房間裡暖氣很強，男人只穿了件薄薄的白色T恤，不同於西裝襯衫的正經和英俊，看起來有點漫不經心的慵懶。

徐燕時也抱著手臂目不轉睛地看著她。

戀愛中的男人眼神更直白，他看向女朋友眼裡似乎更具有侵占性，特別是兩人單獨相處時，徐燕時的眼神頗具深意。他不習慣在人前或者公共場合做什麼親密舉動，人多的時候，他的眼神大多是冷淡沒什麼情緒。

但是一回到家裡，他看她的眼神就變了，向園很吃這一套，有時候被他這麼一個眼神一瞧，就控制不住自己心裡泛起的漣漪，過去想要抱抱他。

因為那個眼神會讓她覺得，他什麼都沒有，只有她。

於是，向園沒坐下半分鐘，又朝他跑過去。

徐燕時跟料到似的低頭笑了下，仍是靠著流理檯一動也不動，隨手把火關了，然後把迎面撲過來的人抱進懷裡，眼神懶散含笑地垂睨著她，「怎麼了？」

男人清瘦有力，向園頓覺安全感十足，尋了個舒服的姿勢窩在他懷裡，呢喃道：「我有點離不開你了。」

徐燕時收了笑，認真地建議她：「那就別回去了。」

「不行，」向園整個腦袋埋在他胸口，悶悶地說，「還有很多事情沒解決呢，如果我留在上海陪你，沒有自己的事業，我覺得我們很快就會吵架，然後一拍兩散。我以前就是太閒了，覺得不工作也沒事，但是其實男人都會覺得如果妳不工作，就矮他一截。」

徐燕時揉揉她的腦袋，胸前微震，聲音從頭頂上方傳來，「那是他們，不是我。」

聽他聲音有點不悅，向園仰起頭，下巴搭在他的胸口，笑嘻嘻地調節氣氛：「其實是這樣，相比跟你吵架，我覺得工作上的難題都不算什麼問題，我覺得我都能應付過來。」

向園一直都挺沒心沒肺的，天大的事，她只要給自己時間都能緩過來，然後那些負面情緒全部自己消化，給人看見的都是她最自信最陽光的一面。所以即使她連夜買了機票飛上海，她也不打算把事情告訴徐燕時，只是想見他，想抱他，想告訴他，她很想他。

畢竟兩人在異地，如果徐燕時在西安，這件事無可厚非，她一定會原原本本告訴他。但他在上海，副總上任沒幾天，手邊一堆事，西安他更插不上手，知道了也只是徒增煩惱，為她擔心。

所以向園並沒有打算把林卿卿的事情告訴他。

然而，她覺得，徐燕時已經知道了。

「你今天為什麼帶我去動物園？」她問。

兩人靠著流理檯，他低頭，一本正經地反問她：「妳先說說妳看完的感想，我再告訴妳原因。」

「規則，你是不是想提醒我，這個世界其實是沒有規則的，要想找突破，是不是要從規則入手。」她摟著他的腰，眼睛亮晶晶地，像是灌滿了星星仰頭盯著他。

「聰明。」他笑。

向園看著他，男人眼神裡是她從未見過的運籌帷幄，冷靜卻一針見血地告訴她：「但這個世界其實還是有很多預設的規則，想要贏，妳就要打破規則。」

向園一愣，呆了一下，「你是不是知道了？」

徐燕時也不隱瞞，「嗯」了聲。

「你怎麼知道的？」

「妳做噩夢哭了，我想妳應該是被人欺負了，昨天去公司的時候打電話問陳書，她都說了，」他看她，眼神凝了下，「妳沒主動告訴我，大概也是不想我擔心，但我還是說一下，以後這種事要告訴我，我不想下次再從別人嘴裡聽到妳又收到什麼恐怖快遞。」

向園剛要說話，被他打斷，「快遞的事情我讓老慶去查了。回去之後不管誰寄快遞給妳都別收。上下班讓你們新來那個送妳，他不是會跆拳道嗎。至於黎沁和林卿卿，黎沁有個兒子，是楊平山的私生子，養在西安，我把地址傳給妳。」

「黎沁不是有老公嗎？」

「嗯，她老公不知道，所以黎沁就是欺負妳什麼都不懂。這事也是陳珊以前跟楊平山喝酒的時候，有一次無意間撞見的。至於林卿卿……」

他頓了下，向園：「她怎麼辦？」

「一個喜歡錢的人，比任何人都好對付。」他說。

向園久久無法回神，被他這一串下來有條不紊的安排震驚了，心下忽然鬆懈，抱著他，喃喃地說：「萬一我沒做好怎麼辦呀？」

「在書上看過一句話，如果事與願違，那就相信上天另有安排。」

「再不濟，還有我為妳開天闢地。不會讓妳受委屈的。」

第三日，向園晚上的飛機回北京。

徐燕時開車送她到機場，彼時距離登機還有兩個小時。在人頭湧動的安檢口，這個時候都是即將分別的親眷或情侶，整個大廳很靜謐，耳邊蕩著如蠅蟲般低嗡的說話聲，纏綿繾綣令人心醉的情話以及長輩親屬間不厭其煩的叮囑……那些平日裡從不曾提及的直白情緒，此刻卻在這川流不息、跌宕交替的人群中，如燎燒的火源不斷蔓延。

離別、重逢、再見、擁抱，一幕幕，潮水般來來去去不斷上演。分別的愁緒如鯁在喉，唏噓不已，再難壓回去。

其實來時在車裡，向園甚至有點沒心沒肺地坐在副駕駛座上跟徐燕時聊西安那邊的趣事：「施天佑忽然有一天開始不喝太太靜心口服液，不過他跟尤智還是照常拌嘴，那天還因為六耳獼猴到底知不知道自己是六耳獼猴這個事情大吵了一架，團隊裡新來了個組長接你的位子，他叫薛逸程，哦你知道，就是那個跆拳道很厲害的……對，他還是上海人呢，你別看他那麼會打架，其實很靦腆的，所以大家都有點不太聽他的，尤其是高冷，經常欺負他，薛逸程一說話，高冷就學他，薛逸程就急了死活也不肯開會了。每週我都得幫他做好久的心理建設……」

安檢口有個小咖啡廳，人不多，三三兩兩幾對情侶，徐燕時帶她過去坐了一下。

兩人對坐著，向園心情複雜地看著他，「你們今天晚上還有飯局？」

徐燕時敞腿懶靠著，抱著手臂看著她，「嗯」了聲。服務生正好把點的兩杯咖啡送上來，徐燕時一言不發地把兩杯咖啡一起推過去。

向園一愣，「你不喝嗎？」

男人格外瞭解她，「妳剛剛不是兩杯都想喝？」

確實，向園點單的時候在這兩杯之間猶豫不決，想喝拿鐵，又想喝摩卡。

「那我也喝不下兩杯呀。」

所以在向園點完拿鐵之後，徐燕時要了杯摩卡。

向園當時還奇怪了一下，他以前不是不喜歡喝甜的嗎？

誰料，是給她的。

「妳先喝，喝不下給我。」他把手搭在桌上，看了窗外的安檢口一眼，說了句。

如願以償啊。

於是，向園心滿意足地一口拿鐵一口摩卡喝了起來。

心裡七上八下的滿是感慨，她以前碰到的那些都是什麼牛鬼蛇神，這才是神仙男人啊，然而，這麼一想，更悲傷了，眼睛像是蒙了一層薄紗可憐兮兮地看著他，「你等一下就要走了嗎？」

徐燕時回頭看她，「嗯，等妳喝完吧。」

其實男人跟女人的情緒不一樣，或許也是徐燕時跟向園的不同，向園是屬於沒心沒肺的那種，不到真正分離的那刻感受不到這種依依不捨的情緒。甚至昨天晚上還拉著他看電影說要看到兩點半，結果十二點不到就枕著他的肩睡著了。徐燕時靠著沙發也沒動，生生給她墊了近三個小時，把電影從頭到尾看完了，還看了兩遍才抱她去睡覺。

後半夜，徐燕時一個人在臥室的小陽臺看著她沒心沒肺地酣然入夢，自己則悶不吭聲地抽了半宿的菸，也就是在那時，把她明天要走的情緒在那刻消化完了。因為他知道，這丫頭後知後覺反應過來，今天更難受。

他也不能火上澆油了，要哄她開心。男人有些情緒還是只能自己消化，不然異地戀這麼辛苦，怕她堅持不下去。

「我有沒有跟妳說過，我以前跟高冷是同學？」他不動聲色地岔開話題。

他難得會主動跟她提起過去的事情，向園還挺驚訝的，順著他的話說下去：「沒有，但是我聽高冷說過，你們都是武大的。尤智是理工大學的吧？其實相對來說，我覺得尤智更像你，高冷他有點幼稚，陳書都快氣死了。」

他點頭，「這大概就是工程師的愛情觀，容不下任何 bug。高冷跟陳書不適合，高冷太幼稚，陳書太成熟，說句不好聽的，如果不是後來發生李弛這些事，他都比高冷更適合陳書，陳書是兩個極端，刺激和穩定，高冷兩邊不沾。」

「那男人比女人成熟呢？」向園第一次跟他正經討論到感情觀，興致勃勃地看著他，「你也是工程師，那你的愛情觀？」

兩人在寧靜的咖啡廳裡對視，目光灼灼，玻璃窗外人流湧動，行李哐嘡哐嘡一個個送上傳送帶。

徐燕時眉目似巍峨的遠山，深然不經意，盯了盯她隨即輕撇開頭，輕描淡寫地抿唇說了句：「不知道，但我應該沒bug，所以一旦執行，就是個閉環。」

向園冷不丁問：「那現在執行沒？」

「妳說呢？」他轉回頭，抱著手臂輕笑。

向園低頭，咬著杯壁，默不作聲，耳邊聽他道：「我們大學剛開學時，有個程式設計教授，勸我們大學的時候趕緊找女朋友，不然等畢了業就很難了，還特地給我們看了這兩年工程師的單身機率數據。甚至誠心地建議我們在追女孩的途中你不能告訴別人你是學程式設計的，不然大多數女生一聽是個工程師，會覺得你是個沒情趣的直男。」

向園很喜歡聽他說話，語調平緩，卻又帶著男人獨有的懶散聲線，聽得入神，嘴還咬著杯壁，含糊不清地問：「然後呢？」

徐燕時接著說，「然後高冷就在外交聯誼會上認識了一個女生，傳媒系的，對方問他學什麼的，他想起教授的諄諄教誨，沒說什麼，送了對方一本書。後來，對方知道真相後，氣到不行。」

「什麼書呀？」

「沈從文的《邊城》，」徐燕時說，「那女生想找個學文學的，高冷送了這麼一本書之後，對方以為他真的是學文學的。」

那陣子高冷整個人都文縐縐的，那時還是用即時通，簽名上到處都是網路上搜刮來的文人名句，隔一陣子一換，梔子花開，他就放汪曾祺的，梔子花粗粗大大的，香得彈都彈不開之類的。

邊城，程式設計。

向園被逗笑，眼睛笑成一道明月似的彎，整個人前和後仰，男人則只是抱臂靠著椅子看著她。

向園喝了口咖啡，「你怎麼想到跟我說這個呀。」

「沒什麼，」他拿起一旁的摩卡也抿了口，目光淡淡地轉向一側，「只是忽然想到了。」

其實那時候向園還沒察覺，他也從來沒說過，是後來，很久很久後，他們每次分別，不管是他從上海過來，還是她從西安過去，在各個安檢口，他總是會漫不經心地跟她說些她沒聽過的趣事，逗得她哈哈大笑，才反應過來是不想她難過。他平時話不多，可是腦袋裡總裝著各色各樣千奇百怪的小故事，信手拈來，隨時隨地都能逗她。甚至在後來，向園還在論壇上答了一道題——擁有一個會說故事的男朋友是什麼樣的體驗？

向園的高讚回答：每一次見面都是驚喜，每一次分離我都還來不及傷感就被他逗上了飛機。唯一一個讓我談了戀愛不想分手的人。

徐燕時把向園送進安檢口，沒直接走，而是一個人在咖啡廳裡坐了一陣子，把剩下的兩杯咖啡一一喝完才起身離開。

服務生的目光時不時落在他身上。

那個人好像是Down，那天只在直播上看了一兩眼，不太敢確認，可那冷淡的眉眼跟那天影片上的男人如出一轍，於是悄悄過去，小聲地問了句，「先生……」

徐燕時轉頭看過去，真的是冷淡得不行，明明剛剛跟女朋友在一起的時候還挺溫柔的。

服務生差點嚇退回去，忐忑不安地看著他，最後還是卯足了勁，硬著頭皮接著往下問：「你是不是上次在直播上那個Down，以前玩魔獸的那個？」

「是吧。」

脾氣好像有點不太好，聽起來不太爽的樣子。

服務生掏出小本本，有點不好意思地說：「能不能幫我簽個名，我女朋友特別喜歡你……」

向園鬥志昂揚回了北京，去了趟總部，人還沒進門，就聽老爺子中氣十足、氣沖鬥牛地責問聲：「翱翔那邊怎麼回事，我聽說他們明年的案子還沒簽下來啊？」

向園剛好走到門口，門已經推開，裡頭兩人俱是一驚，回頭瞧見她笑咪咪的小臉，司徒明天隨手撈了本書就朝她這邊直直砸過來。

「不知道敲門？」

向園眼疾手快「砰」關上門。

書不偏不倚砸在門板上，應聲而落，稀哩嘩啦地掉在地上。

三秒後，向園提了口氣，小心翼翼地敲了敲門。

司徒明天仍是沒好氣：「滾回去給妳奶奶上香。」

向園這才反應過來，前幾天好像是奶奶的忌日，她被林卿卿那事刺激到連這麼重要的事都忘記了。

「我等一下就去，我這有事跟您商量。」她厚顏無恥地在老爺子面前坐下來，笑咪咪地看著他說。

司徒明天沒理他，繼續跟賴飛白討論翱翔的事。

話到後面，向園臉色微變，如坐針氈。

賴飛白全程都沒有看向園，微微弓著背，油頭梳得一絲不苟，畢恭畢敬地跟老爺子彙報：「我聽說，翱翔之前跟上海凱盛談好了，但最近似乎合約沒談攏，還在磨細節，其他事情的人家也沒透露。而且，還有件事也挺巧的，凱盛新上任的副總，是前不久從我們西安分部辭職的技術部組長，徐燕時。」

「陳珊那徒弟？」老爺子哼一聲，「是不是這小子背後做了什麼交易？副總？哪這麼好當？」

賴飛白滿臉的意味深長，嘴上卻說：「這就無從得知了。」

向園聽不下去，「這事跟徐燕時沒關係啊，你們別在這亂給人扣帽子。凱盛在徐燕時去之前就已經跟翱翔談好了，翱翔本來就不打算跟我們合作了——」

「那妳知不知道，段總跟我們是有違約賠償的？續約是有時限的，沒有在時限內通知我們忽然提出解約是要支付違約金的，以段總那種小氣的男人，會冒著支付違約金的風險在這種關頭忽然提出解約？」司徒明天這才把目光轉到她身上，「而且還偏偏這麼巧，徐燕時一離開，人家就跟著走了，好死不死，還偏偏到了他跳槽的公司，妳說這事巧不巧？氣不氣人？」

向園準備好好跟他理論一番，司徒明天直接一揮手，「算了，我懶得跟妳爭，從小就說不過妳，翱翔這個單子，沒了就沒了，但徐燕時這個人，我合理懷疑一下人品可以吧？妳在這邊跳什麼腳？跟妳有半毛錢關係？」

「沒事，我跟你說不著，我找奶奶說，」向園作勢要走，「我給奶奶燒柱香，順便跟奶奶說說你這幾年越發沒樣子了，抽菸喝酒燙頭髮，幹什麼？你以為你還是二三十歲的年輕人啊？錫紙燙，也不怕被人笑話，都七十好幾了還錫紙燙，你也不怕自己變成渣老頭，不對，你現在就是渣老頭，惡意揣測別人，給人扣上這麼大的罪名，還輕描淡寫地說只是合理懷疑，你知道造謠一時爽，闢謠跑斷腿嗎？你有證據拿證據，沒證據就給我閉嘴！你也不就活了七十年？你忘記奶奶說的？不管你活了一百年還是兩百年，都沒資格對一個你不熟悉也不瞭解的人妄下判斷，徐燕時是怎樣的人，我跟他相處了那麼久我瞭解，他不會背叛，永遠都不會。」

向園回了趟老宅，鄭重其事地給奶奶上了炷香，劉姨見她這模樣，也猜她是跟老爺子吵架了，然後就站在門口聽見她跟老夫人絮絮叨叨好久，說了些有的沒的。

向園每次跟老爺子吵架就找奶奶告狀，老爺子有時候就會夢見奶奶，第二天，兩人便和好了。

有時候靈，有時候不靈。

這次也靈，當晚司徒明天就夢見她奶奶了，一頭熱汗，醒來一抓，屋子裡空空蕩蕩，只餘窗簾在風中飄。

司徒明天委屈啊，窩在被子裡癟著嘴。

「妳這個死老婆子，我給妳上香，妳當聽不見，向園給妳上香，妳就夜裡來找我了。到底還是不如孩子在妳心裡重要啊。」

不過這次兩人沒那麼快和好，司徒明天覺得向園單純，對徐燕時的人品始終抱著合理懷疑。不過，這次事件也確實在一定程度上引起了他的注意，西安必須要整頓了，不整頓恐怕接下去要發展成楊平山的後花園了。這事之前他跟向園商議過，向園給了個餿主意，司徒明天覺得餿，現在靜下來仔細想想，似乎也可以，西安這邊的關係網本來就是這麼多年積累下來的亂，他和幾個老董事之前執意要關門，也是因為這個關係網太大，如今只有關閉後將牌全部打亂，才有重新洗牌的可能。

向園當時給的餿主意是，陳珊離職，正好讓應茵茵的伯父趙錢先掌管先技術部這邊的部分專案，先從楊平山手上分走一部分，而趙錢這人精於算計，城府深，一定不甘於人下，到時候就看他跟楊平山狗咬狗，只是應茵茵這人，怕是趙錢升了直管部門，這蠢女孩要橫著走了。

公文批示很快下來，公司這段時間人員調動大，跟埋地雷似的，冷不防炸一個，大家也都習慣了。

與此同時，應茵茵的轉正名額也下來了，不過轉了正也要留在西安，總部目前還沒有多餘的崗位可以夠她調動。然而她伯父升了之後，應茵茵反而更低調了，全然沒了以前的囂張跋扈。大概是被趙錢義正辭嚴地教育過了。

這天下了晨會，人從會議室湧出，陳書跟向園去天臺日常小聚抽菸閒聊，吹著風，陳書晃著搖曳的小火苗點燃菸，把打火機踹回口袋裡說：「看得出來，黎沁鐵了心要讓林卿卿當副組長。」

向園笑笑，不以為意：「升唄，她不升，我都要讓她升。」

陳書一愣，笑了下，「妳這趟從上海回來，怎麼從容了這麼多？不焦慮了？」

向園目視遠方，惆悵嘆氣：「要不然這個技術部怎麼都那麼依賴他呢？」

「嘖嘖，這傢伙真是在哪都散發著耶穌的光芒啊，就這麼兩天又把妳指導明白了？」陳書一頓，斜眼看她，故意逗她：「我最近也挺迷茫的，要不要我也買張機票去上海找他聊聊？」

陳書這人精，八成是想套她的話，但現在時機未到，倒不是她不相信陳書，現在公司事情多，加上老爺子現在對徐燕時一腦門誤會，傳到他耳朵更是麻煩，向園腦子也尖著呢，就是不上套，滴水不漏地回：「去唄，反正也不是我男朋友。」

林卿卿升副組長的任調下來，向園看都沒看就放在一邊，無動於衷，只在開晨會的時候提了一嘴，「以後林卿卿就是我們的副組長了，之前的副組長是我，所以等一下來我辦公室交接之前的工作。」

這段時間人事變動大，大家都沒什麼太大的表情，悻悻地鼓了掌，尤智問了句，「那我之前手裡還有副組的幾個案子要不要也交接給她？」

向園一沉吟，漫不經心地翻著手上的文件說了句：「不用，那幾個案子你熟悉，自己做，抽成還是按以前那樣算。」

意思是尤智幹活，讓林卿卿白拿抽成？

所有人下意識看了林卿卿一眼，後者臉色涮白，尤智敢怒不敢言，只在桌底下悄悄傳訊息給徐燕時。

尤智：『老大，我真的不是愛告狀的人，我跟你說，向園自從當了部長，她就變了！她變得冷酷，變得殘暴！變得無情！變得無理取鬧！』

xys：『？』

尤智：『我真的覺得，這女人以後誰娶著，誰倒楣。』

xys：『？？』

尤智不怕死的還在繼續：『她休了三天假回來，不知道跟哪個挨千刀的鬼混了三天，回來之後跟變了個人似的，變得非常的冷血又殘暴，簡直是秒變周扒皮。』

xys：『可能是我。』

尤智反應過來：『她去上海找你了？』

xys：『嗯。』

尤智：『……打擾了，新年快樂。』

尤智又補了一則：『剛剛向部長從我身後走過去，哼了首歌，好可愛哦。』

一週後，林卿卿提出辭職。

向園挺意外地抱著手臂看著她，「好不容易攀上了黎沁，怎麼決定走了？」

林卿卿穿著件黑色羊絨大衣，長髮披散，黑框眼鏡，很清麗，模樣其實不出眾，偏偏那雙眼睛還挺有靈氣，看起來乾淨無害。

她說話也是平靜的，不像黎沁那麼咄咄逼人，又透著一種得逞的肆意，林卿卿全然是淡定從容地看著她，「我從答應黎沁那天起，我就想好了會有這一天，只是我以為妳沒這麼快發現。」

向園笑笑，低頭翻閱著手裡的文件，沒頭沒腦地忽然蹦出一句：「對方開多少錢給妳？」

林卿卿一愣。

向園卻順著她的話接下去說：「妳從答應黎沁那天起，就想好了會有這一天？妳想的應該不只這麼多吧？或者我說，妳可能比黎沁更早一點，早就準備要辭職了吧？妳是不是以為西安一定會倒？想給自己留條後路，結果黎沁剛好找上妳，妳們達成了交易，妳讓黎沁幫妳提到副組長，或者乾脆想把我這部長也取代了，這樣找下家的時候，至少手裡有談的籌碼。」

說完，她坐在桌子上，一條腿掛著，慢悠悠地似關切地問了句：「怎麼樣，對方給的條件還滿意嗎？一個副組長能談到多少月薪？五千？還是六千？」

林卿卿的臉色頓時刷白。

全被她說中了。

「妳知道，徐燕時跳槽的時候，對方專門空出一個專案組在等他，而妳呢？我要是不批，妳說，對方會等妳多久？三個月，還是半年？哪能那麼久，一週不入職恐怕就直接取消資格了。」

「我已經把報告打到總部了。」林卿卿別開頭，避開她直白如刀的視線，低聲說。

「我讓總部打回來了。並且一個月之內都沒人會受理妳的辭職信。」

她慢條斯理地把信撕碎，冷笑道：「抱歉，妳暫時走不了了。」

晚上八點，向園到家，衣服還沒來得及換，就迫不及待地用電腦跟徐燕時開了視訊。

窗外黑漆漆一片，書房只亮了一盞澄黃色檯燈，光線昏弱。

女人脫了外套，連高跟鞋都沒來得及脫，七扭八歪地倒在椅子旁，身材韻致，抱腿靠著，眉歡眼笑地看著畫面中的男人道：「我有個疑問，你是怎麼想到林卿卿會在這個時候提出辭職的，而且她居然沒去找黎沁，辭職信先遞到我這來了，她是料定了我拿她沒辦法？」

畫面中的男人難得沒穿正裝，似乎剛洗完澡，屋內開著空調，頭髮沒吹乾，穿著件白色短袖，鬆散地環胸靠著書房的椅子，頭髮短了點，襯得下巴頦冷硬，線條更流暢，男人中難得的骨相皮相都不錯。

他說：『妳怎麼知道她沒找過黎沁？』

向園一愣，喃喃不解：「那怎麼？」

徐燕時看著她，『林卿卿在當上副組長一下子就提出辭職，黎沁能想不到自己被人當槍使了？妳覺得以黎沁那種性子還會幫她遞交辭職信？』

「黎沁也太……」向園不可思議地擰擰眉，「不過也對，正常人好不容易升上這個職位，哪會這麼輕易就離職，林卿卿是不是太著急了？她不像這麼著急的人呀。」

他不置可否地看著她，沒有評價，仍是抱著手臂：『不太清楚。』

向園忽而想起：「那如果她不等批覆，直接走怎麼辦？或者一個月到了走，找勞動仲裁，我們怎麼辦？」

他老僧入定般，悠悠地看著她：『妳想怎麼辦？』

「我只想讓她跟我認個錯，道個歉，大家好聚好散。其他的，要讓她在這個行業裡待不下去其實也沒必要，人總會犯錯……」

『真的？』他笑了，逗她：『這麼善良？收到人皮面具的時候，心裡怎麼想的？』

向園也不裝了，「好吧，我以為你會喜歡善良一點的女孩子。」

『妳是不是對善良有什麼誤解？不原諒傷害妳的人就不善良？』徐燕時笑得微搖頭，看著她，眼尾微微上挑，『對於強大的人，善良就是不欺負弱小，對於年少的人，善良就是尊老愛幼，對於身分顯赫的人，善良就是包容。男人的善良就是對女人的責任。善良也是相對的，不是絕對的。一個男人如果對什麼都包容，那不叫善良，那叫孬。』

向園眼神忽沉，靜靜地看著他，畫面中的男人不再開玩笑了，『她如果不等批覆，走不了，林卿卿所有的檔案都在你們西安，檔案不調走，她這麼多年的年資就廢了。就算一個月後找勞動仲裁，對方也沒有時間陪她等了，有這個時間為什麼不再找一個，而且沒有公司會喜歡用一個申請過勞動仲裁的員工，這樣的員工會很麻煩。所以林卿卿不到萬不得已，她不會申請勞動仲裁。就算申請了也沒意義。』

向園笑了下，笑自己的淺薄，經他這麼一提醒，醍醐灌頂。

氣氛安靜下來，相比她這邊昏暗的光線，徐燕時那邊燈光敞亮，偶爾還能聽見一些高談闊論的笑聲，她揉了揉頭髮隨口問了句：「家裡有人啊？」

他『嗯』了聲，『剛拿了個專案，在慶祝。』

「怎麼沒出去吃？」

本來是打算出去吃的，林狗瑞看他買了那對情侶錶之後，也知道這傢伙沒什麼錢了，就叫了一群人上他家裡吃火鍋，又省錢又省事。

向園半開玩笑地說：「那葉思沁跟秦明是不是也在啊？」

他噗哧笑出聲，『想問葉思沁還是秦明？』

向園哼一聲。

徐燕時眼底都是笑意，清了清嗓子，人更鬆散，即刻恢復清明：『沒來，男人局。』

「不是說專案慶祝？」

『狗瑞沒叫她們。』

「為什麼？」

徐燕時挺有耐心地為她跟進這團隊八卦：『狗瑞最近在追葉思沁。』

「狗瑞撩啦？怎麼忽然想開了？」

『狗瑞說答應就讓她當副總，不答應就讓她辭職。』

「太狠了吧。」

林凱瑞這人，當朋友還可以，要當情人，其實真挺不是東西的。林凱瑞就是想逼葉思沁放棄徐燕時，但其實葉思沁根本沒對徐燕時表示過，知道他有女朋友之後也退避三舍，可以說根本沒動過要追徐燕時的心思，但徐燕時能察覺到葉思沁對他有意思，他不願意裝傻跟人搞曖昧，所以處處給了葉思沁提醒，自己有女朋友了。

林凱瑞厲害就厲害在他這人不遷怒。知道葉思沁對徐燕時動了心，他跟徐燕時的兄弟情絲毫沒受影響，對這位兄弟仍舊是處處照顧。

之前不敢撩，是葉思沁一副不食人間煙火的樣子，覺得這樣的女人就不該動情，可當他發現她其實並不是對男人不感興趣的時候，他當然坐不住了。而且非常霸道且不耐煩地告訴葉思沁，跟我在一起，老子讓妳完成妳的野心。不答應，那就滾蛋，別出現在我跟我兄弟之間破壞我們感情。

葉思沁這女人也傲得很。說走就走，辭職信一交俐落收拾東西走人了。

『狗瑞傻眼了。』徐燕時笑說。

「葉思沁也太酷了吧，不過你們這個技術部總監的位子是不是有點燙屁股，每個人都坐不了幾天就走人了，」向園沒想到這件事是這樣的結局，又忍不住感慨道，「不過暗戀確實挺辛苦的。」

他不笑了，窗外的風似乎輕輕吹拉著窗簾，兩人靜靜地看著畫面中的彼此。

「徐燕時。」向園輕聲叫他。

男人低『嗯』一聲，似黑夜中溫柔的呢喃，情人間的縈繞心緒，全在這刻浮上心頭，聽得她耳廓微微發熱。

「我們下次什麼時候見面？」

『想我了？』他眼神含笑，看著她，低聲問。

向園眼神熠熠地看著他，「你不想我嗎？每次都問我，想不想你，你怎麼從來都不說想我呢。」

有些話表達出來就變了味，徐燕時喜歡問，是喜歡看她有點惱他什麼也不說，又忍不住想告訴他她真的很想他的那表情。但是男人如果把我想妳、我愛妳這種話掛在嘴邊，過分表達，就會顯得浮誇。

徐燕時比較直接，他都用眼神表示，想一個人，喜歡一個人，盯著她看唄。

不然盯著手機，說我想妳有什麼意義？

『妳喜歡聽這些？』

向園糾結，「其實也不是，你要是天天跟我說我想你，我又覺得這好像跟其他男人沒什麼差別了。算了，你還是做你自己吧。」

徐燕時笑笑：『馬上過年放假了，我們一起回去？』

向園咦了聲，「你回北京啊？我以為你留在上海了。鍾老師那邊你怎麼說呀？」

『拒絕了。』

準備要去客廳了，他微微往後仰，長手一伸，撈過床上的黑色圓領衣漫不經心套上說：『我沒跟她說我要回去。』

向園想起那天晚上她的話，「我也就是開玩笑的，其實去參加也沒事啊。去破破謠言也好的，鍾老師要是幫你和鍾靈牽線，我保證不吃醋。」

卻不料，他衣服穿到一半，見她這真誠的模樣，彎下腰，對準鏡頭，手杵在桌上，很為難的樣子看著她：『牽線怎麼辦？當著那麼多人的面不能駁了鍾老師面子吧，說不定過年後還讓我跟鍾靈單獨吃個飯……』

向園沒想到他會這麼說，委屈地看著他，「吃吃吃，吃不死你。」

「我也找那誰吃飯去，要不然併個桌，幫你省點錢。」她氣鼓鼓道。

男人眉眼一挑，冷淡地盯著她：『誰啊？』

「就那誰唄。」向園不敢真的提，囫圇蒙混過去。

『不就封俊嗎，』男人靠著椅子，抱著手臂冷哧，『怎麼，還喜歡他？名字都不敢提？別想了，人在國外。』

話音剛落，房門被人打開，林凱瑞兩指捏著高腳杯進來，喝多了臉上紅撲撲的，沒察覺氣氛不對勁，手肘搭著徐燕時的肩，微微彎下脖子，腦袋往鏡頭前一湊，笑咪咪地滿臉褶子，『喲，仙女啊。』

向園此刻穿著薄羊絨衫，襯得身材凹凸有致，小臉白皙又紅潤，在林凱瑞眼裡算是個冰肌玉骨的美人。

向園笑吟吟地跟他打了個招呼。

「狗瑞，你好呀。」

林凱瑞真的喝多了，居然還朝著向園畢恭畢敬地叫了聲：『嫂子好。』

他比徐燕時還大幾歲呢。

林凱瑞說，『我聽說你們在北京好像都這麼叫？兄弟之間也不管歲數，都叫對方老婆嫂子呢？』

向園一聽，準是徐燕時這腹黑占人便宜，唬他呢。

向園也不好拆穿，只能夫唱婦隨，連連點頭，「是是是。」

徐燕時微微撇了下嘴角。

林凱瑞笑咪咪地跟向園打商量：『嫂子，聊得怎麼樣了？能把兄弟還給我了嗎？大家還等著他去喝酒呢。』

向園忙不迭說，「我準備去洗澡了，你們別喝太多。」

徐燕時看著她，眼神沒了笑意，盡是冷淡。

林凱瑞又催他一下，徐燕時低『嗯』了一聲，說了句，『你先去，我等一下出來。』

房門被人關上，再次恢復寂靜。

兩人對視。

向園心跳漸快，心中如湍急的河流，迫不及待地要跟他解釋，自己剛才是開玩笑的，卻聽他道：『向園。』

一本正經地叫她名字，還是第一次。

弄得她頭皮一緊，正襟危坐、小心翼翼地看著他。

他憋了半天，牢牢地盯著她看了許久，似乎在盤算這話要怎麼說有威懾力，但又不會嚇著她。

結果，那女孩眼睛亮閃閃地看著他，比窗外的星星還亮，比清風還透人。

一句「我愛你」就這麼出口了。

風靜，樹止。

「我愛你，徐燕時。」

那句她連真心話大冒險都沒勇氣說出口的正式告白，就在此刻，為了安撫他的情緒，她又輕聲說了第二遍。

他以前不喜歡黑夜的原因，大概是夜晚總是藏著太多不為人知的祕密，所有見不得人的交易、那些公平的、不公平的、暴力的、血腥的——

全都掩在這濃稠的黑幕下。

星星是照不亮城市的，更照不進人的心裡。

霓虹只會讓人沉淪，如夢似幻的光影裡，誰也看不見彼此的心。

理想崩塌，信仰淪為笑柄。

思及此，他好幾次以為自己的人生也許就這麼瀟蕩下去，卻不承想，她的出現。

不管這是安慰他的情緒，還是她情難自己。

他想，他以後都不會再排斥夜晚。

「算了。」

只要不分手，其他都隨妳。

他非常冷靜且很沒出息的想。

——《三分野》未完待續——

高寶書版集團
goboOKs.com.tw

YH 115
三分野（中）

作　　者　耳東兔子
責任編輯　吳培禎
封面設計　陳采瑩
內頁排版　賴姵均
企　　劃　何嘉雯

發 行 人　朱凱蕾
出　　版　英屬維京群島商高寶國際有限公司台灣分公司
　　　　　Global Group Holdings, Ltd.
地　　址　台北市內湖區洲子街88號3樓
網　　址　goboOKs.com.tw
電　　話　(02) 27992788
電　　郵　readers@goboOKs.com.tw（讀者服務部）
傳　　真　出版部(02) 27990909　行銷部 (02) 27993088
郵政劃撥　19394552
戶　　名　英屬維京群島商高寶國際有限公司台灣分公司
發　　行　英屬維京群島商高寶國際有限公司台灣分公司
初　　版　2022年11月

本著作物《三分野》，作者：耳東兔子，由北京晉江原創網絡科技有限公司授權出版。

國家圖書館出版品預行編目(CIP)資料

三分野/耳東兔子著. -- 初版. -- 臺北市：英屬維京群島商高寶國際有限公司臺灣分公司, 2022.11
冊；　公分. --

ISBN 978-986-506-590-4(上冊：平裝). --
ISBN 978-986-506-591-1(中冊：平裝). --
ISBN 978-986-506-592-8(下冊：平裝). --
ISBN 978-986-506-593-5(全套：平裝)

857.7　　111018635